魔獣医とわたし
灰の世界に緑の言ノ葉

三角くるみ

富士見L文庫

contents

1　カーバンクル

――ニニ。

囁くような声で名前を呼ばれた気がして、長身の男とふたり、灰色の世界を歩いていた少女は勢いよく背後を振り返った。

――ニニ。

その声が、いま、ここにはいない姉のものであるように思え、ニニは滅紫色のコートに包まれた背中を震わせる。毛先が頬をくすぐるほど短い、癖の強い髪がふわりと揺れた。

見つめる方向にはだれの姿もない。風にそよぐ緑青の草地が広がっているばかりだ。あちらこちらに覗く黒緑や濃色は近づくものすべてを引きずりこむ深い沼で、ときおり浮かぶ得体の知れない大きな泡がいかにも不気味である。

――ニニ。

消え入りそうに儚く、なのに強く心を揺さぶる悲しげな声。それが、自分にしか聞こえない幻なのだと気がついて、ニニはため息とともに天を仰いだ。

明るい灰色の空が目に入る。

この世界に陽の光は届かない。晴れた日でも、空は淡い灰色のままだ。悪天候の日は、夜のように真っ暗な空から酸性の雨や雪が降り、稲光が走り雷鳴が轟く。ちなみに昼夜の区別と同じように、季節の移り変わりも曖昧だという。ニニと主人が暮らしているこのあたりでは、肌寒いくらいの気温がずっと続くらしい。

「……姉さん」

ニニは思わず声に出して呟いた。

そばかすの目立つやや幼げな顔立ちからありふれた色合いの髪と瞳まで、双子といってもおかしくないほどよく似ていた姉。ふたつしか歳の違わない彼女は、二月ほど前、ニニと一緒に死んだ。

死んだ。

そう、たしかに死んだはずだった。

立ち止まってしまったニニに合わせ、彼女の隣を歩いていた男も足を止めている。

「どうかしたか、ニニ」

黒いマントに身を包んだ男が静かな声で問いかけた。ニニは彼を見上げ、すぐに、いいえ、と答えた。

「なんでもありません、主人」

「……その呼び方はどうしても変えられないものなのか」

ゆるい癖のある長めの黒髪の下から、綺麗な常磐色の双眸がニニを見つめていた。瞳孔は黄金色で縦に長く伸びている。それだけを見れば獣の瞳そのものだ。とはいえ、主人(ムシュー)の眼差し(まなざし)はいつでもとても穏やかなので、ニニはちっともおそろしいとは思わなかった。

肌は白くなめらかで、顔立ちは地味ながらもすっきりと整っており、立ち姿も美しい。お伽噺(とぎばなし)に語られている王子様はきっとこんな感じなんだろうなあ、とはじめて会ったときからずっと思っていることを、また思う。

「でも、主人(ムシュー)は主人(ムシュー)ですから」

彼の名はダンタリオンという。だが、ニニが主人(ムシュー)をそう呼んだのは、彼と契約を交わしたとき、ただ一度きりだ。

ダンタリオンは軽いため息をついた。そもそも使い魔とあるじのあいだにある主従の掟(おきて)を変えることはできないのだから、なにを言っても無駄だと気づいたらしい。まあいい、と彼は続けた。

「それで？　姉の姿でも見えたのか？　やっぱりおまえについてきていたのか？」

なんだ、ちゃんと聞こえていたんじゃない、とニニは思った。それなら遠回しに尋ねる必要なんてないのに。

「いいえ、違います。でも、ネリの声が聞こえたような気がしたから……」

ふうん、とダンタリオンは双眸を細めた。ニニが見ているのと同じ方角へ眼差しを向け、首を横に振った。

「ここは寂しいところだからな。人間の娘ならもう少し賑やかなところを好むだろう」

妹と比べるとずいぶんおとなしかったネリは、人の多い場所が苦手だった。だが、そのことを伝える前にダンタリオンが歩き出してしまったので、ニニは慌てて彼を追いかける。

「月光草の群生地はすぐそこだ。露が消えないうちに摘みはじめたい」

はい、とニニは短い返事をした。

ネリ、と胸の内でどこにいるとも知れない姉に呼びかける。姉さん、いまどこにいるの。一度でいいから、わたしの名前を呼んでちょうだい。その声が聞こえたら、すぐに迎えにいってあげる。だってわたしはそのためにこんなところまでやってきたんだから。

ダンタリオンの一歩はニニにとっての二歩である。あるじの倍も足を動かし、たどり着いたのは周囲にひとつの沼も見当たらない、乾いた草地だった。ちょうどニニの膝丈くらいの緑青の中に白緑や青鈍の葉が混じる、不思議な一帯だ。

「この白っぽく見える草が月光草だ。よく乾かして細かく挽くとよい薬になる。色が濃いのは薬には使えないから摘まないように気をつけて」

ダンタリオンはそう言いながら長い指先で白緑の葉を摘み取った。ぷつ、というかすかな音とともに根元から引き抜かれたそれは、空中にキラキラと細かな光を散らした。

「綺麗……」

「この光が月光草の名の由来だ。さ、籠がいっぱいになるまで摘んでおくれ」

ダンタリオンの手には、いつのまにかひと抱えもある大きな籠が握られている。ニニが籠を受け取ると、いいかい、と彼は言った。

「摘み方にはコツがある。こうして指先で茎をたどって……」

男の指先が草の根元を探り、ひとつめの節のすぐ上あたりに力をこめると、月光草はおもしろいようにするりと抜けた。ニニは小さく頷いてから、近くの白緑に手を伸ばす。

「こうですか？」

山育ちのニニにとって草木から恵みをわけてもらうことはごく自然な営みだ。この世界に来てまだそう日は経っていないが、見慣れない草を摘み取ることにも抵抗はない。

「そう。上手だね」

あるじに褒められて気をよくしたニニは、姉への恋しさなどすっかり忘れて、次々と月光草に手を伸ばす。摘み取った草を気まぐれに振れば、キラキラとした輝きが風に乗って流れていく。なんだか楽しいような気分にさえなってきた。

少しずつ移動しながら夢中で草を摘んでいると、不意に鋭い声で名を呼ばれた。

「戻りなさい。そのまま進むと戻れなくなるよ」

そう言われて足許を見れば、靴がわずかに土の中に沈んでいる。深い草に覆われて見えなかっただけで、すぐ近くに沼があるのだろう。ダンタリオンが声をかけてくれなければ、気がつかないまま嵌まりこむところだった。

ニニはゆっくりとあとずさり、心配そうな顔をしているあるじのそばまで戻る。

「気をつけなさい。このあいだも言ったけど、もっと周りをよく見て行動するように」

ここは僕の庭とは違うんだから、とダンタリオンは言った。強い口調ではなかったが、身を案じられての叱責は心に響く。ニニは素直に謝罪した。

「申し訳ありません」

「謝ることはない。気をつけてくれれば、それでいいんだ」

ダンタリオンはうっすらと笑う。ニニはなんだか気恥ずかしくなって、彼の視線から逃れるために慌ててその場にしゃがみこんだ。

足許の月光草に手を伸ばしながら、おかしなものね、とニニは思った。血のつながった父親にさえこんなに優しくしてもらった覚えはない。なくてあたりまえだったぬくもりを、ごく自然に与えてくれるこのひとがじつは悪魔だなんて、いったいだれが信じるだろう。

しかし、どれだけ信じがたくとも、ダンタリオンは悪魔だ。

はじめて会ったときに彼自身がそう言っていたし、そのあとニニの身に起きた数々の奇跡は、彼の言葉が正しくなければ絶対にありえないことばかりだ。

摘み取った月光草を籠に入れ、ニニはゆっくりと立ち上がった。ダンタリオンはすぐそばにいたが、草を摘んでいるのか視線を落としていてニニのほうを向いてはいなかった。

頰に風を受けながら、あらためて周囲を見渡した。

灰色だ、とニニは思う。

はじめてこの世界へやってきたときからその印象は変わらない。もといた場所と同じように草は緑に繁り、花は色とりどりに咲くことを知っても、なぜか変わらないままだった。

この灰色の世界は魔界という。

瘴気や毒素の渦巻くこの場所は、ニニが十三年間生きてきた人間の世界とはまったく異なる摂理によって成り立っているらしい。

とはいえ、ニニにはその実感がまだあまりない。それまで暮らしていた小さな山間の村からここへやってきて二月ほどが経つが、そのほとんどの時間をきわめて安全なダンタリオンの屋敷と庭から出ることなく過ごしてきたからだ。

悪魔であるダンタリオンと契約を結び、彼の魔力に護られる使い魔になったとはいえ、もとはただの人間だったニニである。この世界に慣れるまで遠出はできない、という主人の言葉を疑う理由はなく、結界に守られた場所にいることにも納得していた。

だが、彼女には、ずっとそこにとどまっているわけにはいかない事情がある。

そろそろ外の世界を見てみたい、と願い出てから半月あまり。数日前、ようやくのことで希望が聞き入れられた。屋敷の周囲をダンタリオンと手をつないでぐるりと歩くだけのことではあったが、それはたしかに大きな一歩だったのだと思う。ニニにとってではなく、むしろ主人にとって。

今朝になって、過保護な悪魔は、今日は少し離れたところまで月光草を摘みに出かけてみようか、と言い出した。彼のほうからそんなことを言ってくれるとは予想すらしていなかったニニは、驚きながらも嬉(うれ)しく思った。このぶんならひとりで出かけられるようになる日も、そう遠くはなさそうね。

だが、さきほどのようなうっかりを披露してしまうと、あるじの過保護が復活してしまいかねない。彼の優しさには感謝しているが、それに甘えてばかりいられないことはニニ自身がだれよりもよく理解している。しっかりしなくちゃ、と彼女は思う。

「ニニ、どうだ？」

ダンタリオンがすぐそばに立っていた。常磐色の双眸が静かに見下ろしてくる。

「まだもう少しかかりそうです」

いっぱい、というにはまだ余裕のある籠を見せると、ダンタリオンはわずかに頬を緩めた。収穫に満足したというよりは、ニニの懸命さを褒めるような笑みだった。

「じゅうぶんだ。少し休憩にしよう」

「朝ごはん食べたばかりですよ？」

「喉が渇いただろう。蜜苺(みついちご)の果実水があるよ。蜂蜜漬けの檸檬(レモン)を入れて焼いたお菓子も」

甘いおやつの誘惑にニニの山吹色の瞳が輝きを増した。ダンタリオンは笑みを深め、おいで、とニニの手を取った。

　月光草の群生地から少し離れたところに、すっかり葉を落とした古木がある。その木を囲むようにゴツゴツと張り出す岩のひとつに、ダンタリオンはニニを座らせ、自身もすぐ近くに腰を下ろした。月光草を入れたふたつの籠は彼らの足許に並べられている。

　ダンタリオンの手がひらりと宙を舞う。まるで、そこにしまわれているものを取り出すような仕草である。彼が手を下ろすと、なにもないはずの空中から赤い果実水の入った瓶と小さな布の包みが落ちてきた。ニニは慌てて腕を伸ばし、それらを胸に抱き止める。

「この檸檬クッキーは蝙蝠(こうもり)たちがいろいろ試行錯誤してたどり着いた味だよ。なかなか悪くないと思う」

　普段はあまりしゃべらず、表情にも乏しいダンタリオンだが、菓子のこととなると話は変わってくる。この豹変(ひょうへん)ぶりにニニが慣れるまでには、少し時間が必要だった。

　ちなみに主人(ムシュー)の言う、蝙蝠たち、とは、屋敷の家事いっさいを引き受けている悪魔のしもべたちのことだ。彼らは屋敷内にいるときにかぎって人に似た姿をとることができ――それでも背中には羽が生えているし、爪は尖(とが)り、牙も鋭い――、食事の支度やら配膳、片づけ、掃除に洗濯に裁縫にと、ニニよりも小さな身体(からだ)で毎日大忙しである。

「ニニ、僕にも果実水を」

　ニニが持っていた包みを取り上げてほどき、さらに瓶を手にとり、ダンタリオンは上機嫌で言った。

「さ、朝のおやつの時間だ」

ふたりの手にあった果実水の瓶の栓が同時に、ぽん、と音を立てて弾けて、ニニは思わず目を見張った。

もうすっかり見慣れてあたりまえのものに思える魔力だが、ときおりはやっぱり驚かされる。はじめてのときほどではないにしても、宙から菓子を取り出されたり、手も触れずに瓶を開けたりされれば、その手品のような光景から目が離せなくなる。

「ニニ、食べてごらん」

ダンタリオンは指先でつまんだクッキーをニニの口許に運んでくる。ニニは慌てて掌でそれを受け取った。小さなこどもじゃあるまいし、だれかにものを食べさせてもらうなんて恥ずかしすぎる。

蜜苺の果実水をひと口飲んでから、クッキーをかじった。隣ではダンタリオンがわくわくした顔つきで使い魔の感想を待っている。

「……お、おいしいです」

「そうだろう！」

主人の表情はひときわ浮かれたものになった。

「わざわざ人間の世界まで出向いて檸檬を手に入れてきた甲斐があった。やっぱり柑橘には太陽の光が必要なんだよ。魔界の檸檬ではどうしてもその酸味が出ない。蜂蜜の甘さと檸檬のすっぱさ、その両方を絶妙に引き立てるしっとりした生地。じつにいい感じだ。蝙蝠たちを褒めてやらなきゃ」

ダンタリオンは甘いものに目がない。それをよく理解したいまになっても、彼の情熱にはついていけないこともあるニニである。

もちろんニニとて甘いものを食べたことがないわけではない。檸檬の味も知っている。でも、それは十三年の人生のあいだに一度か二度のことだ。村長の娘が大きな街へ嫁いでいったとき、その相手の家から贈られたという祝いの品が村人たちに配られた。そのなかに飴玉やら檸檬の蜂蜜漬けやらがあって、家族みんな——父とまだ健在だった母、姉三人と兄——で奪いあうようにして食べた。それが一度で、もう一度はよく覚えていない。

「主人はお金持ちなんですね」

しっとりとして、それでいてしつこくないクッキーをかじりながらニニはなにげなく口にした。意味がわからない、とでも言いたそうに、ダンタリオンが首を傾げる。クッキーを味わうのに忙しくて、返事をするのが億劫なのだろう。

「だって、蜂蜜はともかく、砂糖や檸檬はすごい贅沢品ですよ」

ニニは貧しい家で育った。狭い畑を耕し、少ない家畜を育て、家族総出で働きに働いて、それでも食べていくのがやっとの生活だった。もっとも、周囲のだれもが似たような暮らしぶりだったから、自分たちのことを取り立てて貧しいと思ったことはない。

野菜を煮込んだスープに石みたいに硬いパンを浸してかじるのがニニにとっての食事で、そのスープにたまに肉やチーズが入っていることが楽しみだった。大きな街へ行けばあたりまえのように手に入れられる砂糖や香辛料、柑橘類も、ニニたちの村まではなかなか届かない。大きな婚礼でもなければ、村の男衆たちがみんなで狩に出かけ、その獲物を捌いて売ったときにだけ手に入れられる特別な品だった。

それほどの貴重品をこんなに気軽に与えてくれるなんて、悪魔とはなんて気前がいいんだろう、とニニは思ったのだ。

ニニの話を聞いたダンタリオンは、そういうことか、と呟いた。

「僕は人間の世界でいうところの金持ちとは違う。でも、まあ、金には困らないかな」

「なんでですか？　魔術で作れるから？」

違うよ、とダンタリオンはニニの無知を窘めるように笑った。

「薬を売れば稼げるからだよ」

あ、とニニは自分を恥じる。彼の言うとおりだ。

ダンタリオンの屋敷の周囲は広い庭になっている。庭というよりはほぼ畑と呼んでもいいようなそこでは、アルラウネやウムドレビ、アグラフォーティスといった魔界の植物がたくさん育てられていた。彼はそれらをもとにしてさまざまな薬を作る。生業である魔獣医の仕事に必要だからだ。

「じゃあ、薬局をやればいいのに。薬が欲しい人はいくらでもいるから、そのほうがいっぱい稼げそう」

短絡的なニニの言葉に、ダンタリオンは軽く笑った。半分ほどに減った果実水の瓶に一度口をつけてから、諭すような口調で言う。

「それはできない」

「どうしてですか？」

「僕たちが人間の世界の金なんか持ってたって使い途がないよ。せいぜい檸檬とか菫や薔薇の花を買うくらいかな」

「菫や薔薇？」

金を出してまでそんなものを手に入れて、いったいなにに使うのか、とニニは思った。

「砂糖漬けにするとおいしいよ」

「魔界にはないんですか？　菫とか薔薇は」

「似たようなのはあるけど、ここに咲く花は僕たち悪魔でも食べたいとは思わない」

ふうん、とニニは頷いた。

「糖蜜で固めると香りのいい飴みたいになる。今度、蝙蝠たちに作ってもらおうか」

そこまでは楽しそうな表情だった主人は、ふと真面目な顔に戻った。

「さっきの話の続きだけどね、ニニ。魔界の掟の話を覚えているかい？」

ニニははっとした。魔界へ来たその日に聞かされた言葉を思い出したのだ。

魔界の悪魔たちは皆、ある掟に従って暮らしている。この地でみずからが負う役割を選び、それをまっとうしなければならない、というものである。その務めをおろそかにすることは、なにがあっても許されないのだという。

そしてそれは、ダンタリオンの使い魔であるニニにも同じことが言えた。

「ニニの務めはなんだった？」

「主人（ムシュー）の使い魔として、主人（ムシュー）の庭のお世話をすること……」

そう、そして僕は魔獣医だ、と悪魔は頷き、果実水の残りを確かめるような仕草をする。

「人間の世界で薬局なんかやってる場合じゃないし、そもそも僕たちが人間にかかわりすぎるとろくなことにならない。薬を売るなんてとんでもないことだ」

「そうなんですか？　主人（ムシュー）の薬はよく効くんでしょう？」

「よく効くからだよ。効きすぎると言ってもいい」

ニニは曖昧に頷く。あるじの言うことは彼女にはやや難解で、よくわからなかった。ダンタリオンはそんな使い魔をじっと見つめ、そうだな、と呟いた。

「過ぎた薬効は毒と同じだ。妙な噂（うわさ）とともに出回れば、争いの種にもなりかねない。高値で転売されたり、偽物が作られたりすることもあるだろう。あるいは僕の正体を気にかけるやつが現れるかもしれない。僕はそういう面倒はごめんなんだ」

　人間の世界に悪徳を撒き散らすことがその存在意義であるはずの悪魔は、意外にも平和を尊ぶ思想の持ち主だったようだ。ニニは幾度か瞬きをしながら主人の意図を理解しようと努めた。

「だからどうしても手に入れたいものがあるときにかぎって、ほんのちょっとだけ薬を譲ることにしている。あまり頻繁に同じ場所には顔を出さないようにもしているしね」

　そのどうしても欲しいものが、今回は檸檬だったというわけか、とニニはややあきれるような気持ちになった。悪魔なんだから、木になっている果実をだれにも見咎められないうちに失敬してくることだってできるだろうに。

　ニニがそう言うと、ダンタリオンは顔をしかめた。

「僕は悪魔だけど泥棒ではないよ、ニニ」

「……そうですよね」

　ニニは手にしていた瓶から果実水を飲んだ。口の中にパチパチと弾ける感触がある。かすかな炭酸を含んだ蜜苺の果実水は爽やかに甘酸っぱく、喉越しもよいはずなのに、妙に苦く感じられた。

「ごめんなさい」

　ニニは肩を落とした。だれかが手をかけて育てた果実を奪ってくればいいなんて、自分のほうがよっぽど悪魔みたいだ、と彼女は思う。

「その言い方もちょっとあれだけど……」

ダンタリオンが苦笑いをする。

「まあ、気持ちはわかる。人間からすれば、僕らはそういう存在だ」

失言に失言を重ねてしまったニニは、顔を上げていられなくなって俯いた。主人はこう言ってくれるけれど、わたしは彼に助けられたのだ。そのことを忘れたわけじゃなかったのに。わたしだけは悪魔のことを悪く言ってはいけなかったのに。

死の淵に沈みかけた自分を助けてくれたうえに、魔界に居場所まで与えてくれたダンタリオンに、ニニは心の底から感謝している。なのに考えなしの自分は、こうしてときどき彼を傷つけるような言葉を口にしてしまう。

「ニニ、もっと食べなさい。食べたら仕事の続きだ。月光草はもう少し必要だからね」

使い魔の軽率など微塵も気にしていないような口ぶりでダンタリオンが言った。ニニは返事もできずに唇を強く噛み締めることしかできない。

ダンタリオンは、いまはなにを言っても無駄だと思ったのか、黙ったままマントに落ちたクッキーのかけらを払い除けたり、瓶の水滴を弾き飛ばしたりしている。

ニニは小さなため息をついて、ここぞとばかりに落ちこむことにした。

ニニがなんの前触れもなくひとりぼっちになったのは、春の終わりのことだった。

この夏は羊の世話を任せてやる、と父親に言われ、ふたつ歳上の姉であるネリとともに、村から離れたところにある牧草地に連れていかれた。家族の大事な財産を預けてもらえるほどに信頼されたのだと喜んだのも束の間、まだまだ冷えこみの厳しい夜の山に置き去りにされた。わざとだったのか、うっかりだったのかはわからない。

いずれにしてもネリとニニは、パンのひとつ、毛布の一枚もない荒屋のような山小屋に取り残され、羊の気配に惹かれて集まってきた狼の群れに囲まれてそこから逃げ出すこともできなくなった。

高地の冷気がまだ幼い姉妹の体温を容赦なく奪っていった。膝にニニを抱いて寒さから庇ってくれていたネリが先に意識を失った。ニニもほどなくして睡魔に襲われた。床と同じくらい冷たくて、自分と変わらないくらい薄っぺらな姉の身体を抱き締め、狼が羊を貪る音を聞きながら、これで命が尽きるなら天国から母さんの顔をした御使が迎えにきてくれるといいな、とニニは考えた。なんの恵みも与えられなかった短い人生の終幕に、それくらいの祝福を望んでも罰はあたらないだろう。

目を閉じて、それからどれほどの時間が過ぎたのかはわからない。

次に気がついたとき、すぐそばにひとりの女が立っていた。癖のない長い髪と星屑を散らしたように輝く眼差しを、とても綺麗だ、と思った。でも、このひとはわたしの母さんじゃない。

その彼女こそが、いまのニニの主人であるダンタリオンだった。

あのときの彼は本来とは異なる女性の姿をしていた。あとから聞いたところによると、人間の世界で手に入れたい品があり——きっとクッキーに入っている檸檬のことだ——、そういうときは女性の姿をしていたほうが市場をうろうろするのに苦労しないのだそうだ。

僕のことが見えるのか、と彼は戸惑ったような口調でニニに尋ねた。ニニは躊躇うことなく頷いた。山奥のボロ小屋——しかも、周囲を狼の群れに囲まれている——に、突如現れた見知らぬ女を不審に思わないではなかったけれど、自分は死にかけているのだ。望みとはちょっと違う顔をしているけれど、御使が迎えにきてくれたのかもしれない。見えないふりをする理由はどこにもなかった。

ダンタリオンは、見えるのか、なんで見えるのかな、でも見えちゃったならしかたないよな、などとしばらくぶつぶつ呟いたあと、僕は悪魔だ、と直截に告げてきた。そして、きみの魂はたったいま身体から抜け出してきてしまった、と続けた。つまり、きみの人としての生は終わりかけている。

なにを言われているかよく理解できないまま、ニニは背後を振り返った。ダンタリオンが節の目立つ指を伸ばしてそちらを示したからだ。床に寝転がっていたはずが、いつのまにか起き上がっていたことを不思議には思わなかった。

目に映ったのは、哀れな姉妹。

ふたりはなにからなにまで本当によく似ていた。薄汚れて擦り切れそうなボンネットに包まれた長い髪も、ボンネットと同じくらいに古びたワンピースとエプロンに隠された痩せた身体も。

実際のところは、ニニが抱き締めているネリのほうがほんの少し背が高いのだが、身体を丸めて横たわっている姿を見ているだけではそんなことはわからない。

ふたりの顔に血の気はなく、まぶたは固く閉じられていた。むしろ、まだ生きている、といわれてもそのほうが信じられないような姿だった。

ニニは思わず自分の掌（てのひら）を見つめた。あれ？　あそこにいるのはわたし？　じゃあ、ここにいるわたしはいったいなんだっていうの？

少女がひどく困惑していることがわかったのだろう。ダンタリオンはとても静かな声で、きみは魂だけの存在になった、ともう一度教えてくれた。このままでは、あの身体に戻ることはちょっと難しいかもしれない。

理解が及ばないままに眉根を寄せると、悪魔は気の毒そうに首を横に振った。本当ならきみの魂は天界か冥界に迎え入れられるはずなんだ。だけどきみが死んだことは、天界の御使（アンジュ）も冥界の獄吏も把握していないらしい。弔いの言葉も、鐘も、儀式もなかったから当然のことだけどね。

ニニは茫然（ぼうぜん）とするばかりだった。ダンタリオンの言葉は聞こえているが、その意味は半分もとらえられない。ただ、自分は死にかけていて、そして、どこにも居場所がない、ということだけはかろうじて理解できた。

隣に立つダンタリオンはやっぱりとても静かな声で先を続けた。

このままだときみは亡者になってしまう。死んでいるのに人間界を彷徨う、亡者に。

どうしたらいいの、とニニはダンタリオンのマントの裾をつかんだ。わたしはどうしたらいいの？　どうしたら天国へ行けるの？

僕と契約をするか、と悪魔は尋ねた。なんだか寂しそうな、聞きようによっては悲しそうともいえる声だった。

契約？　とニニは首を傾げ、質問に質問で返した。それをするとどうなるの？

ダンタリオンはそこではじめて薄い笑みを見せた。僕の使い魔になる。僕の仕事の手伝いをしながら、魔界で暮らすことになる。

魔界とは聞いたこともない言葉だった。冬の寒さの厳しい折、畑仕事がひまになる時期にだけ通わせてもらった教会学校の司祭も、そんな場所についてはひとことも触れていなかった。彼が語っていたのは天国と地獄、神と悪魔、赦しと罪。それだけ。

地獄は冥界の一部で、冥界はさらに魔界の一部だ、とダンタリオンはわかりやすく教えてくれた。僕は悪魔で、魔界に住んでいる。僕と契約をすれば亡者にはならないですむよ。

天界には行けないけどね。

ニニは黙ったまま、もう一度自分たちを振り返った。わたしは死んだ。いいえ違う、わたしたちは死んだ。わたしたち。ネリとわたし。そうよ、ネリは？　姉さんの魂はどこへ行ったの？　天国へ昇れたの？　いいえ、それはない。だって迎えはこないって、たったいまこの悪魔がそう言った。

ニニの問いに対するダンタリオンの答えははっきりしていた。僕は知らない。僕がここを通りかかったのはただの偶然で、見つけたのはきみひとりだ。

そんな、とニニは首を振りたくった。いやよ。ネリと離れるなんていや。歳(とし)はそう変わらないけど、産みの母が亡くなったあと、ネリはずっとニニの面倒をみてくれていたのだ。ニニが少し大きくなってからは、姉妹に無関心な継母(ままはは)のもとで助けあって生きてきた。

ダンタリオンはニニの主張を黙って聞いてくれたあとで、だが、とやや厳しい声で言った。知らないものは知らない。探したいのなら、きみが自分で探すといい。

無理よ、とニニはなにも考えずに短く言った。

それに対するダンタリオンの答えもまた短かった。できる。僕と契約をして、僕の使い魔になればいい。

繰り返される誘惑に、大きく心が揺れた。使い魔ですって？

ニニの興味を惹くことに成功したダンタリオンは、今度はにっこりと笑った。願いを叶(かな)えてあげるばかりか、その身に加護を与えてあげようという話だよ。ただし、悪魔のね。

ニニは小さく頷(うなず)いた。

もちろんただでというわけにはいかない、と彼はそこばかりはやけに重々しく告げた。

僕は悪魔だ。悪魔と契約をするには対価がいる。

お金なんてないわよ、とニニは言った。見ればわかると思うけど。

その頃には、ニニはもうすっかりその気になっていた。悪魔と契約した者のおそろしい末路は司祭から聞かされていたような気もしたが、ちらとも思い出さなかった。

わたしはなにをあげればいいの、とニニは両腕を広げた。なにをあげたらネリに会わせてくれるの？

ダンタリオンはやや面食らった様子で、もう一度繰り返すが、と言った。ネリという娘を探すのはきみだ。

わかってるってば、と答えたときのニニは、むしろ悪魔の慎重さをじれったく感じてさえいた。なによ、話を持ちかけてきたのはそっちのくせに、いざわたしが乗り気になったら怯(ひる)むわけ？

僕がもらうのはきみの精気(エネルギー)だ、とダンタリオンの瞳が輝きを増した。縦に伸びた瞳孔がやけに目立つような気がした。

そうだな、と彼は続けた。きみはネリの魂を探したい。僕はきみの精気(エネルギー)をもらう。もし、きみが無事にネリの魂を見つけ出すことができたら、そして、きみとネリがともに望むなら、ふたりの魂をもとの身体に戻してやってもいい。ただしそのときには、きみの寿命をもらう。本来生きるはずだった命の、きっかり半分をいただこう。これでどうだ。

ニニは即座に頷いた。いいわ、それで。

もっとよく考えなくていいのか、とダンタリオンは苦く笑った。これは悪魔との契約になるんだよ。

悪魔との契約？　だからなんだっていうのよ、とニニは言った。どうせもう死んでるようなものなんだし、寿命の半分もへったくれもないでしょう。ネリに会えればそれだけでいいのに、身体まで返してくれるなんて、あなたっていい悪魔なのね。

ダンタリオンの瞳に鶸萌黄と若草が閃いた。ニニの身体が小さく震えた。

悪魔はもうなにも言わなかった。黙ったまま、指先にぼうっとした緑色の光を灯し、床に複雑な魔法陣を描いた。

ここに立って、と指示されて、ニニはだいぶ軽くなったように思える自分の身体を魔法陣の中心に移動させた。瞬きするまもなく、眩く煌めく緑色の光に足許から包みこまれた。その光はとても細かい粒の集まりで、よく見てみるとひとつひとつが小さな小さな文字になっていることがわかった。塵のような緑色の文字たちは、一瞬たりともひとつところにとどまっていることがなく、風に舞う木の葉のようにも思えた。

僕が契約の内容を言ったら、きみは自分と僕の名前、それから契約する、ということをはっきり告げるんだ。わかるか、とダンタリオンは言った。

こくり、と頷くと、悪魔はニニには理解できない言葉でなにごとかを唱えはじめた。

そのときになってはじめて、ニニは彼がさきほどまでとは異なる男の姿をしていることに気がついた。もしかして早まったかしら、と彼女は思った。わたしってば相手の正体も確かめず、大変な約束をしちゃったんじゃないの？

だが、ささやかな警戒はすぐに忘れ去られた。

渦を巻く風に、ダンタリオンがまとう黒く重たげなマントが音を立ててはためいたからだ。その風はすぐにニニのところまで届き、彼女の長い髪をそよがせた。ふわ、と身体が浮いたような気がした。

『吾、ダンタリオン、汝、ニニと契約する』

ダンタリオンの瞳がさきほどよりもさらに輝きを増した。鶸萌黄と若草、左右で色みの異なる眼差しからニニは視線を逸らすことができなくなった。そのまま譫言のように悪魔の望む言葉を口にした。

『吾、ニニ、汝、ダンタリオンと契約する』

そうやってニニはダンタリオンの使い魔となり、彼が暮らす石造りの屋敷へと連れてこられたのだった。

「少しは落ち着いた？」

常磐色の眼差しがニニを優しく見つめていた。なにもかもを見透かしたような表情のダンタリオンを見上げ、ニニは目を瞬かせた。主人の顔にかすかな違和感を覚えたせいだ。もうすっかり見慣れているはずなのに、いまはじめて見るような、あるいは、記憶となにかが違っているような。わたしのあるじはこんな顔をしていたんだったかしら？

「……主人」

「どうした、ニニ？」

穏やかなダンタリオンの声を聞くなり、記憶の断片はふたたびニニの奥深くへと沈んでいってしまう。息がかかるほど近くにあるような気がするのに、どれだけ手を伸ばしても届かない泉の底のぴかぴか光る小石みたいに。

「大丈夫です」

黙ったままでいるのは失礼だと思い、ニニはかろうじてそう返事をした。

ダンタリオンの使い魔となったニニにはふたつの変化が起きていた。

ひとつは瞳と髪の色。ごくありふれた焦茶色をしていた双眸が銀の混じる山吹色に、同じく焦茶色だった髪は混じりけのない亜麻色に変わっていた。主人によれば、魔界の空気に耐えられる身体になった証であるらしい。

もうひとつは主人に対し、敬愛の念を抱くようになっていたことである。契約を交わす前はぞんざいだった言葉遣いは自然とあらたまり、彼に対する態度も丁寧になった。

いずれの変化もニニの意志によるところではなく契約により強制されたものだったが、彼女自身はそうした変化を心地よいものととらえていた。どちらかといえばダンタリオンのほうが、そうした使い魔の態度に不慣れなものを感じているらしい。いまだにあるじとして振る舞うことに違和感があるようなのだ。

「そう？　それなら、果実水も飲み終わったようだし、そろそろ仕事に戻ろうか」

ニニの手から空っぽになった瓶を取り上げた悪魔は、すっかり軽くなったクッキーの包みとともにそれを空中へとしまう。ニニは夢から覚めたような顔をして、ダンタリオンの指先を見つめていた。

「……主人(ムシュー)はわたしに腹が立たないんですか」

「腹を立てる？　僕が？　ニニに？」

「だってわたし、主人(ムシュー)に失礼なことばっかり言って……」

ダンタリオンは声を出さずに笑った。軽やかに立ち上がり、まだ腰を下ろしたままのニニと向かいあう。

「ニニの言うことは人間ならきっとだれでも感じることだよね。いまみたいにそれは違うなと思えばそう言うし、二度めは言わないでくれるとありがたいとは思うけど、べつに腹を立てたりはしない」

気をつけます、とニニは言った。

「これからも言いたいことを言えばいいと僕は思うよ。そうでないと、お互いの常識とか価値観の違いがいつまで経っても埋まらないだろう。ニニは僕の使い魔だけど、契約者でもある。ベルフェゴールが言うほど、主従関係に縛られることはないさ」

屋敷に住むもうひとりの悪魔の名を聞いたとたん、ニニは思いきり顔をしかめた。せめて外に出ているときくらい、あの居候のことは思い出したくない。

さ、行こう、とダンタリオンは笑いを含んだ声で言った。彼にはニニの気持ちなど、なにもかもお見通しなのかもしれない。

「昼までには屋敷に戻りたいからね」

ニニはようやく立ち上がり、月光草の入った籠をひとつ両手で抱えた。そして、やはり籠を手にするあるじと連れ立って歩きはじめる。

「……このあたりは沼が少ないんですね」

ニニがようやく見つけた新しい話題をダンタリオンは拒まなかった。

「そうだね。僕らの屋敷の周りと同じように湿原のほとりであることは間違いないけど、ここまで来ると、目に見える沼は少なくなるかもしれない」

代わりに草が深くなって泥濘がわかりづらくなる、と彼は言った。

「足許にはじゅうぶん気をつけるんだよ」

はい、とニニはまさに泥に靴をとられながら答えた。浮き上がった草の地下茎に躓(つまず)いて、よろけた先に泥だまりがあったのだ。

ダンタリオンの言うとおり、草はだんだん背丈が高くなり、場所によってはニニの胸元に届くほど生い繁(しげ)っていた。歩きづらいことこのうえないが、そんなことを口にすれば、この過保護な悪魔はニニを担いで歩くことも厭(いと)わないだろう。この歳でだれかに担がれて歩くなんて冗談じゃない。

主人(ムシュー)の手を借りることなく体勢を立て直し、ニニはまた歩き出す。

ダンタリオンが草を踏む音、ニニが草をかきわける音、風が草原を揺らす音。

そこに混じるかすかな悲鳴。

——悲鳴？

ニニは足を止め、顔を上げてあるじを見た。ダンタリオンはわずかに眉をひそめ、煩わしそうな表情をしている。

「主人(ムシュー)……？」

「大丈夫だよ」

彼はそっけなく言うが、少しも大丈夫ではないような気がする。いまやニニの耳には、はあはあという荒っぽい息遣いや、ぐるぐるという低い唸(うな)り声までもが届いているのだ。

小さな悲鳴は断続的に続いていて、ガサガサと草を揺らす音も途切れることがない。

「な、なんなんですか、あれ」

「フェンリルだろう」

ダンタリオンはこともなげに言った。

「フェ、フェンリル？」

「狼みたいなものだ。ちょっと大きいけど」

狼、とニニは悲鳴をあげた。山間の村で育ったニニにとって、狼は恐怖の対象だ。死に瀕した夜、ネリとともに逃げこんだ小屋をやつらに取り囲まれ、寒さから逃れられなかった記憶とあいまって、死の象徴のようにさえ感じられる。

そんなニニを見て、ダンタリオンはあからさまに、しまった、という顔をした。

「大丈夫だよ。あれらは僕には近づいてこない。魔界の獣は己の分をよくわきまえている」

だが、主人の言葉はニニにとってなんの慰めにもならなかった。

「いや！　いやです！」

「放っておけばいい。大丈夫だから。月光草の群生地はすぐそこだ」

いやだってば、とニニは抱えていた籠にしがみつくようにして蹲ってしまった。膝が震えて立っていられない。

ダンタリオンは困ったようにため息をついた。

「じゃあ、ちょっと様子を見てこよう」

「いやです！　置いていかないで！　追い払って！」

「ニニ。フェンリルが怖いなら、あんまり大きな声を出さないほうがいい。かえって群れをおびき寄せることに……」

　そのとき、ダンタリオンの言葉を遮るように、草を割って灰白色の毛玉が勢いよく飛び出してきた。

「主人（ムシュー）！」

　ニニが盛大な悲鳴をあげる。

　ぽんぽんとよく弾むそいつは、二度三度とあたりを跳ねまわったすえ、こともあろうにニニの顔面に飛びついてきた。彼女はもう何度目になるかもわからない叫び声をあげた。

「落ち着きなさい！」

　さすがのダンタリオンも突然の事態に驚いたのか、強い口調で使い魔を叱りつける。

「主人（ムシュー）……！」

　顔に毛玉をくっつけたまま、ニニはくぐもった声で助けを求めた。ダンタリオンがニニの襟首をつかみ、己のそばに引きずり寄せる。彼が灰白色の毛玉を毟（むし）り取ろうと手を伸ばすと同時に、ぐるる、ぐるる、といういくつもの唸り声が聞こえた。

「狼が！」

　ニニは手探りでダンタリオンの脚にしがみついた。なにしろ毛玉に視界を塞がれていてなにも見えないのだ。

だが、それは彼女にとって幸いだったかもしれない。深い草むらのあちこちから、フェンリルの鼻先が覗いている――その高さから、獣たちが十三歳の女の子などひと呑みにできてしまうほど大きい、ということが知れた――のを目撃せずにすんだのだから。

ニニとダンタリオン、それから灰白色の小さないきものは、周囲をフェンリルの群れにすっかり取り囲まれていた。低い唸り声や荒い息遣い、草を踏みつける足音は徐々に彼らに迫ってくる。

ダンタリオンはニニと毛玉をマントの下に庇い、常磐色の双眸でフェンリルどもを睥睨する。獣たちはぴたりと動きを止めた。唸り声も足音も、息遣いさえもひそめられている。悪魔はただ静かに佇んでいるだけだ。それでも草の隙間から覗いていた鼻面はすでに見えなくなっている。じりじりとやつらがあとずさっていく気配がしばらく続き、やがて獣たちの気配は綺麗に消えた。

「ニニ。もう大丈夫だ」

ダンタリオンはマントの裾を持ち上げる。片腕で彼の脚にしがみついてガタガタ震えていたニニは、その胸元に灰白色の毛玉を抱き締めていた。さきほどまで彼女の顔面にひっついていたいきものである。

ダンタリオンは遠慮のない力でニニの腕から毛玉を取り上げた。後ろ首をつかまれあるじに検分されているそれをよくよく見てみれば、人間の世界でいうところの子猫ほどの大きさしかない四つ足の獣だった。

「カーバンクルがなんでこんなところに……」

ニニはダンタリオンの呟きを聞き逃さなかった。

「カーバンクル？　この子、カーバンクルっていうんですか？」

「そうだよ。なかなか珍しい魔獣だ」

「珍しい？」

「わりと最近になってから、寒い地方で存在を確認された魔獣だよ。こんな瘴気の濃い湿原にいるなんてふつうじゃ考えられないな」

ダンタリオンは顔の高さまで持ち上げたカーバンクルをしげしげと眺めながら言う。

「最近？」

「七、八百年くらい前だったかな」

人間と悪魔の時間に対する感覚の差を感じた。ニニは思わず、はあ、と曖昧な返事をしてしまう。

「彼らは魔力も体力もそこそこあるといわれているけど、毒や瘴気にはあまり強くない。空気の綺麗な雪原や氷穴にいることが多いと聞くね。敵も少ないし」

魔界の沼は瘴気を生み、植物の多くは毒を持つ。それらに弱いという小さな獣にとっては、この湿原のほとりは厳しい環境なのだろう。

「まだ幼体だな。親はどこへ行ったんだ?」

そこまで聞いただけで、ニニはカーバンクルに親近感を覚えた。

もともと人間である彼女もダンタリオンの使い魔となって彼の魔力に護(まも)られていなければ、とてもではないが魔界で生きていくことはできない。おまけにまだ小さなこどもだというのに親とはぐれてしまった。まったくもってわたしにそっくりじゃないの!

「親がこの子を探してるってことはありませんか?」

「ないだろうね」

ダンタリオンはきわめて軽い調子で答えた。

「近くにいるなら、なにがなんでも子を取り戻しにくるだろう。僕に触れさせることなんか絶対に許さないし、そもそもフェンリルたちに追いまわされるなんていう事態を招かないよう、しっかり家族を守るはずだ。カーバンクルは賢い獣なんだよ」

ニニはダンタリオンの脚にしがみついたまま、彼の掌(てのひら)の上で尻尾を持ち上げられたり脚を広げられたりしているカーバンクルをじっと見つめた。さんざんにフェンリルたちから逃げまわったのだろう、ひどくくたびれている様子で、長めの毛も汚れがひどくあちこちで縺(もつ)れからまっている。額には青緑色の大きな宝石が煌(きら)めいていた。

「……けがをしているな」

「えっ！」

ニニは慌てて主人の脚から離れた。ダンタリオンはその場にしゃがみこみ、ほら、と言いながら、遠慮のかけらもない手つきで小さないきものをひっくり返す。屋敷の庭で栽培されているアルラウネたちでさえ、もう少し丁寧に扱ってもらえているかもしれない、とニニは思った。

「だいぶ傷が深い」

主人の指が汚れた毛束をかきわける。見れば後ろ脚の付け根と首筋に大きな傷があった。灰白色の豊かな被毛のあちこちが褐色に汚れているのは泥に塗れているだけかと思っていたが、じつはカーバンクルが流した血であるらしい。

「助けられないんですか……？」

ニニは眉根を寄せてカーバンクルが身を預ける主人の手に縋った。

「無理だ」

「魔獣医なのに？」

ダンタリオンはわずかにむっとしたような顔で、こいつは野生だ、と言った。

「野生だと助けられないんですか？」

「魔界のいきものは、本来、医者の手なんか必要としない。生きるも死ぬも運命のままだ。僕の出る幕なんかないんだよ」

「でも、治療すれば助かるんですよね？」

助けてください、とニニは叫んだ。

「まだ助かるんでしょ？　助けてあげて！」

無理だと言っているだろう、とダンタリオンはそれまでよりも少し厳しい声で言った。

「僕は依頼がなければ治療はしない。一度面倒があってからはそう決めているんだ。こいつは野生でだれにも飼われていない。治療を依頼する者はいないだろう？」

わたしが、とニニはまたもや叫んだ。

「わたしが依頼します！　だめですか？」

「だめだね」

ダンタリオンの返事はにべもなかった。

「魔界でいきものを飼う、というのは、契約をすることだ。獣に役割と居場所を与え、奉仕を受ける。その獣が命を終えるまで契約を破棄することはできない」

「それなら契約します！」

ダンタリオンの常磐色（ときわいろ）の目に冷たい光が宿った。

「カーバンクルがどういういきものなのか、ろくに知りもしないで簡単に言うんじゃない。彼らがなにを食べるか、どれだけ生きるか、おまえは知っているのか？」

「でも……！」

「そんなことも知らないくせに、軽々しく契約を口にするな」

ニニは言葉を失った。

「それに契約には魔力が必要だ。おまえに魔力はないだろう、ニニ」

ダンタリオンはニニの手を振りほどくように立ち上がった。掌に載せたカーバンクルを草むらの中に下ろそうというのか、首根っこをつまんでその小さな身体(からだ)を持ち上げる。灰白色のいきものはそこで弱々しい鳴き声をあげた。ニニにはその声が、まだ死にたくない、と叫んでいるように聞こえた。

「待って！　待ってください！　そのまま置いていったら死んじゃいます！」

「それも運命だよ。そう言っただろう」

ニニの頭にカッと血が上った。親とはぐれ、フェンリルに追いまわされて、瘴気の立ちこめる湿原で野垂れ死ぬ。それが、この小さないきものの運命なの？

──そんなもの、くそくらえだわ！

「じゃあ、主人(ムシュー)は？　主人(ムシュー)には魔力がありますよね！　主人(ムシュー)が契約すればいい。そのカーバンクルと」

「なに？」

ダンタリオンはひどく驚いたように目を見開いた。腰をかがめた中途半端な姿勢のまま、おまえ、なにを言ってるんだ、と首を傾(かし)げる。

「主人（ムシュー）がその子の飼い主になるんです。主人（ムシュー）ならできるでしょう？　だって、カーバンクルのことにすごく詳しそうだったもの！」

「……師匠の受け売りだ」

師匠とはだれだ、と思ったが、いまはそんなことはどうでもいい。

「受け売りでもなんでもかまいません！　その子を保護してください！　それで、ご自分でご自分に治療を依頼すればいいじゃないですか！」

ダンタリオンは姿勢を正した。その掌にはまだカーバンクルを載せたままだ。

「理由がない」

「理由？」

「契約の理由だ。死にかけのカーバンクルと契約しても、僕にいいことはひとつもない」

ニニはまたもや言葉に詰まる。ほらね、とダンタリオンは言った。

「あまり困らせないでくれ。どんないきものにも寿命はある。こいつはここで命を終える運命だったんだよ」

ダンタリオンはそう言いながら、今度こそカーバンクルの身体を草むらへ下ろそうとした。それができなかったのは、素早く動いたニニが目の前に立ちはだかったからだ。靴のかかとがやわらかい泥に沈むのにもかまわず、ニニは夢中で叫んだ。

「それならわたしは？　わたしとの契約は？　意味があるの？」

悪魔がわずかばかり怯んだように見えた。

「わたしを使い魔にしたことで、主人にいいことがひとつでもあるんですか？」

「あるよ」

精気をもらう、と言っただろう、と答えるダンタリオンの声は落ち着いていた。彼はごく短いあいだに自分を取り戻したようだった。

「人間の精気は僕たち悪魔にとってほかのなににも替えがたい。生きるための糧だからね」

「カーバンクルの精気は？　同じいきものの精気でしょ。人間ほどじゃなくっても少しは足しになるんじゃないんですか？」

「……無茶を言うな」

ダンタリオンはすっかりあきれてしまったのか、ニニの身体を押しのけようとする。そのままカーバンクルを放り投げ、すべてを終わらせてしまうつもりでいるらしい。

ニニは必死に頭を働かせる。なにか、なにかないの？　主人の気持ちを変えさせるようなもの、なにかない？

「精気だけなんですか？」

「……なに？」

突然の問いかけにダンタリオンはニニを振り返った。その表情には純粋な疑問が浮かんでいた。使い魔の言葉の意味を本気でつかみかねているようだ。身体の脇で両の拳を握りしめ、ニニは、だから、と必死に言い募る。

「だから、悪魔と契約するときの対価になるのは精気（エネルギー）だけなんですか？」

ダンタリオンは双眸（そうぼう）を眇（すが）めた。ニニの言いたいことが伝わったらしい。

「そうではない」

「主人（ムシュー）の欲しいものだったらなんでもいいんですよね？」

「まあ、それはそうだけど……」

ダンタリオンは警戒のにじむ口調で答えた。予測不能の行動に出るニニが次になにを言い出すのか、はかりかねているに違いない。

「菫（すみれ）ではどうですか？」

「は？」

ダンタリオンは顔をしかめた。

「菫です。さっきお菓子を食べたとき、檸檬（レモン）と同じように菫も買うって、砂糖漬けにするんだっておっしゃってましたよね？」

あるじの答えはなかったが、ニニは必死で言葉を重ねた。

「わたし、知ってるんです。菫がたくさん咲くところ。とてもいい香りのする菫です。ネリと一緒に見つけたの。山を少し登らなきゃいけないし、だれにも話してない秘密の場所だから、摘みにくる人なんかいない。あそこなら……」

「菫の季節はもう過ぎた」

ダンタリオンは首を横に振っている。ニニの話に思わず耳を傾けてしまった自分を戒めてでもいるのか、指先で軽くこめかみを押さえている。

「取引にはならない」

「じゃあ、薔薇ならどうですか？」

「薔薇？」

ダンタリオンの眉がぴくりと動いた。使い魔の戯言につい反応してしまう自分を恥じるような顔つきをしている。ニニはかまわず先を続けた。

「山には薔薇も咲くんです。花びらがたっぷりついていて、とても綺麗なんですよ」

「……野生の薔薇は香りがよくない」

「そんなことありません！　すごくいい匂いがします。そのおかげで、ネリもわたしもそこに薔薇が咲いていることに気づいたんだもの。道から少し逸れたところにある窪地に、たくさんたーっくさん咲くの」

ダンタリオンはわずかに上体を引き、掌に載せたカーバンクルを見つめている。腹を見せたままぐったりしている灰白色のいきものは、放っておけば死んでしまうだろう。

「村の者たちも知っているんだろう？　そこは……その、薔薇の咲いているところは」

ダンタリオンが低い声でニニに尋ねた。あるじの声に迷うような響きを感じ取った使い魔は、さきほどよりも遠慮がちな調子で応じた。ここは慎重に話を進めなければ。

「知っています。でも、村の人たちは花を摘んだりなんかしません」

「……どうして？」

「花を売るのは手間がかかるんです。枯らさないように町まで運ぶのは大変だし、香水や化粧品を作るにはたくさんの器具や高価な材料が必要です」

ニニたちの村は花で商売をするにはあまりにも山奥にあり、またあまりにも貧しかった。

「それに花が咲く季節は限られてて、それだけでは生計を立てられないんです」

ダンタリオンはふたたび掌の上のカーバンクルを見下ろした。浅い呼吸は速く、尻尾の先さえぴくりとも動かない。ニニはじりじりしながら悪魔の返事を待つ。

「わかった」

ダンタリオンがようやく心を決めたらしい。

「薔薇の季節はもうじきだ。必ず案内してくれ」

ニニは小刻みに何度も頷いた。なんなら白詰草の群生地も教えたっていい、と彼女は考えた。あのあたりの蜂の巣からは質のよい蜂蜜が採れる。村に養蜂を生業にしている家はなかったが、家族で食べるだけの量であれば自由に採取してもよい、という不文律になっていて、皆の楽しみになっていた。きっと主人も喜ぶはずだ。

ダンタリオンは掌の上のカーバンクルにもう一方の手をかざした。やわらかい緑色の光が灰白色の小さな身体を優しく照らす。

「ニニ、名前はなににする？」

えっ、とニニは戸惑った。

「わたしが考えるんですか？」

「おまえが助けると決めたんだからね」

はい、と答えたニニだが、そう急に言われてもカーバンクルの名前など思いつかない。

一瞬、ネリ、と言いかけて、それはいけない、と思い直した。

「テ、テオ！　テオというのはどうですか？」

意味もなにもなく、ただ呼びやすそうだと思いついた名前だ。それでもダンタリオンは、いいと思うよ、と微笑んでくれた。

悪魔は指先に緑色の光を灯した。ニニと契約したときと同じ言ノ葉の光だ。ただし、今回はその光が陣を描くことはなかった。

鶸萌黄と若草の瞳を細めた悪魔が低い声でなにごとかを呟くと、光は丸い珠となり、ふわりと浮かぶ。彼のそばをしばし漂ったのち、その珠は詠唱の終わりとともに、テオの左前足の裏、やわらかそうな肉球のひとつにすうっと消えていった。

「おいで、ニニ」

ダンタリオンに呼ばれ、ニニは彼のそばに駆け寄った。

「おまえが世話をしてやりなさい」

「はい」

神妙な返事とともに、差し出された小さな命を両手で受け取った。テオの身体はとても軽く、しかしたしかにあたたかい。

「主人、手当ては……？」

「屋敷に戻ってからにしよう」

このあたりはどうやらフェンリルの縄張りらしい、とダンタリオンは言った。

「僕がいるかぎり手出しはしてこないはずだけど、ニニは落ち着かないだろう」

「で、でも……」

「なんだ？」

月光草はどうするんですか、とニニは訊いた。テオを助けてもらいたいあまりに我儘を言ってあるじの用を邪魔してしまった自覚はある。掌の上のカーバンクルはぜひとも助けてもらいたいが、務めをおろそかにしたいわけではないのだ。

そうか、とダンタリオンはわずかな時間考えるような仕草を見せた。だが、すぐに薄い笑みを浮かべると、片手をさっと動かした。

強い旋風が巻き起こる。

ニニは思わず目をつぶり、胸にカーバンクルを庇う。風が少しずつ弱まっていくのを感じて顔を上げたときには、宙を舞った月光草が、まるで意志を持ったいきもののように、次々と籠へ飛びこんでいく光景を目の当たりにすることになった。

「ム、主人(ムシュー)……」

「なんだい、ニニ」

こんなことができたんですね、とニニは言った。

「わざわざひとつひとつ摘み取らなくても、こんなふうに簡単に……」

「まあね。でも、それじゃおもしろくないだろう？」

「おもしろくない、ですか？」

うん、とダンタリオンは頷いた。風はすっかり吹きやんで、ふたつの籠は月光草でいっぱいになっている。

「魔力を使えばたいていのことはできるよ。でも、そうしてしまうと、ニニは屋敷を出る必要がなくなってしまう。散歩は楽しかっただろう？　月光草を摘むのも、外でおやつを食べるのも」

それどころか草原をただ歩いているだけで気が晴れた、とニニは思う。

「わたしのため、ですか？」

「もちろん僕のためでもあるよ。ニニと歩くのはなかなか愉快だからね」

「愉快？」

「ニニはなんにでも興味津々だろう。あれはなに、これはなにってずっときょろきょろしてるよね。ちょっとしたことでもびっくりするし、すぐはぐれそうになるし、そのくせ怖がりで……」

ダンタリオンは声を立てて笑った。

「見てて退屈しない」

ニニは恥ずかしくなって頬を赤くした。わたしったら、そんなにこどもっぽかったの？

「僕にとっては大事なことだ」

使い魔の羞恥をあやまたず読み取った親切なあるじは、誠実そうな声で言う。

「退屈は長い命にとっておおいなる敵だ。ひまなやつはろくなことをしないからね。悪魔も人間も」

ニニはダンタリオンをじっと見つめた。そして、さきほど思い出しかけたまま見失ってしまっていたあることにようやく気がついた。

「主人（ムシュー）、その瞳の色……」

ダンタリオンがはっとしたような表情になり、掌で目許（めもと）を覆う。

「待って！　待ってください！」

ニニは慌てて叫ぶ。だが、時はすでに遅く、ふたたび現れた悪魔の瞳は、この二月（ふたつき）のあいだにすっかり見慣れた常磐色（ときわいろ）のそれに戻ってしまっていた。

「なんで隠すんですか？　さっきのが本当の色なんですよね？」

「……べつに隠してはいない」

ダンタリオンの声はさきほどまでとは打って変わって少しも楽しそうではなかった。

「そういえば女の人の姿をしていたときはいまと同じ色でしたよね」

ニニはじっと主人（ムシュー）を見つめる。ダンタリオンはややうんざりとした口調で、そんなことどうでもいいだろう、と言った。

「僕の容姿なんか気にすることじゃないよ。老若男女、どんな見た目でも僕は僕だ。瞳の色なんか、それこそなんだってかまわない」

「なんだってかまわないなら、なんで本当の色を見せてくれないんですか？」

「……こっちが本当の色だよ」

「嘘（うそ）つき」

ニニは思いきり口許を歪（ゆが）めた。そして、早口に言い募る。

「わたしと契約したとき、主人（ムシュー）の瞳は左右で違う緑でした。テオと契約したときも同じ。契約は悪魔にとってすごく大事なものなんですよね？　だから、そのときに姿を偽ることはできない。きっと、さっきのが本当の色。違いますか？」

「なぜそんなことにこだわる？」

ダンタリオンは開き直ることにしたようだった。

「僕の瞳の色なんか、ニニには関係ないだろう」

言われるとたしかにそのとおりだ、とニニは思った。だが、気に入らないものは気に入らない。理屈ではないのだ。

「関係ないですよ。でも、いやです」

「なぜ？」

「わかりません。でも、主人(ムシュー)が本当の姿を隠してるのはいやなんです」

ダンタリオンは深いため息をついた。

「言いたいことはわかった」

もちろん悪魔はそこで瞳の色を戻したりはしなかった。ニニの言葉をすべて受け入れてくれたわけでもなさそうなことは、その表情からもよくわかった。

だが、彼の態度からまるっきり話を無視されることはなさそうだ、ということも理解できたので、ここは引き下がっておいたほうがいいかもしれない、と考える。

ニニの考えていることはあるじに正しく伝わったのだろう。彼は、いまはそれよりも、と穏やかな口調で続けた。

「テオのことを考えたほうがいいんじゃないか？」

ニニは、はい、と素直に頷いて、腕に抱えたテオを見下ろした。ダンタリオンとの契約の効果なのだろうか、カーバンクルの呼吸はさっきよりは少し落ち着いていた。しかし、血に濡れた被毛はそのままで、まぶたも固く閉じられている。

「すぐに死ぬことはないだろうけど、早めに手当てをしたほうがいい。わかるよね」

はい、とニニがもう一度頷くと、ダンタリオンは、おいで、とマントを広げた。

「屋敷に戻ろう」

気がつくと、見慣れた屋敷がすぐ目の前にあった。瞬きひとつのまに、草原から転移してきたのである。

石造りの屋敷は見るからに堅牢な造りをしていた。玄関扉の左右に塔屋があり、片側は居間、もう片側は診療室として使われている。湾曲した塔壁に挟まれた正面の壁には、一階も二階も四つの窓が等間隔に並んでいて、屋根にもふたつの窓が見える。そのうちのひとつはニニが寝起きしている部屋のそれだ。

外壁に装飾はほとんどなく、玄関扉も窓枠も石でできているため、だれかが暮らす住居というよりは要塞のように見える。窓にはガラスが嵌めこまれているが、どんな魔術が施されているのか、内部の様子を知ることはできない。明かりが灯っているかどうかさえ、外からはわからないのだ。

ダンタリオンは玄関の扉に手をかけた。とても頑丈なこの扉には魔術が施されていて、屋敷に足を踏み入れることを許されている者にとっては片手で開けられるほどに軽い。だが、そうでない者が触れると、その指先は黒く焼かれてしまうと聞かされていた。

入ってすぐ正面には、食堂と厨房（ちゅうぼう）へ続く廊下と二階へ上がる階段がある。その手前の左右にはそれぞれ両開きの扉があり、左側が居間、右側が診療室へと通じていた。

「早かったな、ダンタリオン」

診療室への扉をくぐろうとした魔獣医に、背後から声をかけた者がいる。

「ああ、ちょっとあってな」

振り向いた視線の先にはとんでもなく美しい容姿をした男が立っていた。氷でもまとっているかのごとくに煌（きら）めく長い銀髪、深い黄金色の瞳。飾り気のない月白（げっぱく）のローブに身を包んだ彼はこの屋敷に暮らすもうひとりの悪魔、ニニからすると居候としか呼びようのない存在だ。名をベルフェゴールという。

「……なんだ、そいつは」

ベルフェゴールの視線は、ニニの胸元にくったりと身を預けた灰白色のカーバンクルに向けられている。

「月光草の群生地で拾った。フェンリルに追いかけられていてな」

「またよけいな契約を結んだってわけか」

「……よけいではない」

ベルフェゴールが思いきり顔をしかめるのが見えたので、ニニはそうっと移動して主人（ムシュー）

のマントの陰に隠れようとする。

「よけいだろ。そこのクソガキと同じだ」

ダンタリオンは使い魔を診療室へ隠してしまおうとでもするかのように、彼女の背中を強く押した。

「クソガキじゃない。ニニだ。僕はこれから治療がある。話ならあとで頼む」

ベルフェゴールは不満げに双眸を眇めた。ダンタリオンはそんな彼を相手にせず、診療室へと足を踏み入れる。静かに扉を閉めたのは、居候に対するせめてもの気遣いだろう。

「テオを診察台へ」

天井の高い診療室の中央に、大型の患畜も載せられる広い診察台が設えられている。その上に小さなカーバンクルを横たえると、不安になるほどに頼りなく弱々しく見えた。

テオはまぶたを震わせたものの、その瞳を見せてくれることはない。青緑の宝石も心なしかその輝きを失くしているようだ。

「大丈夫。テオの額の石はアレキサンドライトといって、光源によって色を変える。いま赤紫に見えているのは、室内にいるからだよ」

丁寧に教えてくれたあと、ダンタリオンは、本当に珍しいな、とひとこと呟いた。

「なにがですか？」

「カーバンクルの額にはルビーやサファイアが嵌まっていることが多い。アレキサンドライトとはなかなかに希少価値がある」

そうなのか、とニニはさしたる関心を抱かなかった。生まれてこのかた宝石など見たことがなかったし、これからもテオのそれ以外目にする機会もなさそうだったからだ。珍しかろうがそうでなかろうが、どうだっていい。

ニニがそう答えると、ダンタリオンは苦く笑った。

「……魔界にも人間界にもたちの悪い蒐集家（コレクター）がいる。ニニはテオの飼い主だ。気をつけてやらないといけない、という意味だよ」

「それって、テオが攫（さら）われて宝石を取られちゃうかもしれないってことですか？」

ダンタリオンは唇を軽く歪める仕草だけでニニの言葉を肯定した。

「わたしが、飼い主？」

「さっき名前をつけてやっただろう」

「でも、契約したのは主人（ムシュー）ですよ？」

契約の文言にはニニの名前も織りこんでおいたんだよ、となんでもないことのように悪魔は言った。

「テオを飼うことを決めたのはおまえだろう？　責任は果たさないとね」

契約の重みを理由に一度はテオを見捨てようとしたくせに、勝手にわたしを当事者にするとはどういう了見なの、とも思ったが、ダンタリオンの言うことに間違いはないような気がした。なにより、もとからテオを放り出す気などないニニには、あるじの言葉を拒む理由がない。

診療室の壁一面には大小さまざまなたくさんの抽斗(ひきだし)が作りつけられている。ダンタリオンはそのうちのいくつかを開けたり閉めたりして、必要な薬草や瓶に入った液体などを取り出していた。

日頃のニニは診療室へ入れてもらえない。まだ駆け出しの使い魔である彼女は魔獣医の仕事の役には立たないし、ここを訪れる悪魔たちのなかにはさきほどのベルフェゴールのように、元人間であるニニを快く思わない者も少なくないからだ。

ニニはきょろきょろと落ち着きなくあたりを見まわす。部屋の真ん中に置かれた診察台、抽斗の合間に隠されるように設えられた作業台、部屋の隅には崩れるか崩れないか絶妙な均衡で積み重ねられたたくさんの桶(おけ)や盥(たらい)。半円を描く窓際には、居間に置かれているものよりも多少は見栄えのする布張りの長椅子(ソファ)が一脚とひとりがけの椅子が二脚、それらとそろいの意匠が施された洋卓(テーブル)が置かれていた。

テオが小さく鳴いた。ダンタリオンに与えられた薬で目が覚めたらしい。ニニは慌てて診察台に視線を戻し、獣の頭をなでようとする。

「ニニ、テオを仰向けにしてしっかり身体(からだ)を押さえて」

あるじの言葉を受けて、ニニは手早くコートを脱いだ。鴇鼠色(ときねずいろ)のシャツと山鳩色(やまばといろ)のズボン姿はまるで少年のようだが、彼女はいまのこの服装をとても気に入っている。シャツもズボンもどちらも麻のように丈夫ながら、やわらかい綿のように肌触りがよく、なにより清潔だ。邪魔くさいボンネットをかぶる必要のないことも、とても嬉しい。

ダンタリオンの指示に従って、掌と腕を使って小さな獣の身体を保定する。

「そう、上手だね、ニニ」

「家畜の世話はネリとわたしの仕事だったんです」

テオはとてもおとなしいから、泥の中を暴れまわる鶏を捕まえておくよりよほど簡単です、とニニは答えた。

「蹴ったりつついたり飛びかかったりしないもの」

「……大変そうだな」

それでも弟や妹の世話に比べればたいしたことはなかった、とは口にしなかった。

雨に濡れようと、雪に凍えようと、家鴨や鶏や豚や羊の相手をしているほうが、気まぐれにしかこどもの世話をしない継母の仕切る家の中にいるよりはずっとましだった。まともな食事や衣服や寝床を、幼い弟と妹のぶんまで確保することは、ニニたちにとってとても大変なことだったのだ。

でも、そんなことはもうどうでもいい。もし、この先うまくネリを見つけ出し、人間の世界に戻ることができたら、あんな家には帰らないつもりだ。大きな街に出ればニニにもできる仕事があるだろう。どうにかして働き口を見つけ、給金をもらって暮らすのだ。ネリとふたりならどうにかなる。大姉さんたちだって力を貸してくれるかもしれない。

　ダンタリオンは節の目立つ指先で、丁寧にテオのけがの具合を確かめている。脚の付け根の傷がとくにひどいようだった。

「少し縫ったほうがよさそうだな」

「縫う？　どこをですか？」

　ニニはびっくりして思わず尋ねた。

「テオの脚だよ。そのままにしておいても傷は塞がるけど、縫ったほうが早く治る」

　答えながらダンタリオンはまたもやいくつかの抽斗を開けたり閉めたりして、針と糸、そして小さな洋灯を持ってきた。

　指先を軽く弾いて洋灯に火を灯し、糸を通した針の先を炙る。傷口の周囲になにやら爽やかな匂いのする液体を塗りつけたあと、ダンタリオンは針をつまんで、カーバンクルの裂けた皮膚を縫いはじめた。

「……魔術は使わないんですね」

　すぐ目の前で細かく往復する針先を見つめながらニニは言う。

「大型獣なら迷わず使うけどね。このカーバンクルはまだ小さすぎて、他者の魔力が負担になる。弱った身体をさらに痛めつけることになるから、縫ったほうがいいんだ」

掌をただひらひらさせるだけで空中からお菓子や果実水を取り出したり、籠いっぱいに月光草を摘み取ったり、なんならその身を転移させることさえできる悪魔の力を、ニニは純粋に称賛し、万能だとさえ思っていた。けれど、どうやらそうでもないらしい。

ニニがそう言うとダンタリオンは優しげに笑った。

「どんなものにも使い方がある。ほら、もう終わった。離してかまわないよ」

ニニはそうっとカーバンクルの身体を解放した。テオは傷を庇（かば）うようにその場でくるりと丸くなった。

「蝙蝠（こうもり）たちに言って毛布を持ってきてもらおう。この籠に寝床を作ってやるんだ」

ニニは差し出された籠を持ち、窓際の長椅子（ソファ）に置いた。すぐに一匹の蝙蝠がやってきて、キイキイと鳴くので、主人（ムシュー）の言葉のとおりに毛布を頼む。

蝙蝠が戻ってくるのを待つあいだ、ニニは少し離れたところからあるじが診療室を片づける様子をぼんやりと眺めていた。

ダンタリオンは魔力を使って離れたところにある抽斗からボロ布を取り出したり、盥に水を注いだりする一方、みずからの手で診察台を拭き清めたり、手術に使った針や鋏（はさみ）を洗ったりしていた。無駄のない動きは整然としていて、その姿はどこか美しくさえある。

ああしていると、主人（ムシュー）はだれの手も必要としていないように見える、とニニは思った。

蝙蝠たちやわたしのような使い魔などいなくても、なんの不足も不自由もなく暮らしていけるのだろう。

なのに、どうして彼は蝙蝠たちを屋敷に置き、わたしに、使い魔にならないか、と持ちかけてきたのか。

尋ねれば彼はきっとこう答える。

——便利だから。

——精気（エネルギー）が欲しいから。

嘘（うそ）ではないだろう。でも、本当でもない。たぶん。

主人（ムシュー）がわたしに本心を明かしてくれるときはくるのかしら、とニニは思った。そして、同時に、それほどまでに長い時間をここで過ごすつもりになっているらしい自分に、少しだけあきれる。魔界はわたしの居場所なんかじゃないっていうのに。

キイキイ、という鳴き声とともに、ばさり、と毛布が降ってきた。

ニニははっとわれに返り、急いで毛布を籠に詰める。診察台に歩み寄り、慎重な手つきでテオの身体を持ち上げた。

灰白色のカーバンクルの身体を毛布でくるんでやりながら、ニニは口を開いた。

「主人（ムシュー）、さっきの話ですけど……」

「さっきの話？　どの話？」

「主人（ムシュー）の瞳の色の話です」

ああ、あれか、とダンタリオンは顔をしかめた。片づけをあらかた終えて、診察台に寄りかかるようにしてなんとなく寛いでいたはずが、いつもどおりの背中を伸ばした姿勢に戻ってしまっている。この話題を歓迎していないことは明らかだった。

だが、ニニはめげない。

「右と左で色が違うのが、本当なんですよね？」

ダンタリオンは返事をしなかった。

「なんで、色を変えてるんですか？」

「……意味はないと言ったよね」

ニニは身体を丸めたテオが寝む籠を持って立ち上がった。そして、まっすぐに己のあるじたる悪魔を見つめる。

「わたし、怖がったりしないですよ。主人が悪魔だっていうこと、ちゃんとわかってるつもりです」

ダンタリオンは表情を変えることも言葉を発することもなく、ただニニを見つめる。

ニニはしばらくのあいだ怯むことなく彼を見つめ返していたが、やがて気まずさから少しずつ俯いていく。どうしよう、と彼女は思った。主人を怒らせてしまったかしら。いますぐに謝ったほうがいいの？　それとも、このまま診療室を出ていったほうがいい？

どうしたらよいか判断がつかず、ズボンの太腿あたりをぎゅっと握り、唇を噛み締めたそのときだ。

「いいかげん昼食にするぞ、ダンタリオン！」

遠慮のない声量で呼ばわる声に続き、扉を派手に開ける音が診療室に響き渡った。声の主はこの屋敷のもうひとりの住人、さきほどのベルフェゴールである。

「せっかく支度を調えたっていうのに、おまえたちが全然出てこないせいで蝙蝠どもがばたばたばたばたうるさくてかなわん。ここに閉じこもるのはやめろ！」

蝙蝠たちは主人の許しがないかぎり、診療室に立ち入ることができない。さきほど、テオのための毛布を届けてくれた一匹が室内まで飛んでくることができたのは、言いつけられた品を持ってきたからだ。

「……ベルフェゴール」

ダンタリオンがため息をつくも、図々しい居候はまるで堪えた様子がない。

「俺は腹が減った。今日は黄金麦を使ったパンペルデュらしい。あれは美味い。冷めないうちに食うぞ」

ベルフェゴールの声はよく通る。

おかげでテオの目が覚めてしまった。小さな鳴き声をあげて耳を立て、大きな目を見開いている。その瞳はなんとも鮮やかな緋色をしていた。

ニニは手を伸ばし、少しでも落ち着くようにとテオの頭をなでてやる。卵と牛乳、蜂蜜をたっぷり使ったパンペルデュにはもちろん心が躍る。だが、それにしてもなんという迷惑な大声だ。

「パンペルデュはおまえも好きだろう、ダンタリオン。早く食おう」

ニニたちのあいだに漂っていたぎこちない気配を察していないはずがないだろうに、空気を読まないベルフェゴールは、しつこくダンタリオンを食堂へと誘う。

ダンタリオンはしばし瞑目し、やがて、小さなため息をついた。

顔を上げ、険のない眼差しでニニを見つめる。

「だ、そうだよ、ニニ。おいで、昼食にしよう。おまえもお腹が空いただろう。パンペルデュは熱々のうちに食べなくちゃね」

今日は朝からよく働いたから、と主人は使い魔をねぎらってくれる。笑みの含まれたその眼差しは、――鶸萌黄に若草。

ニニは大きく目を見張った。

「はい。いただきます」

主人の瞳についてのよけいな言葉を呑みこんだニニは、テオが身を横たえる籠をしっかりと抱きかかえ、彼のそばに急ぐ。その頬には歳相応の朗らかな笑みが浮かんでいた。

2　ワイバーン

　ひさしぶりの明るい空だった。

　瞳を灼かれるような眩さに、ニニはさっきからずっと目をしょぼしょぼさせている。太陽ってこんなにまぶしかったかしら、とにじむ涙を拳で拭う。

「ニニ、ここはすごいな！」

　珍しく明るくはしゃいでいるようなあるじの声がして、ニニは目をしぱしぱさせながら隣を見上げた。肩に乗っているテオはニニの身体の動きに合わせて器用に移動し、直接陽射しを浴びない位置を確保している。ひどいけがをして動けないほど弱っていた数日前が信じられないような敏捷さだ。

「どうした？」

「……なんかすごくまぶしくて」

　あ、そうか、とダンタリオンはなにかに気づいたように呟くと、漆黒のマントの下から手を伸ばしてニニの目許をすっと覆った。掌はすぐに遠のき、ニニがふたたびまぶたを開けたときには、視界がちかちかするようなまぶしさはなくなっていた。

「魔界の空に慣れた目に、この太陽は毒だったね。ちょっとは楽になったかい？」

ありがとうございます、と答えながら、わたしの身体はいつのまにかすっかり魔界になじんでしまっていたらしい、とニニは少しだけ寂しく思った。いまのわたしはやっぱりただの人間じゃないんだわ。瘴気(しょうき)や毒や酸の渦巻くあの場所で平気で暮らせているのだからそれは当然のことなのだが、こうやって身をもって実感させられると、なにやら胸に迫るものがある。

だが、どうやらひどく浮かれているらしいダンタリオンには、使い魔のささやかな感傷などこれっぽっちも伝わっていないようだった。

「すごいねえ、ニニ！　見渡すかぎり大輪の薔薇(ばら)じゃないか！」

これが摘み放題だなんて、と主人(ムシュー)は興奮を隠そうともしない。本当は、食べ放題だ、と言いたいところをこらえているのかもしれない。

「喜んでいただけてなによりです」

ニニはダンタリオンを見上げ、聞きようによっては水を差していると思われてもしかたのない調子で返事をした。

「どうした？　ニニ」

案の定、ダンタリオンは不思議なものを見るみたいな目つきでニニを見下ろしている。

ちなみにいまの彼は、はじめて出会ったときと同じ女性の姿をしていて、その瞳も穏やかな常磐色(ときわいろ)である。

「いえ……そんなに喜んでいただけるとは思わなかっただけです」

薔薇の花なんかでこどもっぽくはしゃぐ主人(ムシュー)についていけてないだけです、とは言わなかった。なんとなく彼を傷つけてしまうような気がしたからだ。

「そう？　だって薔薇だよ。こんなに綺麗(きれい)で、いい香りがして、それが摘み放題だよ。喜ぶに決まってるじゃないか！」

きっと美味しい砂糖漬けがたくさんできる、とダンタリオンは満面の笑みである。蝙蝠(こうもり)たちに仕事を増やしすぎだって文句を言われるかな、と呟く声までもが嬉(うれ)しそうだ。

今日は薔薇を摘みにいこう、とダンタリオンが言い出したのは朝食の前のことだった。毎朝の仕事であるアルラウネの水やりを始めたばかりのニニのところへやってきて、急に宣言したのである。

テオを助けてもらったとき、薔薇の花がたくさん咲くところへ案内する、と約束したのはニニである。わかりました、と即座に頷(うなず)いた。

ニニとて、ひさしぶりの人間界である。口にはしなかったが、わずかな期待をしなくもなかった。もしかしたら、以前暮らしていた村を見にいくことができるかもしれない、と。

肉体から離れ、魂だけの存在である亡者となってしまったというネリが一番いそうな場所。それは、ふたりがかつて暮らしていた村である。姉が、自分たち姉妹を置き去りにした父親、継母(ままはは)と弟妹たちにどれほどの情を抱いていたのか、ニニは知らない。だが、たとえ彼らに対して深い思い入れがなかったとしても、ネリのやや臆病な性格を考えれば、なじみのある場所にとどまっていると考えるのが自然だ。

朝食をすませたあと、自身の顔よりも大きな籠を手にしたダンタリオンは、使い魔とテオをもろともマントに包み、薔薇の花のある場所を強く思い描いて、と言った。ニニの心象(イメージ)を頼りに飛ぶんだから、よそごとを考えちゃだめだよ、と。

ニニが目をつぶり、テオが鋭く鳴いた。ダンタリオンがぽんと軽く跳ね、昼食までには帰れよ、というベルフェゴールの声が聞こえる。それらが全部いっぺんに起こり、気づけばニニは、数えきれないほどの薔薇が咲く中にあるじとふたりで立っていた。

主人(ムシュー)のおかげで視力を取り戻し、まともに周囲を観察できるようになったニニは、美しく咲いている薔薇のどれを摘み取ろうか迷っている彼を後目(しりめ)に、うんと首を伸ばして山道のあるほうの様子を窺(うかが)った。

ここはニニたちが暮らしていた家と、彼女が父親に置き去りにされた山小屋までの道のりの、ちょうど中間点くらいの場所である。山肌を覆う木々が途切れるこのあたりは風通しも日当たりもよい。薔薇が自生するのに適していたのだろう。

道沿いの花々はそこを往来する人々によって摘み取られ、早々に姿を消してしまう。だが、山道から逸(そ)れて足場の悪い斜面を少し登ると、あたり一面、大輪の薔薇が咲き誇る窪(くぼ)地(ち)にたどり着くことができるのだ。

ニニはネリとともにこの場所を見つけ、ときどき遊びにきていた。薔薇が咲いているときはもちろんのこと、咲いていないときにも。日々のきつい仕事から解放されたいことにとっては、花木の棘にさえ気をつけていれば、ちょうどいい隠れ場所だったからだ。理不尽に思える理由で食事を抜かれたり、引っ叩かれたりしたときに、涙が乾き、悔しい気持ちが落ち着くまでここにいたこともある。

よい思い出ばかりではないが、遠く離れてしまったせいかひどく懐かしく感じられた。ネリもここを思い出したりしないかな、とニニは思った。姉さんはわたしよりも優しいところがあったから、薔薇への思い入れも強いんじゃないかしら？　そうだ、もう少し山道に近いほうなら――。

ニニはふらふらと斜面を下りようとした。

「どこへ行くの、ニニ」

薔薇を収穫することに夢中になっているように見えたダンタリオンが、すぐ傍らに立っていた。歩き出したニニの進路を阻むように長い腕が伸ばされる。

「……ネリが、いるかもって思って」

「そうだね」

ダンタリオンの声は静かだった。ニニは自然と俯いて、彼が籠に入れたばかりの薔薇を見つめる。摘み取られているのは、盛りをすぎてほどけかけた、しかし、花びらが変色しないぎりぎりのものばかりだ。咲き初めの綺麗にまるい花には手をつけていないらしい。

「でも、だめだよ。そのことは屋敷を出る前に話しただろう？」

今日はあくまでも薔薇を摘みにいくだけにしよう、と主人（ムシュー）に言われていたのは事実だ。村には近いうちに必ず連れていく。でも、今日はだめだ。いまの姿のままじゃだれかに見つかるに違いないし、見た目を変える魔術はそれなりに負荷のかかるものなんだよ。ニニはまだ魔界に完全になじんだわけじゃないから、あまり無理なことはしたくないんだ。

彼がニニのためを思って言ってくれているのだということは、もちろん理解している。

それでも、もしかしたら、ほんの少しだけなら、と期待してしまったのはわたしの勝手だ、とニニはため息をついた。がっかりするのは筋違いだろう。

だけど、とニニはどうしても考えてしまうのだ。だけど、ネリのことがどうしても気にかかるんだもの。

ニニがダンタリオンの使い魔として魔界で暮らすようになってから、すでに数か月の時が過ぎている。それはつまり、彼女とネリが村から姿を消してから同じだけの月日が流れた、という意味だ。

急にいなくなった姉妹のことを、父親が周囲の人たちになんと説明したのかはわからない。いなくなったと言ったのか、あるいは死んだと言ったのか。だが、いずれにしても、ネリを探すニニの姿が村のだれかに見つかれば不審に思われることはたしかである。

どこへ行っていたのか、死んだのではなかったのか。質問攻めにされるくらいならまだいい。村の人たちは山の厳しさを知っている。身ひとつで山小屋に置き去りにされたこどもが、病むことも傷つくこともなく戻ってくるはずなどないことをよく知っている。皆は不審に思うはずだ。いったいどこから戻ってきたのか、なぜ死なずにすんだのか、一緒に消えたはずのもうひとりはどこへ行ってしまったのか。そして、ニニのことをおそれ、疎外するだろう。理解の及ばぬ、得体の知れない化け物として。

ニニには彼ら彼女らの気持ちがよくわかる。自分も同じ共同体の一員だったからだ。よそ者には、少しでもおかしな行動をとる者には、村を出ていってもらわなければならない。そうでなければ、貧しく小さな土地の平和を維持することはできないのだ。

ダンタリオンは慰めようとするかのようにニニの手を取った。

「もう少し奥のほうでも綺麗に咲いていそうだ。行ってみよう」

ニニはあるじに連れられて、ゆっくりと斜面を登っていく。未練がましく山道を何度も振り返るも、悪魔の手を振りほどくことまではできなかった。

「ああ、これも綺麗だ」

ダンタリオンはそう言ってはたびたび足を止め、魔力を使って丁寧に薔薇を摘み取る。花びらだけでなく、葉も枝も無駄に傷つけることのないように、緑色の優しい光がふわりと花を包みこむのを、ニニはぼんやりと見つめていた。頭の中はネリのことでいっぱいだ。

姉さんはどこへ行っちゃったんだろう。亡者とは思い入れの強い人や場所に憑くものだと主人は教えてくれた。もしネリがここにいるのならば、わたしがこうやって訪れたことに気づかないはずがない。必ず顔を見せるはずだ。姿を現さない、ということは、つまり、ここにはいない、ということだ。じゃあ、ネリはいったいどこへ？　やっぱり村なのかしら？　だとしたらどうにかして——。

「ニニ」

はい、とニニは無意識のうちに返事をし、すぐにはっとして主人を見上げた。ダンタリオンは使い魔を気遣うようにかすかに笑った。

「……すみません」

ニニはまたもや俯いた。

「ここはニニにとってちょっとしんどい場所だったかな」

いいえ、とニニは首を横に振った。

「大丈夫です」

「無理しなくていいんだよ。ネリのことが気になるのは当然だ。準備を整えて、必ずまた来よう。約束するよ」

ニニは、はい、と頷きながら両手で自分の頬を数回叩いた。しっかりしなくちゃ。

さて、とダンタリオンは言った。いかにもとってつけたような不自然な口調だった。

「薔薇もたくさん手に入ったことだし、そろそろ戻ろうか。ずいぶん時間をかけてしまったから、きっとベルフェゴールがいらいらしてるよ」

ニニはあるじが手にしている籠を覗きこみ、思わず眉をひそめた。いくら摘み放題とはいえ、主人ってばずいぶんな数を摘んだのね。これを全部砂糖漬けにする気かしら? これだけあれば、次の花の季節まで好きなだけ食べてもまだあまる気がするんだけど。

そんなことを考えているうちに、ニニの身体は漆黒のマントに包まれていた。

屋敷に戻って遅い昼食をすませてから、ニニは午後の仕事に取りかかった。もう夕刻が近いから無理をしなくてもいい、とダンタリオンは言ってくれたが、不機嫌極まりないベルフェゴールと同じ屋根の下にいたくなかったのである。

ダンタリオンとニニが屋敷に戻ったのは昼食どきをとっくに逃したあとのことだった。薔薇を摘むのに思いのほか時間を費やしていたのだ。当然、ベルフェゴールはそれはもうとてつもなくご機嫌ななめである。

腹が減った、と言った彼の声は不気味な地鳴りのように低かった。すまなかった、とダンタリオンが素直に詫びている横で、ニニはテオとともに空気になるよう努めた。下手なことを口にしてとばっちりをくらってはかなわない。

ベルフェゴールはこの屋敷の居候である。蝙蝠たちに食事を頼むことはできない。なぜなら彼らはダンタリオンのしもべであり、基本的にあるじの言うことしか聞こうとしないからだ。喉が渇いた程度なら自分で酒でも出してくればいいのだろうが、腹が減ったとなるとそうはいかない。調理のための水も火もその管理は蝙蝠たちがおこなっていて、ほかの者は触れることができない。それがこの屋敷の決まりなのだ。

ベルフェゴールがどれだけ怒鳴り散らそうと、ダンタリオンの言葉がないかぎり、蝙蝠たちは動かない。ダンタリオンは昼食までに戻るつもりだったのだろうが、薔薇(ばら)を摘むのに夢中になりすぎて、同居人の腹具合を思い出すのに時間がかかってしまった。

すっかり据わりきった目で、あともう少し遅かったら蝙蝠どもを食っていたぞ、などとぶつぶつ言っていた居候を宥(なだ)めたのは、ふたりが花のついでに持ち帰った巣蜜(コムハニー)だった。薔薇の窪地の近くに白詰草の群生地があることを覚えていて本当によかった、とニは自分を褒めてやりたいくらいだった。

ベルフェゴールは蜂蜜に目がない。ダンタリオンのように甘いものならなんでも口にする、というわけではなく、ひたすら、蜂蜜、蜂蜜、蜂蜜なのだ。美貌の悪魔の正体は熊なのか、とは口に出せない疑問である。

ともかく、怒れるベルフェゴールは昼食を腹に詰めこんだことと巣蜜(コムハニー)を手にしたことでしぶしぶながらも口を閉ざし、いつもの長椅子(ソファ)に戻っていった。

「それでも油断はできないもんね。あいつはわたしとテオを目の敵にしてるんだから」

まったく、空腹で機嫌が悪くなるなんててんでこどもだわ、とニニは悪態をついた。わたしのことをクソガキクソガキと罵るくせに、自分だって似たようなもんじゃないの。テオが慰めるような声で幾度か鳴いて、ニニの首筋に頭を擦りつけてくる。ニニはテオをなでてから自分も頭を軽く振って、気持ちを切り替えようとした。

ダンタリオンの屋敷は草原が湿原に変わるその端境のようなところに建てられており、周囲に広い庭が造られている。庭といってもベルフェゴールに言わせればほとんど畑のようなもので、ニニが毎朝世話をしているアルラウネをはじめ、主人（ムシュー）が魔獣たちに処方する薬の原料となる魔界の植物が数多く育てられていた。

庭とそうでない場所とは、ダンタリオンが築いたという簡素な柵で隔てられている。柵の外側は見渡すかぎり、ところどころに沼地の隠れる草原が続いていた。

ニニは庭のはずれにあるウムドレビの林に向かっている。収穫期にはまだ少し早いが、じゅうぶんに熟した果実をつけた木があるので、いくつかもいできてほしい、と頼まれていたからだ。

厚手の手袋と頑丈な鋏（はさみ）を入れた大きな手桶（ておけ）を振りまわしながら、ニニはずんずんと進んでいった。そうしているうちに、腹立たしい居候のことなどほとんど忘れてしまっている。立ち直りの早さは彼女の長所であるといえるだろう。

不意にテオが警戒の鳴き声を立てた。

ニニはぴたりと足を止め、あたりを窺(うかが)った。
太腿(ふともも)ほどの高さまで繁(しげ)ったアグラフォーティスの畑の先は、目的とするウムドレビの林だ。テオはそちらのほうへ真紅の瞳を向け、前屈(まえかが)みになって小さな唸(うな)り声をあげている。首のうしろの毛が逆立ち、身体がひとまわりほど大きくなったように見えた。

「……侵入者？」

ニニは眉をひそめた。

「結界があるのに？」

庭を囲む柵は結界を兼ねていて、野生の魔獣や魔物といった招かれざる客を寄せつけないようになっている。ダンタリオンはそう説明していた。あるじの言葉を否定する理由はニニにはない。だから、テオの発する警戒はそれとしてやや歩調を緩めつつも、少しずつ林へと近づいていった。

近づくにつれ、ふいごのような音が耳に届く。それもとてつもなく大きなふいご、巨大ないきものが深く呼吸するときのような音。

ニニは肩の上のテオをちらりと見やった。相変わらず全身の毛を逆立てて警戒してはいるが、そこまでひどく怯(おび)えている様子でもない。

慎重に進むうちに、目的地でもある林に足を踏み入れた。ウムドレビの樹皮は無毒だが、収穫期を迎えた木は表面に猛毒の樹液を分泌することがある。手入れの行き届いた林は歩くのに造作もないが、それでも木々に手を触れないよう気をつけながら、ニニは奥へ奥へと進んでいった。

闖入者との対面は突然だった。

苔色の巨体が目の前に現れたのだ。

「な、なに……？」

「それ以上近づくな、ニニ」

頬にふわりと風を感じた。前触れなく現れた主人の黒いマントの陰に隠れるようにしながらも、ニニは好奇心を抑えきれず、ふいごの正体を見極めようと首を伸ばした。

「ワイバーンだ」

「ワイバーン？」

巨大な竜がたしかにそこにいた。

金剛のごとき硬い鱗に覆われた身体、大きく鋭い爪と牙を持ち、種族によっては炎や氷の息を吐く。翼によって空を駆け、千年とも万年ともいわれる長い時を生き、なかには人の姿をとることができる者もいるという。叡智にあふれ、思慮深く、人間から畏怖と尊敬を集める竜は、しかし一方で、凶暴で浅慮な破壊者としても言い伝えられている。

ニニは瞬きも忘れて伝説の存在に見入ってしまう。

（邪魔をしてすまぬ）

頭の中、否、腹の奥、なんとも言いがたいところから聞いたこともない声が響いたような気がした。あまりの気味の悪さに、ニニは大きく身体を震わせ、慌ててダンタリオンのマントの裾をつかむ。

(非礼は詫びる。あまりにくたびれてしもうて、どうしても羽を休ませたかったのじゃ)

ワイバーンの口許(くちもと)は固く閉じられている。それなのに彼の言葉はちゃんとニニに届いている。なにが起きているのか理解できなくて、ニニは戸惑いながら主人(ムシュー)を見上げた。

「念話だ。竜族はわれわれの言葉を使わないとされているが、歳(とし)を重ねることでこうした技を身につける者もいる」

ようするに声を発することなく相手に自分の意思を伝えることができるというわけね、とニニは理解した。便利なような、不便なような、よくわからない技だ。

使い魔を安心させたダンタリオンは、相変わらず大きなふいごのような音をさせて苦しげな呼吸を繰り返すワイバーンに向き直った。

「そなたのことは聞いたことがある」

(光栄のいたりじゃ)

「毒の沼のぬし」

ワイバーンは返事をしなかったが、とくに否定する気もないようだった。

「そなたの住処(すみか)はここからだいぶ離れたところにあるのではなかったか」

(いかにも)

「それがなぜ、このようなところにいるのだ」

魔界の住人は悪魔たちを含めて、自身の居住する地から離れることはほとんどない。

魔界は広く、それぞれの地域にはっきりとした特徴がある。毒の沼地、瘴気の湿原、酸の海、酷暑の砂漠、極寒の氷原。いきものたちは皆、それぞれが暮らす土地に適した身体と生態を備えている。

それは言い換えれば、自身の生まれ落ちた場所以外では容易には生きられない、ということでもある。ニニが人間の世界から魔界へやってきて平然としていられるのは、彼女がダンタリオンの魔力に護られた特別な存在だからである。

「このあたりは湿原に近く瘴気が強い。そなたにとってはいささか厳しい環境だと思うが」

(さよう)

竜はゆっくりと瞬きをした。ただそれだけの動作がひどく億劫そうだった。

(だが、古い友人が寿命を迎えると聞いて、最後にどうしても会いに行きたかったのじゃ。友には無事に会えたが、帰る道すがらえらくしんどくなってしもうての)

どうやらたいそうな古老であるらしいワイバーンの言葉はゆっくりと続く。ニニは旺盛な好奇心のままに主人のマントに縋りつくようにして竜の話を聞いていたが、いつのまにか、その安全な場所から出てきてしまっていた。ダンタリオンが肩をつかんで止めていなければ、竜のそばに歩み寄っていきさえしていただろう。

（なじみのあるウムドレビの匂いがして、ちと休ませてもらおうと思ったのじゃ）

「結界を破ってか」

ニニが見上げたダンタリオンの表情はとても苦い。どうやら悪魔にとって結界を破られるということは、ひどく不愉快なことであるらしかった。縄張りを荒らされたような気分になるのかもしれない。

（……それについては詫びを言う。だが、ほれ、このとおりじゃ。敵意はない）

彼の言葉に嘘はないようだった。竜は腹を地面にぺったりとつけたまま、身動きひとつしていない。たたまれた翼も、身体に沿わせるように巻いた尾も、微動だにしなかった。

ワイバーンというのがどのような種類の竜であるのか、ニニにはよくわからない。けれど、いま目の前で小山のように丸まっている古老が危険な存在であるようには思えなかった。彼はとてもくたびれている。

（ほんの少しでかまわぬ。休ませてはもらえないだろうか）

ダンタリオンは眉根を寄せた。色味の異なる双眸を細め、無言のうちに拒絶の意を示している。

ワイバーンは深い息をついた。またもやふいごの、それも古くなって破れ目の入ってしまったそれを無理に使っているときのような音がした。

「ここは僕の庭だ。あるじに無断で忍びこむような無礼なワイバーンを休ませてやるための場所はない」

「主人(ムシュー)！」

突然大きな声をあげたニニに驚いたように、ダンタリオンが目を見開いた。

「なんだ、ニニ」

「このひと、いえ、この竜さん、追い出しちゃうんですか？」

追い出す、とダンタリオンはいかにも心外だと言わんばかりの口調で問い返した。

「ここは僕の庭だ。彼には彼のあるべき場所へ帰ってもらおうとしているだけだよ」

「でも、竜さんは疲れてるって言ってます」

「ニニ」

ダンタリオンの口調は穏やかだが、反論を許さない響きがこめられていた。けれど、ニニは譲らない。

「休ませてあげるくらい、いいじゃないですか」

「そういうわけにはいかない」

主人(ムシュー)の声は毅然(きぜん)としていた。

「鍵をかけておいた部屋に侵入してきた泥棒に寝床を貸してやるようなものだ」

人間の世界に造詣の深い悪魔は、新入りの使い魔にもわかりやすい喩(たと)えを使う。

「とっ捕まえて警邏に突き出すのが筋というものだろう。魔界に警邏はいない。ただ出ていってもらうだけだ。出ていかないようなら力ずくで追い出すしかない」

「でも、なにも悪いことはしてないわ！」

「ちょっとした親切心から旅人を家に泊めてやったら、翌朝には金目のものをありったけ持ち去られているかもしれない。おまけに家族皆殺し。人間の世界ではよくある話だろう。そういう目に遭いたいのか？」

魔界へやってくる直前、隣村でちょうど同じような話があったことをニニは思い出した。あのときは、よそ者を村へ入れないようにしなければ、と大人たちが深刻な顔をして話しあっていた。ニニだって、世の中には怖い人がいるものだ、とネリにしがみつきながら震え上がったものだ。

「だけど……」

(よいよい。邪魔をしたのはわしのほうじゃ)

ワイバーンは億劫そうに瞬きをした。刹那隠れてふたたび現れた黒い瞳には理知的な光が宿っている。おそろしい企みを抱いているようにはとても見えない。さっきの不機嫌なベルフェゴールのほうがよほど禍々しい、とニニは思った。

(すぐに立ち去る。お若いの、邪魔をしたの)

「そうしてくれ」

「主人(ムシュー)！」

「……ニニ」

「困ってるって言ってるのに」

「だから？」

「わたしやテオのことは助けてくれたのに……」

いいかげんにしなさい、と窘(たしな)めるダンタリオンの声は低い。

あまり逆らわないほうがいいかな、とは思ったが、ニニにはこのくたびれきった老竜を見捨てることができそうになかった。病んで傷ついてひとときの休息を求める彼の姿に、死にかけていた自分やカーバンクルの姿が重なって見えるせいかもしれない。

「この竜さん、病気かもしれません」

「なに？」

驚いたのはダンタリオンばかりではない。ワイバーン自身も目を瞬(しばたた)かせてニニを見つめている。

「病気？　なんでそんなことがわかる？」

「息するときの音が変です。破れたふいごみたい。村の年寄りに同じような音させてる人がいて、そのうち咳(せき)ばっかりするようになって死んじゃった。一緒に住んでた娘夫婦も」

一軒の家に暮らしていた家族が皆似たような症状で亡くなってすぐ、その家は焼き払われた。悪い流行病を持っていたんだ、というのが村長や司祭の説明だった。幸いなことに、ほかに患者は出なかったが、だれかが小さな咳をするだけで周囲の者たちが顔を覆ってその場から逃げ出すようなことは、その後しばらく続いた。

「……ワイバーンは人間の病に罹ったりはしない」

「そうだけど、でも、病気は病気ですよね。ほら、呼吸の音……」

彼らのことはよくわからない、とダンタリオンは切り捨てるように言った。

「竜族は僕たちのような悪魔ではないが、獣でもない。生態も身体の構造も詳しくは知らない。そもそもこんなふうに住処を離れて現れるなんて、滅多にあることではないんだ」

「主人は魔獣医でしょう?」

ニニは食い下がる。

「竜のことなら竜さん本人に訊けばいいじゃないですか。ちょっとだけでも診てあげてください。追い出すのはそれからでも遅くはないはずです」

息巻くニニとどこか気まずそうなワイバーンを前に、ダンタリオンがうなだれた。深く重たいため息をつく。

「魔界のいきもののほとんどは医者など必要としていない。テオを見つけたときにも言っただろう。僕のところにやってくるような魔獣たち、つまり役割を与えられて飼われているものたちは特別なんだよって」

野生の魔獣、ことに誇り高い竜族に対して求められてもいない手当てを施すことは、場合によっては侮辱ですらある、とダンタリオンは噛んで含めるような口調で言った。

「でも……」

ニニはまだ納得できない。

（治療の必要はない）

ワイバーンはダンタリオンに同情しているように見えた。新入りの使い魔にいいように言われている悪魔を気の毒に思ったのかもしれない。

（わしも永く生きておる。病むも老いるも当然のなりゆきじゃ）

その声は穏やかだった。

彼は自分の死期を悟っているのかもしれない、とニニは思った。人間の世界でも動物たちには己の最期のときを悟るものが多かった。それは魔界でも同じなのだろう。とくにすぐれた知能を持つという竜の言うことだ。人間の小娘、使い魔ごときが口を挟むことではないのかもしれなかった。

「でも、つらそうだわ」

ニニはうなだれた。

彼女はまだたったの十三歳だ。魔界の決まりごとにも疎い。それでも人として生きた時間のなかで学んできたことはある。だれかとなにかをわけあうことの大切さだ。

ニニの家は豊かではなかった。兄弟姉妹も多く、なにかを独り占めできた経験などひとつもない。ニニの服はいつもネリのお下がりだったし、靴の大きさも合っていなかった。それらですら弟と共有しなければならないことだってあったのだ。

しかし、わけあうことを拒めば、服も靴も手に入らない。裸で生活するわけにはいかないし、裸足でそこらを歩けばけがをする。譲りあえば寒さも痛みもどうにか凌げる。皆が少しずつ我慢することで、皆がなんとなく満足して暮らせるのだ。

それはなにも衣類に限ったことではなく、食べものでも教育でも、つまり自分たちの利益になりそうなことはなんでも同じだった。家族のだれかに与えられたものは、家族全員のもの。村のだれかが得たものは、村人全員のもの。

だからニニは己が与えられた幸運も自分ひとりのものだとは思っていない。ネリにも、テオにも、そして、この竜にも、わけ与えられるべきものだ。

独り占めはよくない。ニニはそんな単純な考えで、ダンタリオンにワイバーンの治療をせがんでいる。

「……具合がよくないのか」

自分の思いをすべて言葉に変えることのできないニニの心情を、親切な悪魔はあやまたず汲み取ってくれたらしい。どこか諦めたような口ぶりでワイバーンに問いかけた。

（だから、くたびれておるだけじゃ、と）

「いきものが呼吸するときにそういう音がするということは、肺かどこかに炎症があるということだ。それがいまだけなのか、長く続いているのか教えてくれ。治せはしなくても楽にしてやることはできるかもしれない」

竜はなにかを思案するようにダンタリオンとニニを見比べている。ゆっくりとひとつ瞬(まばた)きをしてから答えを返してきた。

（ここしばらく続いておる。夜明け前がとくにひどい）

「そんな状態でよく住処(すみか)を出ようと考えたな」

（火山に住む友のいまわの言葉をどうしても聞いておきたかった。わし自身、もう長くはない。多少の無理は承知のうえじゃ）

「身に触れるぞ」

ダンタリオンがワイバーンのすぐそばまで歩み寄る。マントの下から腕を伸ばし、動くなよ、と言いながら、竜の首元から喉や胸のあたりへ順に触れていく。

（寿命じゃよ、お若いの。放っておいてくれ）

「静かに」

ダンタリオンはまぶたを伏せ、ワイバーンの身体の具合を探ることに集中している。ニニは肩に乗せたテオの背をなでながら、主人(ムシュー)の邪魔をすることのないようその場を動かずにいた。

　ワイバーンの巨大な苔色の身体はところどころが灰色に変わっている。硬いはずの鱗がひび割れ、剝げ落ちているのだ。呼吸はゆっくりとしているが、あまり深くはない。息苦しさをこらえるように驚くほど浅く速くなることもある。

「病はそれなりに重いようだな」

（そうかもしれぬ）

　竜は関心のない様子で応じた。自分の身に起きていることをすべて承知してはいても、対処する気がないのだろう。

「息苦しさと痛みを軽くする薬をやろう」

（必要ない）

「一時的な効き目しかないものだ。だが、それで身体は休まる。住処に帰るのも楽になるだろう」

「治らないんですか？」

　ニニは思わず口を挟んだ。ダンタリオンは、ああ、そうだね、とあっさり応じた。

「竜の病を治す薬なんか僕は知らない。必要ともされていないはずだ」

　ワイバーンが瞬きで肯定の意を示した。

「ニニ」

　はい、主人、とニニは答えた。

「僕は診療室へ一度戻って薬を用意してくる。おまえはウムドレビの樹液を集めてきて、彼に飲ませてやりなさい」

「樹液をですか？」

ウムドレビの樹液は猛毒で、ニニにとっては危険な代物だ。

「手袋は持ってきているだろう」

毒蜥蜴の腹の皮を鞣して作った手袋はとても薄いのにたいそう丈夫で、それをはめた者の手をあらゆる毒から守ってくれる。魔界にはウムドレビのほかにも毒を持つ植物は多く――というより、毒を持たない植物のほうが稀だ――、ダンタリオンの庭の世話を役目とするニニにとっては、日々の必需品である。

「林の奥にある泉の水と樹液を混ぜて飲みやすくしてやるといい」

ワイバーンを助けてほしいと言ったのは自分だ。それくらいのこと、難しくはない。

「わかりました」

ニニは短く答え、テオとともに泉を目指してその場をあとにした。

収穫したウムドレビの果実を入れて帰る予定だった手桶に、泉の水と樹液を混ぜた竜のための飲み物を作り、ニニは招かれざる客のもとへと向かった。

ダンタリオンの姿はまだない。

ワイバーンは目を閉じていて、眠っているかのように見えた。

「……竜さん」

呼びかけると老竜は薄目を開けて、ひときわ深い息をつく。大きな鼻の穴から吐き出された空気が、ニニの亜麻色の髪とテオの灰白色の被毛を揺らした。

（嬢ちゃんか）

「わたしの名前はニニというの。そう呼んでもらえないかしら」

ワイバーンは返事をしなかった。

「主人(ムシュー)の言いつけどおり、ウムドレビの樹液を持ってきたわ。飲んでみて」

（……ありがたい）

ワイバーンは軽く身じろぎをして上体を起こした。翼や尾をニニにぶつけてしまわないよう気遣っているのか、身体を縮めたまま窮屈そうな動作で手桶の中に顔を突っこむ。この竜にはいわゆる前脚のようなものがないが、首を器用に動かしつつ翼の付け根を支えに使い、うまく樹液を飲んでいる。

ニニは少し離れたところから、そんな老竜の様子を見守っていた。

（冷たくて美味(うま)い。生き返るようじゃ）

「よかったわ」

しばらくのあいだ貪るように樹液を味わっていたワイバーンは、やがて渇きが癒えたのか手桶から顔を上げた。そしてふたたび腹と顎を地面につけると、満足げにひときわ大きな息をついた。

(礼を言うぞ、嬢ちゃん)

「ニニよ。竜さんの名前も教えてほしいわ。あるんでしょ？　名前」

ワイバーンは黙ったままなにか考えあぐねているかのような目つきをした。それから、ニコニコと愛想のよいニニに向かって、少しだけ困ったような顔をして見せる。見慣れてくると意外にも表情の豊かな竜だ、とニニは思った。

(嬢ちゃんはまだこの世界に慣れておらぬようだの)

ニニは首を傾(かし)げる。

「主人(ムシュー)に助けてもらってから、まだ数か月ってところかしら」

(なるほど)

「竜さんってそんなことまでわかっちゃうのね」

使い魔としていたらない部分を指摘されたような気持ちになり、ニニは気恥ずかしげな笑いを浮かべる。

(世話になっておる礼に、この世界の流儀をひとつ教えておいてやろう)

「……どんな流儀？」

(よく知らぬ相手に気軽に名を教えてはならぬ。気づかぬうちに操られてしまうぞ)

それはとても危ういことだ、とワイバーンは言った。

(同じ理由で気安く名を尋ねてもならぬ)

相手が悪ければ自分自身のみならず、主人(ムシュー)にまで危険が及ぶこともあるかもしれない、という意味に聞こえて、ニニは眉をひそめた。

(悪魔にとっての使い魔とは己の一部のようなものじゃ。それを勝手に使われたり害されたりすれば、不愉快なばかりでなく自分自身が傷つくこともある。嬢ちゃんのあるじは教えてはくれなかったのか?)

ニニは不安そうな表情で頷(うなず)いた。

あの若いのも相当な変わり者じゃ、と呟(つぶや)いたあと、ワイバーンは思慮深そうな眼差(まなざ)しでニニをとらえる。

(この魔界は嬢ちゃんのいた世界とはまるで異なる理屈で動いておる。さまざまな掟があり、それを定めた者を含め、だれも逆らうことのできぬものも少なくない。どれだけ偉大な悪魔であっても、強大な竜であってもな。これからもあの若い悪魔のそばにいたいのであれば、少しずつでよい、決まりごとを覚え、決して忘れぬことじゃ)

ダンタリオンにも同じようなことを言われた覚えがある。ニニはふたたび頷いた。

「わかったわ。簡単に名前を教えたり訊(き)いたりしちゃだめなのね」

また新しい決まりね、と思いながら、でも、と懲りない少女は悪びれない表情で続ける。

「竜さんはもうわたしの名前を知ってるわ。だからニニって呼んで。いいでしょ？」

ワイバーンは楽しげな笑い声を立てた。それはまるで地鳴りのように大地を伝わってニニの身体（からだ）をかすかに揺らす。

（おもしろい嬢ちゃんじゃ。だが、遠慮しておこう。たとえそなたが許しても、そなたのあるじは絶対に許さぬだろうからの）

ワイバーンの目が自分の背後に向けられていることに気づいたニニは、ぱっとそちらを振り返った。苦虫を嚙（か）み潰したような表情のダンタリオンが急ぎ足で近づいてくる。少し離れたところに転移してきていたのだろう。

「ニニ！」

慌てて立ち上がり、主人（ムシュー）、と答えたが、鶸萌黄（ひわもえぎ）と若草の視線をまっすぐ受け止めることはできなかった。明らかに機嫌がよくなさそうだったからだ。

「おまえはもう仕事に戻りなさい」

ダンタリオンは片方の腕に大きめの桶を抱えている。癖のある匂いが漂ってきて、それがアルラウネから作られた万能薬であることにニニは気がついた。

「お薬ですか？」

「仕事に戻りなさい、と言っただろう」

「……でも、もいだウムドレビの実を入れる手桶がありません」

ダンタリオンは目を眇め、空いているほうの手をひらりと宙に舞わせた。次の瞬間にはその手に空っぽの手桶が現れている。庭のどこかに転がっていたそれを魔術で引き寄せたのだろう。彼はぐいと手桶をニニに押しつけた。

「もう行きなさい」

「でも……！」

（安心しなされ、お若いの）

口を挟んできたワイバーンを振り返ったダンタリオンは、いつもよりも瞳孔の目立つ双眸で闖入者を睨む。よけいなことをしゃべるな、とでも言いたそうだった。

（嬢ちゃんは賢い。わしもそなたらに感謝しておる。案ずるようなことはなにもない）

魔界のことに無知なニニを利用すれば、この老いた竜はそれなりの利を得ることができるのだろう。彼自身が言っていたように、ダンタリオンを害することもあるいは可能であるのかもしれなかった。だが、そのつもりはない、とワイバーンは言っている。

（水を飲んだらだいぶ楽になった。ひと眠りさせてもらいたい）

そうか、とダンタリオンは低い声で答えた。

「万能薬にもウムドレビを混ぜておいた。丸薬よりも練薬のほうがそなたには呑みやすいだろう」

ワイバーンの前に薬の入った手桶を置き、呑んでから眠るといい、と短く言い足す。

(あいわかった。感謝する)

いや、とダンタリオンは首を横に振った。

「力が戻りしだい、出ていってくれ」

「主人(ムシュー)……」

正直にすぎるダンタリオンの言葉に傷ついたような顔をして、ニニが抗議の声をあげる。出ていけと言われたのが自分ではないとわかっていても、突き放すような言い方には胸が痛む。たとえ、竜自身がまったく気にしていない様子であったとしてもだ。

「そんな言い方をなさらなくても……」

「仕事に戻りなさいと言っただろう」

主人(ムシュー)にはわたしを竜さんに近づけたくない理由があるらしい、とニニはようやく気がついた。苛立(いらだ)ちを示すように鋭い息をついて口を開きかけるダンタリオンを、噛みあわない主従にかまうことなく薬を食(は)んだり水を飲んだりしていたワイバーンが遮る。

(ほれ、薬はもう頂戴した。お若いの、手間をとらせてすまぬの)

ダンタリオンは冷めた眼差しでワイバーンを一瞥(いちべつ)し、すぐにニニの背中を押してその場を離れるよううながした。もちろん逆らうすべなどない。

ウムドレビの林を出て、アグラフォーティスの畑まで戻ってきたところでダンタリオンは足を止めた。ニニも主人(ムシュー)に従うように立ち止まる。

「ニニ」

だれが聞いてもこれから厳しい説教が始まるのだとわかるような声音だった。ニニは、はい、と神妙な口ぶりで返事をした。

「ワイバーンにはもう近づくな。おまえにはおまえの仕事がある。彼にかまっているひまなどないはずだ」

「はい、主人(ムシュー)」

「無作法と知りながら、他人の庭に突然飛びこんでくるような図々(ずうずう)しい竜だ。なにをしでかすかわかったもんじゃない」

「悪い人には、いえ、人ではないですけど、その、悪い竜には見えませんでした……」

ニニ、とダンタリオンはまたもや厳しく使い魔の名を呼んだ。

「竜はおそろしい存在だ」

「そんな……そんなふうには見えません」

ダンタリオンの瞳にきつい光が浮かんだ。瞳孔が開き、左右の色の違いが顕著になる。

そうか、と日頃は穏やかすぎるほどに穏やかな悪魔は低くおそろしげな声を出した。使い魔の無知を本気で諫(いさ)めにかかることにしたらしい。

「ニニにはあのワイバーンのことがずいぶんとよくわかっているようだな」

あれが齢(よわい)二千年を超える毒の沼のぬしで、魔界の掟(おきて)などなにひとつ知らないとでもいうかのように眷族たちとともに勝手気儘に暮らしてきたこと、人間界ではおそろしい疫病をもたらすと忌避される存在だということ、さっきの態度はそれを知っても変わらないと言うんだな、とダンタリオンはまくし立てた。

ニニは主人が言葉を重ねるにつれ顔色を失くしていったが、最後には唇をへの字に曲げ、懸命に涙をこらえながら俯くばかりとなった。

「いいか、ニニ。竜族は、僕たちのような悪魔とも、ニニたちのような人間とも、まったく異なることわりに生きている。彼らには悪魔の理屈も人間の情理も通用しない。遠慮がちな言葉遣いや、弱々しい振る舞いに騙されてはいけないんだよ」

ダンタリオンの口調はいつもの優しげなそれに戻っていた。

「彼はたしかに病を得ていて、おまけにいまはとてもくたびれている。だが、体力が回復したあとも同じようにおとなしくしているかどうかはわからない」

二度とあのワイバーンに近寄ってはいけない、動けるようになったら勝手に出ていくだろうから放っておくように、とダンタリオンは静かでありながらも反論を許さない態度で話を締めくくろうとした。

「ウムドレビの実をもいだあとは、干しておいた月光草を粉にするのを手伝っておくれ」

庭に出る必要がなく、さらに時間のかかる用事を言いつけたのは、わたしに招かれざる客を忘れさせるためかもしれない、とニニは思った。

コートの裾を強くつかんで顔を上げ、彼女は、主人(ムシュー)、と声を張った。

「おっしゃることはわかりました」

つねにない早口に舌がもつれそうになるが、どうにか先を続ける。

「でも、わたしには竜さんが悪いワイバーンだとはどうしても思えないんです！」

ダンタリオンは鶸萌黄と若草の瞳でニニを見下ろす。出会ってからはじめて向けられる、身も凍るほどに冷たい眼差しだった。

「……なぜか、と訊いたほうがいいのか」

怖いと思ったら負けだ、とニニは奥歯を食いしばる。

「竜さんはいろんなことを教えてくれました！」

「いろんなこと？」

こらえきれずにこぼれてしまった涙を掌(てのひら)で乱暴に拭った。

「主人(ムシュー)が教えてくれなかったことばっかりです！」

使い魔の剣幕に驚いたように、ダンタリオンは大きく目を見張った。おそらく相当に無理をして厳しい表情を作っていたのだろうが、すっかり台無しである。

「名前のこととか、あるじと使い魔のこととか、この世界のこととか！」

「……必要なことは教えたつもりだ」

「だれかに簡単に名前を教えちゃいけないってことは？　そのせいで、主人(ムシュー)の身に危険が及ぶかもしれないって！　そんなこと、これまで主人（ムシュー）は全然……」

「ニニ」

落ち着きなさい、ニニ、とダンタリオンは言った。

「ワイバーンからなにを聞かされたか知らないが、僕はニニに必要だと思ったことはちゃんと伝えている」

ダンタリオンの言うとおりだった。

主従で交わした契約の内容はだれにも明かしてはいけない、とか、役割のない者は魔界には暮らせない、とか、ニニに与えられているダンタリオンの加護は長時間遠く離れると失われてしまう、とか、それらは決して忘れてはいけないと、ここへ来たその日のうちに強く言い含められていた。

「一度に多くのことを教えても覚えきれないだろうと思った。必要なときに必要なことを少しずつ伝えていくつもりだったんだよ」

ニニの目からまた涙があふれた。そんなことは言われなくてもわかっていた。わかっていたけれど――……。

心優しい悪魔は困ったような顔をして、小さなため息をついた。

「ちょっとおいで」

呼ばれるままに近づくと彼がまとうマントに身体を包まれた。と思った瞬間、ニニは主人（ムシュー）とともに屋敷近くの四阿（あずまや）へと転移していた。もちろんテオも一緒に。

「座って」

四阿にはアルラウネの鉢が所狭しと並んでいるが、それでも細々とした作業をするための場所もあり、そこには長椅子も設（しつら）えられている。硬い石でできたそれは決して座り心地がよいとは言えないが、ニニは素直に腰を下ろした。

「ニニ、なにか心配なことがあるなら言ってみなさい」

ダンタリオンの口調は優しかった。彼は使い魔の無鉄砲な反抗を軽く見てはいないようだった。見ず知らずのワイバーンの言葉に惑わされるのは、なにか不安なことがあるからに違いないと思っているのだ。

しばらくのあいだ、ニニは言葉を見つけられずにしゃくりあげるばかりだった。ダンタリオンはそんな彼女を急（せ）かすことなく、黙ったままそばにいてくれた。

「……わたし、ネリを」

横隔膜に痙攣（けいれん）を残したまま、ニニはしゃべりはじめた。どうにか落ち着こうと意識して呼吸を整えようとするも、なかなかうまくいかない。ダンタリオンの手が薄い背中をぎこちなくさすってくれる。

「ネリをひとりで探し出す約束でここへ来ました。なのに、まだ満足に外出もできません。今日だって村のすぐ近くまで行ったのに……」

「今日のことは僕が止めたからだろう」

ダンタリオンは首を横に振った。

「ニニのせいではないよ」

主人(ムシュー)のせいでもありません、とニニは言った。

「そんなことはわかっています。ただ、わたしの心構えの問題なんです」

「心構え？」

「姉さんは亡者になっていまもどこかを彷徨(さまよ)っている。わたしたち、ずっと一緒にいたんです。わたしのことをいっぱい助けてくれた。なのに、いまネリはたったひとりで、きっと自分がどういう状態かもよくわかっていなくって、どれだけ寂しいだろう、どれだけ悲しいだろうって……」

自分が魂だけの存在になったときのことを思い出して、ニニは眉根を寄せた。わたしはすぐに主人(ムシュー)に出会えたけれど、ネリはまだあの冷え冷えとするような心細さのなかに取り残されている――……。

「そう考えはじめたら、主人(ムシュー)のお屋敷で暮らして、植物の世話をして、テオと一緒に眠って、ベルフェゴールに腹を立てて、そんなふうにふつうに生活してる自分が、なんか、すごく、その、すごくひどい妹に思えてきて……」

テオの小さな舌がニニの頬をそっと舐(な)めた。ニニはテオの頭をなでながら続けた。

「わたしがここへ来てからまともに接してくれたのは主人(ムシュー)だけです。ベルフェゴールはあんなだし、テオはしゃべれない」

　ダンタリオンはかすかな苦笑いを浮かべた。

「竜さんは、わたしにとってはじめてのお屋敷の外のひとです。だから話してみたかったし、それに、その、親しくなれば主人(ムシュー)にはなかなか尋ねられないようなことも訊(き)けるかもしれないと思って……」

「尋ねられないようなこと？」

「……ネリを探す手がかりとか」

　ダンタリオンはあきれたように息を吐いた。なんだってそんなこと、という呟(つぶや)きまで聞こえてしまい、ニニは眉根を寄せる。

「だって、ひとりで探し出せって主人(ムシュー)が……」

「ひとりで、なんて言っていない」

　あるじの言葉の意味をつかみかねてニニは首を傾(かし)げた。

「ネリの魂の行方は僕にも本当にわからないんだ。ニニがこの世界にもう少し慣れてきたら、人間界と行き来する方法も含めて、僕も考えてみようと思っていた」

「それって、でも、ひとりで……」

「ひとりで探せ、ではなく、自分で探せ、と言ったんだ」

その違いを理解できないニニはまたもや首を傾げる。

「ネリのことはニニがだれよりもよく知っているんだろう?」

質問の意味はよくわからなかったが、ニニはすぐに頷いた。家族のなかで、だれよりもネリと一緒にいたのは自分だ。

「魂だけになったとはいえ、ネリはネリだ。使い魔になっても、ニニがニニであるようにね。彷徨うにしても、それなりに縁のある場所に行き着くはずだ。その場所はニニにしかわからない。ニニが考えて探すしかないんだよ。心当たりのある場所を思いついたら、僕に言えばいい。今日は村には連れていってあげられなかったけれど、準備をすれば難しいことじゃない」

「そうなんですか?」

そうだよ、とダンタリオンは頷いた。

「僕に無理なら、ベルフェゴールに頼んでみることもできる」

「……ベルフェゴール?」

望めばたいていのことは叶えてくれると思うよ、とダンタリオンは肩を竦めた。

「あいつはああ見えて強大な魔力を持っているし、ニニのことを結構気に入っている」

「冗談ですよね」

強大な魔力? 気に入っている? 二重の意味で疑問しかない。

「いや、本気だ。まあ、いろいろうるさいことを言いはするだろうが、いまはそれはいい。とにかく、契約のときに、自分で探せ、と言ったのはそういう意味だよ」

はたしてうるさいことを言われるだけですむのだろうか、とニニは思ったが黙っていた。

「焦る気持ちがあるのはわかる。通りすがりの悪魔である僕と契約するくらい、ニニはネリのことが大事なんだろうから」

ダンタリオンの言葉に、ニニは少し複雑な気持ちになった。

もちろんはじめはそのとおりだった。死にかけた姉と自分の命が助かるなら、悪魔と契約して彼のために働くことくらいなんでもないと思った。もう長いこと、情けない父親と冷たい継母(ままはは)のもとで暮らしていたのだ。ダンタリオンは他人だし、ましてや悪魔なのだ。優しくされなくてあたりまえだし、家族ごっこをしなくていいぶん、気楽でいいわ。

けれど、実際の魔界の暮らしは思っていたのとは少し違っていた。

ほかでもない、ダンタリオンのことだ。

悪魔というのはもっと自分勝手で冷たくて底意地の悪いものだと、ニニは勝手に思っていた。そう、あのベルフェゴールのように。

でも、ダンタリオンはそうではなかった。彼は親切で心配性だ。この世の涯(はて)のような魔界という場所で、魔獣医なんていう役目を選ぶくらい、優しい悪魔だ。なんていうか、ものすごく矛盾している気がするけれど。

あるじのことを少しずつ知って、ニニの気持ちもまた少しずつ変わってきている。一刻も早くネリを見つけて人間界に戻りたいという思いから、少しずつ——。

「でも、だからといって底意のわからない相手に迂闊（うかつ）に近づいてほしくはないんだよ」

ニニが焦りに突き動かされる理由は、もちろんネリのことが心配だからだ。

だが、じつは別の理由もある。これ以上のんびりしていたら、ダンタリオンから離れたくなくなってしまうのではないかという不安だ。

ニニはそれを主人（ムシュー）に打ち明けることはできなかった。もちろん感づかれたくもなかった。彼を困らせることはしたくなかったからだ。

だからよけいなことは言わず、ただ短く、はい、と返事をするだけにとどめておいた。

「ニニ」

はい、とニニはまた返事をした。

「訊きたかったのはネリのことだけ？」

「よく……わかりません」

「本当はほかにもまだ知りたいことがあるんじゃないか？」

知りたいことはたぶんものすごくたくさんある、とニニは思った。すぐには思いつかないが、話しはじめたら止まらなくなるくらいに、たくさん。

けれど、ここへ来たばかりの頃ならばともかく、いまのニニはそれらをなにもかもあるじにぶつけてもいいものなのかどうか、よくわからなくなってきている。こんなことを尋ねたらこどもっぽいと莫迦にされるんじゃないかしら、あるいは彼のことを傷つけてしまうんじゃないかしら、と。

ようするにニニは自分の言動がダンタリオンにどう思われるかなんて、そんなつまらないことが気になりはじめてしまっているのだ。人間だったときには、だれが相手であっても、そんなこと気にかけもしなかったのに。

結局、ニニは首を横に振った。

「本当に？」

「はい」

「じゃあ約束できるね？　あのワイバーンには二度と近寄らないって、約束できるね？」

ニニはじっと主人を見上げた。間近から覗きこむように見つめてくる鶸萌黄と若草の瞳には、希うような光がある。どうか約束を、と。

「わかりました。竜さんには近づきません」

ニニにはあるじの希望を拒むことなどできるはずもなかった。

不躾な侵入者であるところのワイバーンに二度と近づかないことを己のあるじに誓ったニニだったが、その約束は翌日の夕刻には早速反故にされることになった。

ベルフェゴールが口を挟んだせいである。

ダンタリオンは屋敷の家事をとりしきる蝙蝠(こうもり)たちに病んだ竜の世話もさせようとした。世話といっても、朝と晩に、練薬とウムドレビの樹液を溶いた水とを彼のもとへ運ばせるだけである。

だが、相手は巨体を誇るワイバーン。蝙蝠たちからすれば途方もない量を運ばなくてはならない。彼らはニニと同じく魔術を使えないから、屋敷からそこそこ離れた場所にいる竜のもとまで、えっちらおっちら総動員で向かうことになる。

必然的に屋敷の仕事は遅れがちになり、これにベルフェゴールが苦情を申し立てた。食事の支度が遅い、埃(ほこり)が落ちている、ワインが切れた、暖炉の火が落ちている――。

長椅子(ソファ)に寝転がったまま文句垂れてるひまがあるなら自分でやればいい、とニニは思ったが、しかし、それらが蝙蝠たちの務めであることは事実だ。ベルフェゴールにやいのやいの言われ、ダンタリオンは困った顔をしている。しもべの数を増やせば問題は解決するのかもしれないが、たった数日しか滞在しないと思われる竜のためにそれはできない。

あのう、とニニは悪魔ふたりのあいだに遠慮がちに割って入った。暖炉の前に立ったダンタリオンにはじっと見下ろされ、長椅子(ソファ)に身を預けたベルフェゴールにはぎろりと睨(にら)まれ、ほんの少しだけ緊張を覚える。

「わたしがお手伝いしましょうか？　……いまだけでも」

お掃除とかワイングラスを用意しておくとかぐらいならわたしにもできると思うんです、とニニは一息に言った。

「もちろんお料理もお洗濯も、やり方さえ教えてもらえればすぐに覚えます」

蝙蝠たちの苦労の原因は自分が作ったものなのだから、彼らを手助けするのは当然だろうという殊勝な思いは、しかし、ベルフェゴールによってにべもなく打ち砕かれる。

「いらん」

おまえの作ったものなんか食いたくないし、俺の靴にさえ触れられるのは我慢ならん、と彼は言い捨ててそっぽを向いた。

ニニは軽いため息をついた。ベルフェゴールの反応は、ある意味では予想どおりである。傷つくことも腹が立つこともない。だが、主人（ムシュー）はますます困った顔になってしまった。

その表情を見たニニは、できれば妥協してくれないかしら、と思いはしたものの、彼女にしてみても、ぜひともやりたい仕事というわけでもないので、重ねて申し出る気にはなれなかった。

途方に暮れた主従を前に、ベルフェゴールは整いすぎた顔にいつもの嫌みったらしい笑みを浮かべ、とんでもないことを言い出した。ダンタリオン、と彼は厳かに友を呼んだ。

「簡単に解決できる方法がひとつだけある」

「……解決？」

そうだ、とベルフェゴールは頷いた。居候の分際で家主の都合に難癖をつけるだけでもおおいに不遜だというのに、さらになんという偉そうな態度だ、とニニは苦々しく思う。

「ワイバーンの世話をそいつにやらせればいい。聞けば、やつがここに居座ることになったのはそいつのせいだというじゃないか。責任をとらせればいいだろう？」

「ニニに責任はない。彼の滞在を許したのは僕だ」

甘いなあ、ダンタリオン、とベルフェゴールは言った。

「人間をそんなに甘やかすとろくなことにならないぞ」

「ニニは僕の使い魔だ。そういう言い方をするな」

話の流れが急に厳しくなってきた。ニニは無意識のうちに数歩あとずさり、身を硬くする。肩の上のテオが頬を舐めてくれるが、気持ちは緩みそうになかった。

「僕たちを尊重できないなら、ここへはもう来るな」

「ダンタリオン！」

ベルフェゴールはそれまでだらしなく寝そべっていた長椅子（ソファ）から飛び上がるようにして立ち上がった。

「それはないだろう！」

その声にはつねにはない切羽詰まったような響きがあった。

「ここは俺の家、もとはといえば俺とおまえが一緒に育った思い出の家じゃないか！」

「師匠の家だ。それに一緒に育ってはいない。師匠がおまえを拾ってきたとき、おまえはすでにいまと変わらない姿だった。思い出の家などと柄にもないことを言うな」

ダンタリオンの淡々とした返事に、ベルフェゴールは思いきり唇を歪める。そんな顔をしてもその破壊的な美貌は少しも揺らがないのだからたいしたものだ、とニニは思う。

「フォラスは俺に譲ってもいいと言ったんだぞ」

「おまえはいらないと言った」

美貌の悪魔は激しく首を横に振る。銀色の長い髪から四方八方に煌めきが飛び散って、ニニはそれを、まるで涙みたいだ、と思った。

「それは、城に居場所のない友に住むところを譲ってやるためじゃないか。ここは俺の避難場所で、おまえは俺の友だ」

「いまは僕の家だ。僕はここで魔獣医としてあることを決めた。師匠もそれでいいと言っている。それに、僕を友だと言うなら、その僕の使い魔であるニニに邪険な振る舞いをしないでくれないか」

「……いやだ」

急に自分に矛先が向けられ、しかもあまり楽しい話になりそうにないと察したニニは、なにを言われても傷つくまいと覚悟を決めて首を竦める。

「使い魔だなんて言っても、もとは人間だろう。そばに置けばろくなことにならない。俺は親切で言ってるんだぞ」

「ニニは僕と契約を交わした。もとが人間であろうとなかろうと、使い魔になればそんなことは関係ない」

嘘をつけ、とベルフェゴールは言った。とても酷薄な口調だった。

「俺にはわかる。契約は完全じゃない。そいつはまだ半分人間だ」

ニニは思わずベルフェゴールを見つめてしまう。その言葉には思い当たる節があったが、なぜ部外者であるはずの彼にそんなことがわかるのだろう。

「ダンタリオン、おまえ、契約に条件をつけただろう」

「……契約に条件はつきものだ」

ダンタリオンは左右で色の違う瞳を細く眇め、ベルフェゴールを睨み据える。

「じゃあ、留保と言い換えてやろうか」

ベルフェゴールの表情ににじんでいた、甘えて拗ねるような色はいつのまにか消えている。対するダンタリオンは淡々とした態度こそ崩していないが、その顔つきはわずかに強張っていた。

「人間界に戻してやるとでも言ったか？　生き返らせてやるとでも？」

「僕とニニの契約だ。おまえには関係ない。たとえ契約の内容を知ることができるとしても、それを口にするのは信義に悖るおこないだ」

「かかわりなかろうが、礼儀知らずだろうが口は出すぞ。おまえは友だからな」

ベルフェゴール、とダンタリオンは肩を落とした。

「ニニは死にかけていた。僕はたまたまその場に行き遭ってしまって、どうしても見捨てられなかった。ちゃんと手順を踏んで契約して、ニニはここにいる。おまえにあれこれ言われる筋合いはない」

「筋合いはある。おまえが消えるのは困る」

「僕は消えない」

「わからないだろう。そのガキがもし……」

「ベルフェゴール！」

だん、と強く足を踏み鳴らす音がした。主人（ムシュー）の激昂（げきこう）に、ニニは驚いて目を見張った。

「それ以上言うな」

ベルフェゴールの額に青筋が浮かぶ。だが、ダンタリオンの表情は我儘（わがまま）な友人のそれよりもなお険しい。主人（ムシュー）の穏やかな顔しか知らなかったニニはすっかり竦（すく）み上がってしまって、身じろぎひとつできない。

「おまえには城に居場所も務めもあるだろう、怠惰のベルフェゴール」

重い罰でも言い渡すかのような声音でそう告げたあと、ダンタリオンは急に疲れを覚えたのか、大きなため息をついた。

「僕とニニにはここしかない」

囁(ささや)くようなその声を聞いても、ベルフェゴールはしばらくのあいだひどく厳しい顔つきでダンタリオンとニニを交互に睨みつけていた。だが、やがて、一時休戦を告げるかのように、ふとまぶたを落とした。そうだな、と彼は言った。

「俺が言い過ぎた」

そして、そのまま長椅子(ソファ)に腰を下ろす。禍々(まがまが)しい美しさを誇る図々(ずうずう)しき居候は、それまでよりは穏やかな口調で先を続けた。

「だが、それとこれとは話が別だ」

「……それとこれ？」

「おまえの使い魔の立場とこの家の快適性」

ダンタリオンはまたもや深いため息をついた。このままじゃ主人(ムシュー)がぺっちゃんこになっちゃうんじゃないかしら、とニニはあらぬ心配をする。

「どうすればいいんだ」

「だからはじめに言ったじゃないか。ワイバーンの世話はそ……ニ、ニニに任せて、蝙蝠たちは家事に専念させればいい」

ニニは思わずベルフェゴールをじっと見つめた。こいつ、いま、わたしの名前を呼ばなかった？

ベルフェゴールの黄金色の瞳がニニへと向けられた。なにかひとことでも発したら引っ叩いてやるからな、とその表情が物語っている。

ニニがそのまま視線を動かさずにいると、なんとベルフェゴールはわずかに顔をしかめたあと、彼のほうから目を逸らす。ニニは驚き、しかし同時に、傲岸なる悪魔の意図を察してもいた。

ベルフェゴールはダンタリオンとの諍いが身に堪えている。だから、友人をこれ以上怒らせることのないように、彼の使い魔に対する態度をあらためようと努力することにした。だが、そのことを当のダンタリオンにはあからさまにしたくないのだろう。

わかったわよ、静かにしててあげるわよ、とニニはわずかに顎を反らす。ここはせいぜい恩を売ってやろうではないの。

「それは……」

「ほかになにか方法があるのか？」

隠されたベルフェゴールの真意に気づかないまま、ダンタリオンはたいそういやな顔をした。しかし、ほかに解決策はない。もしあるなら、こんな事態には陥っていない。

鶸萌黄と若草色の瞳がニニとベルフェゴールのあいだを幾度も往復した。ベルフェゴールは譲歩を見せず、ニニは無になってダンタリオンの決意を待つ。

答えはじきに決まったようだった。

「ニニ」

主人（ムシュー）の声はいかにも苦々しい。ニニは努めておとなしやかに、はい、と返事をした。だが、内心ではすでに浮かれはじめている。——竜さんのお世話をさせてもらえるのね！

「あらためてワイバーンの看病を頼むよ。樹液と薬と水を運んでやるんだ」

ただし、とダンタリオンは厳しい表情でニニを見つめた。

「あいつに気を許すんじゃないよ。よけいな話をしてはいけないし、必要なとき以外は近寄ってもいけない。わかるね？」

「もちろんです」

かぶせるようなニニの返事に、ダンタリオンが双眸（そうぼう）を細く眇めた。

「……ニニ。くれぐれも、だよ。言いつけを破ったら、すぐにあいつを追い出すからね」

それから早くも四日が過ぎた。

ワイバーンは順調に回復していっているように見えた。

ニニはあるじの言いつけを守ろうとした。朝はワイバーンがまだ眠っているうちに練薬とウムドレビの樹液を溶いた水を届け、夕方は彼が目を覚ましていてもできるだけそっけなく短い挨拶をするだけで、すぐにそばを離れようと努力した。

だが、ワイバーンのほうはそうはいかなかった。使い魔としてのニニの立場を理解してはいるのだろうが、あまり気にしてはくれなかった。朝はともかく、夕方には彼女が関心を持ちそうな話題——氷原や火山、毒の沼など、容易には近づけないような地域の話や、人間の世界にあるニニの知らない大きな街の話——を持ち出しては、ひとこと、ふたこと、と言葉を引き出そうとした。

好奇心の強い少女にとって、ワイバーンの誘惑を拒むのは難しいことだった。なにしろ耳を塞ごうにも、念話を使う竜が相手ではそれもできない。

老猾なワイバーンの話はわかりやすく、楽しく、ニニの心を虜にした。彼のそばで過ごす時間は少しずつ長くなっていった。

むろん、ダンタリオンはその事実を把握していたはずだ。だが、なにも言わなかった。

そして、今朝早く。

ふたつの手桶をいつもの場所に置いて立ち去ろうとしたニニをワイバーンが呼び止めた。

（嬢ちゃん）

ニニはびっくりして飛び上がった。いつもの朝と同じようにぐっすり眠っているものとばかり思っていたからだ。

（すっかり世話になってしまったの）

老竜は首を持ち上げ、黒い瞳をまっすぐにニニに向けている。寝ぼけている感じは少しもしなかった。きっとこれまでの朝も寝たふりをしていたんだわ、とニニは気がついた。

わたしの都合などまるで気にしていないように見えたけれど、もしかしたらいくらかは気を遣っていてくれたのかもしれない。

「お礼なら主人(ムシュー)に言ってください」

(しかし、そなたがあるじに言うてくれなければ、わしはあの場で追い出されていた)

ニニはだんまりを決めこんだ。

(そなたとそなたのあるじに礼がしたいのじゃが……)

「その必要はない」

五日前と同じように前触れなくダンタリオンが姿を現した。ひとりと一頭とのあいだに割って入り、漆黒の眼差(まなざ)しから使い魔を庇(かば)うように立つ。

(来たな)

機嫌のよさそうなワイバーンの様子を見て、ニニは彼がダンタリオンを呼ぶために自分に話しかけたのだと気がついた。呼び鈴じゃないんだから、と彼女は内心で不貞腐れた。

「具合がよくなったのならさっさと去れ」

相変わらずぶっきらぼうな悪魔の言葉にもめげず、竜は呵々(かか)と笑った。ダンタリオンのマントがはためき、ニニの視界で翻る。

(そう尖(とが)らずとも、そなたや嬢ちゃんを傷つけたりはせぬ。ふたりはわしの恩人ぞ)

ダンタリオンは左右色違いの瞳を眇めただけでなにも言わなかった。だからニニも口を開けない。

(礼をしたいのも本心じゃ。どうだ、嬢ちゃん)

急に話の矛先を向けられ、ニニはぱちぱちと瞬きをした。

(わしの背に乗って、魔界見物としゃれこんでは？　なんなら人の世に寄り道してやってもよいぞ)

「だめだ」

ダンタリオンの拒絶の早さに、竜がまた笑う。

(わしは嬢ちゃんに尋ねておる)

「僕はニニのあるじだ」

(まだ完全ではないようだがの)

その瞬間、目の前に立つ主人の背中が何倍にも大きく膨れ上がったような気がして、ニニは思わずあとずさった。主従の事情に踏みこんできた不躾なワイバーンに対し、ダンタリオンがひどく腹を立てていることが、顔を見ずともわかったからだ。

「……黙れ、蜥蜴」

ダンタリオンは竜族に対する最大の侮辱を口にした。日頃、優しい口調と丁寧な所作をほとんど崩すことのないあるじがそんな振る舞いに及ぶとは、相当に腹を立てているらしい、とニニは思う。

（早まるなよ、お若いの。そなたではいまのわしには太刀打ちできん）

ワイバーンはじつに楽しそうに悪魔の怒りを煽る。

（そなたのおかげで身体に力が漲っておるわい）

主人の剣呑な気配に逃げ出したくなったが、肩から下りてきたテオを胸に抱き締めることで、ニニはどうにかその場に踏みとどまった。

（わしに騎乗用の鞍をつけ、嬢ちゃんを乗せてはどうじゃ。わしの住処まで空の上からあちこちを見物しながら戻っても半日とかからぬであろう。帰りはわがしもべが丁重かつ迅速に送り返すと約束する。危ないことはなにもない）

好奇心旺盛なニニにとって、それはとても魅力的な提案だった。思わず顔を上げ、まじまじとワイバーンを見つめてしまう。しかし、竜の黒い瞳は主人であるダンタリオンに向けられていて、どうやら彼女自身に交渉権は与えられていないようだった。

「断る」

ダンタリオンの返事は短く、はっきりしていた。

「必要があれば、僕が連れていく」

（いつ召喚されるともわからぬ悪魔が？　役目に縛られ、掟に背けぬそなたは、人に呼ばれればいかなる事情があろうとも、その場でその者のもとへ向かうのであろう。そして、契約が終わるまで戻ってこない）

これまたはじめて耳にする話だった。ニニは驚いて主人（ムシュー）の背中をじっと見つめる。

「……僕を呼び出すような人間なんていない」

ダンタリオンの声は低く、苦い。あまり触れたくない話題なのだと、ニニにはすぐにわかった。

(それでもその可能性はつねにある。悪魔とはそういう存在じゃ。そなたの目の届かぬ場所で、唐突にそなたの加護を失えば、いまの嬢ちゃんは生きてはいけぬ。魔界のいきものどもはそうした隙を見逃さぬ。そなたもよく承知しておろう)

ワイバーンの視線がちらりとニニを掠（かす）めた。その眼差しにうながされたかのように、ニニはあるじのそばへ歩み寄り、その顔を見上げる。

「主人（ムシュー）。わたし、竜さんと行ってみたいです。この世界を見せてもらいたい。あと……できたら、村の様子も知りたいです」

「だめだ、ニニ」

(そなたにはこの屋敷で務めるべき役割があるのだろう？　魔獣医といったか？　役目をおろそかにすれば生きていけぬのは、なにも小さきものたちばかりではないと聞くぞ)

「……ワイバーンってのは、僕たちのことにやけに詳しいんだな」

見上げたあるじはひどく怖い顔をしていた。いつもは穏やかな色違いの双眸も黄金色の瞳孔が炯々（けいけい）と光り、まるっきり獣のようである。ニニはダンタリオンのマントの裾をそっと握った。

(興味深いからの。この屋敷で務めがある以上、たとえ一晩といえども理由なく留守にするのはまずいのではないか?)

「主人(ムシュー)」

ダンタリオンは怖い目をしたままニニを見下ろす。

「お願いします。竜さんと行かせてください。この世界のことを少しでも知っておきたいんです。それに村の様子がわかれば、ネリを探すヒントが見つかるかもしれません」

ゆるく波打つ黒髪の下で、ダンタリオンがなぜか悲しげに目を細めた。

「主人(ムシュー)?」

「……僕が連れていってやると言っただろう」

「でも、今日すぐにというわけにはいきません」

もしかして主人(ムシュー)は寂しいのだろうか、とニニはふと思った。竜さんのことでは厳しい物言いもしていたけれど、いまの彼は、わたしに得体の知れない相手に近づいてほしくないというよりは、わたしがいなくなることを怖がっているように見える。

それでも、とニニは唇を嚙(か)んだ。わたしは竜さんの申し出を断りたくない。

「ニニにもこの屋敷での務めがある。勝手は許さない」

「大丈夫です。朝の仕事を終えてから出発しても、今日のうちに帰ってこられますよね?」

ワイバーンを見やると、もちろんじゃ、と愉快そうな調子で返事があった。

「そいつの住処は毒の沼だ。身体に障る」

（心配いらぬ。方法はある）

「ニニは僕のそばを離れられない」

（ほんの半日のことじゃ。それすら難しいというのなら、そなたは嬢ちゃんのあるじとしてあまりにも力不足ということになるがの）

ダンタリオンは黙った。苛立たしげに眉根を寄せ、なにごとかを思案している。やがて重たいため息をひとつこぼした。

「……わかった」

そしてワイバーンに向き直り、これまでで最も硬く冷たい声で言った。

「ニニを人の世界に降ろすな。まだその時期ではない」

（承知しておる）

「僕のしもべをニニにつける。なにかあったときの連絡用だ。潰せばすぐにわかるからな」

（かまわぬ）

竜はそこで黒い瞳をゆっくりと瞬かせた。

（わしはそなたに心の底から感謝をしておる。信じてもらいたい）

ダンタリオンは返事をしなかった。だが、ワイバーンの声に込められた真心にとりあえずは賭けてみることにしたようだった。

「ニニ、アルラウネたちに水やりを。それから、刈り取っておいたアグラフォーティスを薬剤室に運び入れておいて。朝食のあと、支度をして出かけてくるといい」

そうしてニニは竜の背に乗って、彼の住処へ向かうことになった。


高い空の上は特別に冷えるから、とダンタリオンはいつものコートよりもさらに厚手の櫨染色のブルゾンを新たに渡してくれた。星狐の毛皮でできているというその防寒着に身を包み、ブーツを履いて風除けのゴーグルをつけ、さらには口許までマフラーを巻いて、ニニは空を飛んでいた。懐にはテオと蝙蝠が一匹もぐりこんでいて、ときおりもぞもぞと動くのがくすぐったい。

ワイバーンの背に取りつけられた鞍は、またがるというよりは椅子に座るような姿勢で乗ることができ、驢馬の背にしがみついているときよりもよほど楽だった。おまけに腰から下は風除けに守られていて――ニニの身体の大きさに合わせて作られた桶の中にいるようなものだ――、身体が極端に冷えたり強張ったりすることもない。もちろん手綱なども不要で、手すり代わりの鞍の縁にしっかりとつかまっていればそれだけでよかった。

(ほれ、見えてきたぞ。あれが城じゃ)

念話とは便利なものだ、とニニは思った。ふつうなら、耳元で轟々と風が鳴っているところで話などできない。しかしワイバーンの声は喉を通して発せられているのではなく、身体の奥へ直接届くものだ。こちらの返事も、どうしたわけか彼には問題なく届くらしい。自分でもなにを言っているかよく聞き取れないほどだというのに。

最初のうちこそワイバーンの耳に聞こえるようにと大声を張り上げていたニニだったが、その必要がないことに気づいてからは、ほとんど囁くような声しか出していない。

「城？」

灰色の空を背景に、黒い山が聳えているのが見えた。

「どこに？」

（すぐ目の前じゃ）

言われても、ニニの目には雲を衝くほどの急峻な山しか見えない。

（あの城には魔界の支配者を名乗るサタンをはじめ、七つの大罪を司る貴族とその手下どもが暮らしておる）

「七つの大罪？」

（憤怒、強欲、傲慢、嫉妬、怠惰、暴食、色欲。嬢ちゃんも聞いたことくらいはあろう）

「……教会学校に行ってるときにちょっとだけ」

怒りを抑え、欲を張らず、傲ることなく、妬まず、怠けず、食を慎み、色を遠ざける。そのようにつましく静かに信心深く生きていれば、いつか神の御許へ行けるのだという話だった気がする。あまり真剣に受け止めていなかったので、記憶は曖昧だ。

(人もなかなかうまいこと理屈を言うものじゃ)

「わたしにはなんだかよくわかんなかったけど」

ニニが育った家は貧しくて、そもそも過剰な感情や欲望など抱きようがなかった。生き延びるだけでぎりぎりの暮らしに、揺れる思いを楽しんだり、必要以上を欲しがったりするゆとりはない。

(べつにわからずとも困らぬであろう)

ふと、そういえば、と忌々しい居候のことを思い出した。ベルフェゴールがダンタリオンとニニの契約について嘴(くちばし)を突っこんできたとき、主人(ムシュー)は彼を怠惰と呼び、おまえには城に居場所も務めもあるだろう、と言って、うるさい口を封じていた。

あのときにはなんのことだかよくわからなかった。だが、いまのワイバーンの話と合わせてみると――。

ニニがそのことをワイバーンに尋ねると、彼は、ベルフェゴールの名はわしも聞いたことがある、といまにも笑い出しそうな声で答えた。

(七貴族が一角、怠惰を司る大貴族じゃの)

「あいつが……」

七貴族どもは城にいることも務めだと聞いたことがあるぞ、とワイバーンは言った。

(さすがはこの魔界で名を知らぬ者のない怠惰の筆頭と言うべきか。ただ城におることさえ怠けるとは)

「……なんだってあいつは主人の家に居座っているんでしょうか」

できることなら本来の居場所に戻ってほしい、とニニは思う。

城といえば王の御座す場所だ。あまり物を知らないニニでもそれくらいのことはわかる。

そんなところに住める立場があるというのに、なにもかも放り出して辺鄙な場所に——しかも他人の屋敷に——引きこもるような真似は、とうてい理解できそうにない。

(そいつはわしにはわからぬ。本人に訊けばよかろう)

「それができるならそうしてるわ」

おもしろくなさそうなニニの答えに、竜は楽しげに笑った。

話を続けるあいだもワイバーンは力強くはばたき、飛び続ける。みるみるうちに高く聳える細く尖った山頂が目の前に迫ってきた。ひとつに見えた山はじつはいくつもの峰が連なる山脈であったらしい。

「竜さん！　山がすぐそこに！」

(ようく見てみよ)

言われたとおりにもう一度よくよく目を凝らしてみれば、その山こそが城なのだった。

たくさんの塔が槍のように空へ伸び、無数の窓がまるで星のように瞬いているではないか。

ニニは目を見張った。

城全体の印象は揺らぐような灰色。その濃淡に加え、藍鼠、青鈍、空五倍子、葡萄染、麴塵、濃色、山鳩とさまざまな色が入り混じっているように見える。しかも、瞬きするたび、同じ塔の先であっても次々に色が移り変わっていく。いつまでも混ざりきらない色水をだれかがずっと攪拌し続けているみたいだ、とニニは思った。

「すごい……」

ワイバーンが城の周囲を大きく旋回し続けているあいだも、刻々と佇まいを変えていく不思議な光景から目を離すことができない。そうしているうちに、城のすぐきわまで黒い峰が迫っていることにニニは気がついた。城と山とを見分けることができなかったのも無理はないと思わせるほど、ほとんど一体となっている。

（あの山は冥界への入口じゃ）

「あれが……！」

ほとんどの死者が赴くという場所、本当なら姉と自分が迎え入れられるはずだった冥界とは、魔界に聳える山の中にあるのか、とニニは驚いた。

（サタンの役目は冥界を管理し、魔界の平穏を保つことじゃ。ほかの六人の貴族どもはその補佐をしておる）

ニニは首元に巻いたマフラーをぎゅっと強く押さえながら、覗きこむように城と黒い山とを眺めた。表情が険しくなっているのが、自分でもわかった。

「……本当なら、わたしもネリもあそこへ行くはずだった」

ニニはマフラーの中で思わず呟いた。

いや、違う。そうではない。わたしたちは死を悼まれることがなかった。魂を鎮めるための祈りも、慰めるための歌も与えられなかった。命の終わりをだれにも看取ってもらえず、葬送の鐘すら惜しまれた。

ダンタリオンが言っていたではないか。きみたちに迎えはこない。このままだときみは死んでいるのに人間界を彷徨う、亡者になってしまうよ、と。

（そうした者も少なくないと聞くの）

ニニの言葉が途切れたところで、ワイバーンは慰めるような調子でそう言った。

「亡者になるとどうなっちゃうの？　いつかは冥界や天界に行くことができるのかしら？」

（……運がよければそうなるじゃろう）

「運が悪かったら？」

ワイバーンはしばらくのあいだなにも答えず、ただゆっくりと城の周囲を飛び続けた。

やがて彼は重たい口を開いた。

（魔物に喰われるか、魂が擦り切れるまで彷徨うか、あるいは亡霊となるか……）

「亡霊？」

（あまりに強い未練を残すと、そうなることがあると聞く。恨み、憎しみ、あるいは、愛。そうした執着に身を委ねれば、いつしか乗っ取られ、もはや人の魂、亡者としての形さえ保っていることができなくなる。情念そのものとなって世界が果てるまで漂い続けることになるのじゃ）

「……漂う？」

（行き先すら己では決めることができなくなる、という意味じゃ）

そんな、とニニは唇を嚙み締めた。

（そうなればもう救いはない。己と他の区別もなくなり、混沌の中で……）

「もうやめて！」

思いのほか、強い声が出た。

ニニは歯を食いしばる。大丈夫、と彼女は自分に言い聞かせた。

大丈夫。ネリは亡霊になったりなんかしない。だれかを恨んだり憎んだりするようなひとじゃないもの。

大丈夫。絶対に見つけてあげるから。主人の魔力を借りて、ふたりで人間の世界に戻るんだから。

（そろそろ行くとするかの）

ワイバーンの言葉にはっとわれに返る。ここにあまり長居はしないほうがよいのじゃ、と老いた竜は言い足した。

（ただ通りすぎるだけならば問題はないが、こうして周囲を長く飛んでいると、偵察を疑われかねん）

竜はひときわ大きく翼を動かし、ぐんぐんと上昇していく。強い風に煽られ、ニニはたまりかねて目をつぶる。彼女の意識はまだ城に向けられていたが、暢気に眺めていることはできなかった。

（ちょうどよい。人の世への道を見つけた）

「見つけた？」

道とはいつもそこにあるものだとニニは思っていた。山や畑や家と同じように。

（この魔界と人の世とはいつもつながっておるわけではない。ちょっとした綻びを通って往来することができるだけじゃ。穴と呼ばれるその綻びはつねに移動し続けておる。悪魔どもは魔術を使ってひょいひょいと行き来しておるようじゃが、わしら竜にそんな器用なことはできぬ）

たしかに、ダンタリオンと薔薇を摘みにいったとき、彼は人間界との往復のために道を探すようなことはしていなかったように思う。

「竜さんと悪魔たちは、仲が悪いの？」

ニニは目をつぶったままふと思ったことを口にした。さきほどからのワイバーンの言葉には悪魔たちに対する含みがあるように聞こえる。城の周囲を飛んでいるときも長居はできないと言い、ずいぶんと警戒しているようだった。

(互いに不干渉を約束しておる)

「不干渉?」

上昇はまだ続いているが、その勢いは緩やかになった。そっと目を開けてみる。真っ白な濃い霧の中を飛んでいるらしく、周囲にはなにも見えない。まるで山羊(やぎ)の乳の中にでもいるみたいだ、とニニは思った。それも、しぼりたてのまだ生温かい乳。

(不用意に近づかぬようにしよう、ということじゃ)

「……戦いたくないの?」

(わしら竜と悪魔どもが争えば、大地が割れ、海が干上がる。星が落ち、空も裂けよう)

世界が滅びるということか、とニニは理解した。

「竜も悪魔も強いのね」

(人と比べればな)

ワイバーンは喉の奥を震わせるような笑い方をした。

火山や氷原、毒の沼地など、悪魔にとっても厳しい環境を好むわしらは、本来、好戦的な種族ではない、と竜は言った。

主人(ムシュー)から聞いた話とだいぶ違うな、とニニは思ったが口にはしなかった。竜には竜の言い分があるのだろう。悪魔には悪魔の言い分があるように。

じゃが、とワイバーンは続けた。気に入った住処を荒らされればそれなりに腹を立てるし、子が奪われたり仲間が殺されたりすれば報復も辞さない。悪魔のような魔力は持たないが、代わりに丈夫な身体と強い生命力がある。火や毒を吐いたり、氷や雷の嵐を巻き起こしたりすることもできる。

（争うつもりになればいくらでも争える。悪魔などに負けたりはせぬ。さりとて、平穏な暮らしにはそれ以上の価値がある）

さて、とワイバーンは急に声の調子を変えた。

（見るがよい。もうまもなく人の世じゃ）

不意に霧が晴れた。

ダンタリオンの魔力の加護なしに直面する太陽に瞳を灼かれ、ニニは思わずまぶたをきつく閉じた。額に手をかざしてからうっすらと目を開ける。

（さて、嬢ちゃんの故郷はどのあたりじゃ）

尋ねられたニニが鞍から身を乗り出すようにして地表を見下ろしていると、鳥の群れがすぐそばを飛んでいった。いまさらながら自分がいる場所の高さに驚き、足が竦んだ。

「わ、わかんないよ」

ニニはふたたび眼差しを下へと向けた。

蛇行して流れる大きな河川の両側に、あきれるほどたくさんの建物が密集しているのが見えた。網目のように張りめぐらされた道路は石畳(パヴェ)によって舗装され、その上を何台もの馬車が行き交っている。いくつもの尖塔(せんとう)を空に伸ばしている壮麗な建物は教会だろうか。これほどに巨大な建造物を目にするのははじめてのことだった。

ニニは雑然とした街並みに目を凝らす。賑(にぎ)やかで華やかで果てがわからないほど広い。もしかしてここは、話にしか聞いたことのなかった、都(パリ)じゃないの？

街は石畳(パヴェ)に覆われた路地を除き、橋の上までもが建物で埋め尽くされている。この都(パリ)にはいったいどれだけ大勢の人が暮らしているのか。

「こんな騒々しい街、見たことない」

(騒々しいかの？　革命が落ち着いて、これでもだいぶ静かになったという話じゃが)

革命という言葉はニニも耳にしたことがあった。だが、実際のそれがどういうものなのか、田舎から出たこともない幼いこどもにじゅうぶん理解できるはずもない。無闇に人が死んでいくばかりの残酷なできごとという認識しかなかった。

「……革命なんて知らないわ。わたしの村にそんなおそろしいものはなかった」

ニニは恐怖をこらえながら、小さな声で言った。彼女が暮らしていたのは、厳しい自然に囲まれた穏やかで静かな村だった。

(人々が前に進むために流した血じゃ。惨(むご)くはあってもおそろしいばかりではあるまい)

諭すようなワイバーンの言葉はニニの耳には届かなかった。

「山よ。とにかくたくさん山があった。羊と豚と鶏を飼って、畑を耕して……」

この街には家畜を囲っておくような草地も、麦やとうもろこしや綿花を植えておくような畑もあるとは思えない。石造りの建物がひしめき、地面は石畳（パヴェ）に覆われ、人々はあまりにも忙（せわ）しない。

（さようか）

ワイバーンは大きく旋回した。

（では、山に向かうとしようかの。ここにもあまり長居はしないほうがよい）

「……騒ぎになるから？」

（わしは人の世界に疫病をもたらす）

突然の告白に、ニニは思わず身を硬くした。なにをどうしようとも当の竜の背に乗っているのだから、まるで無意味だということには気づかなかった。

（人間にとってはなかなかおそろしげな病だというの）

主人（ムシュー）の言っていたことは本当だったのか、とニニは思った。

（嬢ちゃんはあの若い悪魔の力に護（まも）られておるから心配はいらぬ。じゃが、ただの人には、わしは疫病そのものじゃ。わが吐息を浴びれば無事ではいられぬのだから）

ワイバーンの声にはほんの少しの寂しさが混ざっているように思えた。それもあたりまえかもしれない、とニニは思う。わたしが好きで山の中の小さな村に生まれたわけではないように、竜さんだって自分で選んで毒をまとう身に生まれたわけではないだろう。もしかしたらわたしだってこういう大きな街のお金持ちの家に生まれて、流行の華やかなドレスを身につけて、美味しいお菓子を食べながら笑い暮らしていたかもしれない。竜さんだって、宝石みたいな美しい鱗と蜉蝣みたいな薄い羽を持った、人々に崇められる存在だったかもしれないのだ。

ニニがそう言うと、ワイバーンは豪快に笑っただけでなにも答えなかった。そして、なにごともなかったかのように、ほれ、山が見えてきたぞ、と教えてくれた。

(日々眺めながら暮らしておった山の形は覚えておるか)

うまく話を逸らされてしまったが、この問いを無視するわけにはいかない。ニニは慌てて周囲に目を凝らした。

「あ！　あの山！」

ニニは思わず指差した。冬には麓に、夏には頂に陽が沈むので、季節とおおよその時刻を測るのにいつも目安にしていた稜線に見間違いはない。

「あの山が……そう！　ちょうどこの真下くらいのはずだわ！」

ワイバーンは大きく旋回した。ニニはまたもや鞍から身を乗り出すようにして、拓けた土地を探す。村は小さく、数軒の家々の固まりが五、六か所、それに広場と教会、井戸が四つか、五つ。

「あれだ！　あった！　わたしの村！」

（そうか）

竜はだいたい同じ場所をぐるぐるとめぐっている。ニニは村から山へ入る道へと視線を動かし、自分たちが置き去りにされた小屋を探した。長く続く登り坂、途中にはダンタリオンと訪れた薔薇の咲く窪地と白詰草の群生地、そこから少し下って急流を渡り、今度は崖下の細い道を進む。

「……あそこだわ」

村人たちが共同で管理していた小さな建屋は、こうして空から見ても傾いていることがわかる。その隣にわずかに広がる牧草地。囲いの中には――。

「羊が死んでる……」

草地の中にそれらしい塊がいくつも落ちている。ふわふわとした羊毛は面影もなく、記憶にあるよりもかなり数を減らしてはいたが、それはたしかにニニの家で飼っていた家畜であるはずだった。土塊と見分けがつかなくなりつつある羊たちの身体の周囲にはさらに濃い影のような染みが広がっていて、それが血であることは遠目にもわかる。たぶん狼に食い散らかされたあとなのだろう。

おかしいわ、とニニは呟いた。

「父さんは、羊たちを残してどこへ行っちゃったのかしら」

羊は家の財産だ。食い扶持ばかり嵩むニニたちとは違って、乳も毛も肉も売れば金になる。父親も継母も家畜をとても大切にしていて、日頃からこどもたちのことよりもずっと気にかけていた。

竜さん、とニニは真剣な声で呼びかけた。

「もう一度村の上を飛べる？」

ワイバーンの返事は芳しくなかった。明るい時間に上空を飛びまわれば、いくらなんでも目立ちすぎる。

（わしは痛くも痒くもないがの、疫病をもたらす竜の姿が目撃されたとなれば、嬢ちゃんの村には災難となろう）

「一回だけでいいの。ほんの少しの時間、ううん、通り過ぎるだけでもかまわない。確かめたいことがあるの」

（わかった）

答えたワイバーンは向きを変えた。

ニニは鞍の縁を強くつかみ、もう一度身を乗り出す。そして、村の中で家がどのあたりにあったかを克明に思い出そうとした。上空からでも目印となる教会、井戸、村で一番大きな村長の家。

「……あれだ」

傾斜した屋根から伸びる煙突。煙は上がっていない。竈（かまど）に火が入っていない証拠だ。

「やっぱり変だわ」

いま時分、村は昼食どきだ。畑にも牧場にも人は出ていない。だれもが家に戻り食卓についている。現に、隣の家もそのまた隣も、煙突から煙を上げているではないか。

父さんたちは村を出ていったんだわ、とニニは悟った。ネリとわたしを置き去りにして、羊たちを捨てて、家も畑も放り出して。

（もうよいか）

「……ええ、いいわ」

ニニの胸が冷たく重たいもので塞がれた。

姉さんとわたしは捨てられたのかもしれない。ごく自然にそう思ってしまってから、ニニは慌ててその考えを否定する。――違う。そうではない。絶対、違う。

父さんはわたしたちをうっかり山小屋に置き去りにしてしまって、死なせてしまった。きっと、村ではあることないこといろいろ言われたに違いない。それでいづらくなってしまって、村を出ていかざるをえなくなったんだ。

ぐ、と身体に強い力がかかった。ワイバーンがまた急上昇をはじめたことに気づいたニニは、彼に問いかける。

「魔界への道を見つけたの？」

（さよう。じゃが、さきほどよりもちと遠い。飛ばすからの、しっかりつかまっておれ）

目を開けていられないほどに強い風がニニを襲う。轟々(ごうごう)と耳を聾(ろう)する風音以外なにも聞こえなくなった。

歯を食いしばり、手すりをきつく握りしめ、ニニはじっと耐えた。指先の感覚が曖昧になってくる頃になって、ワイバーンはようやく、もうよいぞ、と言った。

（無事に戻ってきた）

ほれ、と竜は続けた。

（古き友の住まう火山がようく見えるわ。今日も元気に燃えておる）

見渡すかぎり灰色の空とそれよりも濃い色の大地。

ニニはほっとひとつ息をついた。もぞもぞと腹のあたりで動く気配に、さらに肩の力が抜ける。

緑や紫や朽葉色(くちばいろ)が入り混じる地面の、そのはるか果てに赤橙(あかだいだい)に輝く山がある。山の周囲の土地は黒く焦げ、ところどころから白い噴煙が上がっている。水辺や木々はいっさい見当たらない。それもそのはず、裂け目からは溶岩が覗(のぞ)いていた。

見ているだけでおそろしい熱気に肺を焼かれるような気がして、ニニは小さく身体(からだ)を震わせる。だが、同時に故郷の村の上空で受けた衝撃が薄らいでいることも感じていた。不可思議で躍動的な魔界の光景に心が慰められるような気さえする。

(歩けば足を焼かれる灼熱の地じゃ。悪魔どもとて簡単には渡れぬ)

「でも、竜さんのお友だちはあの山に住んでいるんですよね？」

大地を焦がすほどの熱気の中に暮らすことのできる竜とはなんと途方もない存在なのか。いまさらながら、その背にまたがって空を飛んでいる自分を信じがたく思う。

ワイバーンは力強くはばたき、わずかに方向を変えた。

すぐに空気がひんやりとしてきた。地表に目を向ければ、ぽつりぽつりと点在する家屋敷が目に入る。

(ここらの草原には城に住めぬ悪魔どもの住まいが数多くある)

火山の熱気も氷原の冷気も届かないこのあたりは、とても住みやすい場所なのだそうだ。

「主人の屋敷も見えるかしら？」

(嬢ちゃんの住処は湿原のほとりじゃ。ここからは少しばかり離れておる)

そう、とニニは呟いた。だれかに言われるまでもなく、来たときから寂しいところだとは思っていたけれど、ダンタリオンの家は本当にほかの悪魔たちの住処からさえも距離を置いたところにあるらしい。

不意に氷の粒が額を叩いた。さらに冷たい風が頬を刺す。

「急に寒くなったわ！」

（氷原が近いからの。溶けた鉄も刹那で凍る絶対零度の地よ）

ここに暮らす者はそう多くはない、と言いながらワイバーンはまた方向を変えた。

（わしも寒さは苦手じゃ）

「でも、多くなくても、住んでいるひとはいるのね」

見下ろした先に堅牢な石造りの家がぽつりぽつりと存在していることに気づいたニニは、寒さをこらえるために首を竦めながらそう言った。

（このあたりの湖で獲れる魚はまことに美味なのじゃ。悪魔には美食家が多い。おおかた城に住むやつらの別荘であろうよ）

きっと竜自身、ここの魚が好物なのだろう、とニニは思った。

懐に手を入れ、テオと蝙蝠をそっとなでて二匹の無事を確かめる。指先を舐めるのはテオ、引っかいてきたのは蝙蝠だろう。二匹とも元気なようだ。

「……暑かったり寒かったり、魔界ってめまぐるしいのね。悪魔たちも大変そうだわ」

ニニが呟くと、竜はおかしそうに笑った。

（わしの背に乗っておるからそう感じるだけじゃ。ふつうは魔牛に引かせた車でも、踏破するのに何日もかかる道のりなのだぞ。それに、悪魔にもいろいろおるからの）

「いろいろ？」

(暑いのが好きじゃとか寒いのが好きじゃとか。毒や瘴気(しょうき)を好む者がおれば、清浄な環境を好む者もおる。性質もさまざまじゃ)

「……いい悪魔もいるっていうこと？」

主人(ムシュー)を思い浮かべながらのニニの言葉は、ワイバーンに鼻先で笑われた。

(善悪など個々の勝手な感じ方であろう。そうではない。好戦的であったり、平穏を好んだり、嘘(うそ)つきであったり、正直者であったり、ただそれだけじゃ。そうしたそれぞれがそれぞれの好みや都合によっていろいろな場所に住んでおる)

寒気から逃げるように飛ぶ老竜のおかげで、肺をも凍らせるような冷たい空気は急速に緩んだ。

ニニはさきほどから気になっていたことをワイバーンに尋ねることにした。竜さん、と彼女は言った。

「竜さんは悪魔のことに詳しいんですね。あまり、その、仲がよくないようなことを言っていたわりには」

(相手のことをよく知らねば、不干渉などとのんびりしたことは言っておれぬ)

悪魔どももわしらのことはようく知っておるだろうよ、と竜は呟いた。

「教えてほしいことがあるんです」

(悪魔どものことでか？)

わしではなくあの若いのに訊けばよかろう、というワイバーンの答えはもっともである。

だが、ニニは首を横に振った。

「主人はきっと教えてくれない」

(ならばわしも答えられぬ)

ニニはかまわずに先を続けた。

「悪魔の契約のことよ。契約のせいで悪魔が消えてしまうことってあるの?」

招かれざる客であったワイバーンの世話をだれがするか、という話になったときにベルフェゴールが口にした言葉が、ニニの心にずっと引っかかっていた。ダンタリオンとニニの契約に関することだ。彼はあのときたしかにこう言った。そのガキのせいでおまえが消えるのは困る、と。

「それって、主人との契約に関することでわたしがなにかしくじると、主人が消えてしまうかもしれないっていう意味よね? わたしはなにをしちゃいけないの?」

ワイバーンはなにも答えなかった。囂々と風が鳴る。沈黙に耐えきれず、ニニはふたたび口を開いた。

「そうでなければ、なにかしなくちゃいけないことがあるの?」

(……それを知ってどうするというのじゃ)

ワイバーンはようやく答えてくれたが、どこかうんざりしたような調子だった。

（契約を破棄するとでも？）

「違うわ！」

ニニは即座に否定する。

「やっちゃいけないことがあるのなら、先に知っておきたいだけよ」

（知らずに禁を犯してあるじに危害を加えないようにしたいと？）

そう、とニニはマフラーの中で頷いた。

契約を交わしたとき、ニニは悪魔のことをなにも知らなかった。いまも彼らを理解しているとは言いがたい。ただ、ひとつだけ、あのときよりもわかっていることがある。ダンタリオンの為人だ。

彼は穏やかで親切な悪魔だ。ニニが知っているどんな人間よりも、優しい。

もしも契約のことで互いに守らねばならない条件があるとしても、ニニに窮屈な思いをさせまいとして黙っている可能性はおおいにある。どれほど尋ねても絶対に教えてくれないだろう。それがたとえ、自身の存亡にかかわることだとしても。

主人はそういう悪魔なのだ。

くつくつ、という耳慣れない音にニニは眉をひそめた。ワイバーンが笑っているのだと気づくまで、少し時間が必要だった。

（……本当に変わった若者だの。嬢ちゃんのあるじは）

ワイバーンはひとしきり笑ったあと、そうじゃなあ、とやわらかい口調で続けた。

（人間と悪魔の契約について、竜が知りうることはとても限られておる）

そう言いながらも竜はいくつかのことを教えてくれた。

ひとつは、ひとたび交わした契約は人間と悪魔、どちらの側からも破棄することができない、ということ。

ふたつめは、その一方で、契約が無効になることもある、ということ。たとえば、なんらかの不可抗力により、契約の実現が不可能になったとき。国盗り（くにと）りを目論（もくろ）んでいたが、その国そのものが滅亡したような場合。それから、悪魔が消滅したとき。悪魔と契約した人間は願いを叶（かな）えるまでのあいだ不死になるが、悪魔はそうはいかないからだ。

それから、と竜はそこでいったん言葉を切った。

「それから？」

（人間が悪魔との契約を忘れ去ったとき）

「忘れ去る？」

思わず訊き返していた。

「悪魔に魂を売るような契約を忘れる人間なんかいないんじゃない？」

それはわからんぞ、と老いた竜は言った。どこか意地の悪い響きのこもった声だった。

（人は脆（もろ）い。肉体同様その精神もな。己の欲の罪深さを自覚したとたん、一度は悪魔にす

ら縋って叶えようとした望みをみずから忘れ去ろうとすることは珍しくなかろう）

「……それで？　そのときはどうなるの？」

（消滅する）

「え？」

（人間が悪魔との契約をなかったことにして、あるいはすっかり忘れて反故にすれば、悪魔は消滅する）

頭が真っ白になった。ニニはなにも考えられずにただ首を横に振る。

「……嘘よ」

（嘘ではない）

「嘘よ！　だって主人はそんなことひとことも言わなかったわ！」

言えないからな、とワイバーンはひときわ大きくはばたいた。

（どんな悪魔も契約を忘れられれば消滅することになっている。だが、それを相手に告げてはならない。おまけに人間が契約を忘れそうになったとしても、悪魔のほうから思い出させることはできない。なんとも難儀な掟じゃのう）

「掟……」

ワイバーンの世話をだれがするかについて揉めたとき、ベルフェゴールが言いかけていたのはきっとこのことだ、とニニは思った。あのとき、ダンタリオンはものすごい剣幕で居候の言葉を遮った。不都合な事実が使い魔に伝わらないようにしたのだろう。

（この魔界に暮らす悪魔は、だれも彼もが皆掟に縛られておる。不便なものよ）

きっと竜さんはその掟とやらの外にいるのだろう、とニニは思った。

彼の口調には悪魔の不自由を嘲笑う色があり、言葉の端々にはみずからの自由を誇る響きがあった。それにもかかわらず、どこか寂しげなのはなぜなのだろう。

ニニにとっては悠久のときを生きてきたに等しい、老いたワイバーンの心中を量ることは容易くはない。

（さて、ひととおりの案内もすんだことであるし、わが住処に向かうとしようかの）

それまでとはまるで異なる声音でワイバーンが言った。面倒な話題を続けたくない年寄りの卑怯だとわかっていても頷かざるをえない言い方だ。

ニニはため息をついて、彼に調子を合わせた。

「竜さんの住処は毒の沼なのよね？」

（さよう）

「わたしは……わたしとテオは毒には弱いの。方法がある、と言っていたけど、それってどんなものなの？」

（苹果じゃ）

「苹果？　苹果をどうするの？」

（食べればよい）

そんな話は聞いたことがない、とニニは思った。苹果を食べて毒を防げるなら、毒で死ぬ人なんかいなくなるじゃないの。

ニニがそう言うと、ワイバーンは楽しげに笑った。

（ただの苹果ではない。特別な銀の苹果じゃ）

「銀の苹果……」

食べた者に不老長寿をもたらすという、お伽噺（とぎばなし）で聞いたことのある果実だ。

（わしの苹果にそこまでの力はない）

さきほどから竜は笑ってばかりいる。魔界のことをなにも知らない新入りの使い魔のことがおもしろくてたまらないのだろう。

（じゃが、この世に存在するあらゆる毒を浄化する程度の力はある）

「つまり、その苹果を食べれば、竜さんの住んでいるところに行っても大丈夫なのね？」

（貴重品じゃよ）

恩に着せるように言いながら、ワイバーンは広い草地にゆっくりと着地した。

鞍（くら）から降りるよううながされ、ちゃちな留め金のついた小さな扉を開けてワイバーンの背から降りる。竜は翼をたたみ、腹を地面にぺたりとつけてニニが降りやすいようにしてくれてはいたが、それでも相当な高さから飛び降りなくてはならなかった。

ニニは腕や首をぐるぐるとまわした。いくら楽な姿勢だったとはいえ、慣れない飛行が続いて、気づかないうちに身体が強張っていたらしい。そのまま動けばあちこちの筋を痛めてしまいそうだった。

（大事ないか）

「大丈夫よ」

答えながらブルゾンの前釦を外す。服の中ではテオと蝙蝠が折り重なるように丸まっていたが、外に出てもいいのだと理解した瞬間、二匹とも弾かれたように表に飛び出してきた。だいぶ窮屈だったに違いない、とニニは気の毒に思う。

あたりを駆けまわるテオと飛びまわる蝙蝠をつかまえ、それぞれに肩と腕とを貸したニニはゴーグルを外してワイバーンと向きあった。

「苹果はこの子たちにもらえるのよね？」

テオは毒や瘴気に弱いカーバンクルだ。蝙蝠のことはよく知らないが、薄い皮膜の羽とふわふわとした腹を見るかぎり、そう頑丈ないきものには思えない。

（むろん）

そう答えたワイバーンはわずかに移動し、背後の木を示した。

だだっ広い平原にまるで目印のように立つ、一本の木。高さはあまりなく、幹もほっそりとしている。若々しいようでいて、その樹皮に刻まれている皺は深く、枝ぶりもどことなく年季が入っているように感じられた。

「苹果の木?」

(実がいくつかなっておるじゃろう。好きなのをもいで、食べるとよい)

ただし食べすぎるでないぞ、と竜は言い足した。

(欲をかけば、その苹果こそが毒となる)

ニニは緊張に喉を鳴らしてから、苹果の木に歩み寄った。慎重な手つきでひとつもぎ取る。瑞々しい重さが掌にひんやりと感じられる。一見してふつうの苹果と変わらないが、光を受けると表皮が銀色に輝いた。

「……ひとつでじゅうぶんよね」

ニニの身体つきはこどものものだし、テオも蝙蝠もそのニニの肩や腕に落ち着けるほど小さい。

銀色を含んだ赤い皮を袖口でこする。毒になるかもしれない実を口にするのには、わずかばかりの勇気が必要だった。

――かぷ。

新鮮な果汁が喉を潤し、身体に染み渡るようだ。

「……おいしい」

不思議な色合いの奇跡の苹果は意外なほどにおいしかった。ニニはテオと蝙蝠のことも忘れて、ふた口、三口、と立て続けに苹果をかじる。

早く次のひと口を、と口を開け、そこではじめて違和感を覚えた。苹果ってこんなに甘かったっけ？

そして、ワイバーンの言葉を思い出す。欲をかけば、その苹果こそが——。

ニニは慌てて果実をかじる口を止めた。舌や喉に絡みつく蜜がやけに甘ったるい。背筋や二の腕に寒気を覚えるほどに。

ワイバーンの様子を窺いみれば、少女の愚かさをおもしろがるような目つきをしている。

ニニは思わず性悪の竜を睨みつけた。苹果の甘さに囚われたニニがここで倒れても、彼はきっと助けてくれない。テオや蝙蝠のことも放り出して、そのまま巣へと帰るのだろう。彼はダンタリオンのこともまるでおそれてはいない。報復など不可能であると、はじめから承知しているからだ。

（もうよいのか？）

しれっと尋ねてくる竜に、けれどニニは文句を言ったりはしなかった。竜の背に乗せてもらえると決まったときから熱に浮かされたようだった頭の芯が急速に冷えていく。

ワイバーンは警告をくれていた。それを忘れかけたのは自分だ。ここは魔界で、目の前の竜は敵ではないが味方でもない。礼がしたいなどと殊勝なことを言ってはいるが、本来、人とも悪魔とも馴れあうことのない存在だ。

竜が自分を守ってくれると思うのは愚かなことだ。愚かな者は生きていけない。魔界でも、人間界でも。

「テオ」

ワイバーンから視線を逸らし、カーバンクルを呼んだ。

そして指先に力を込める。苹果はおもしろいように簡単に崩れた。瑞々しさは失われていないが、やはりニニがよく知っている苹果とはまったく別の果実であると思ったほうがいいようだった。

「食べて」

あなたも、と蝙蝠の口許にも苹果のかけらを運びながら、いまだけでもこの子に呼び名があったほうがいいかもしれない、とニニは思った。蝙蝠に向かって蝙蝠と呼ぶのでは、ニニが人間と呼ばれるのと同じだ。間違いではないが愉快ではない。

「ギイ」

いまからあなたのことはギイと呼ぶからね、とニニは低く抑えた声で言った。蝙蝠はニニの腕にぶら下がったまま苹果をかじっている。聞いているのかいないのかさだかではなかったが、大きな耳がぴくりと動いていたので了解を得たことにする。

もっと欲しい、と言うかのように、テオが肩口で小さく鳴いた。ニニは首を横に振る。

「食べすぎちゃだめ」

ひとりと二匹で苹果の半分ほどを食べ終えたところで、ニニはワイバーンに向き直った。

(もうよいのか?)

「じゅうぶんにいただきました。ごちそうさまです」

(遠慮せずともよいのじゃよ)

どの口が言うか、とニニは思ったが、結構です、と穏やかに答えるにとどめておく。竜は己の住処が近いとみて、本性をあらわにしているのだろう。それをとくに悪いことだとは思わなかった。

そうか、と竜は、ふるん、という鼻息とともに言った。

(嬢ちゃんは賢い子じゃの)

「そうでもないわ」

疑り深いだけよ、と心の中で呟く。

ただの人の子であるときからニニはそうだった。姉のネリや一番下の妹に比べて可愛げがない、とよく継母に罵られたものだ。彼女は四人のこどもたちのだれに対しても愛情深い母親ではなかったが、ニニに対してはことさらに無関心だった。罵るとき以外、彼女がニニを視界に入れることさえ稀だったのだ。

嫌なことを思い出してしまった、とニニは顔をしかめる。ダンタリオンの屋敷で暮らすようになってから、主人の優しさにすっかり慣れてしまい、そのせいで以前のこと——大切にされていなかったかつての自分のこと——を思い出すと胸が痛む。魔界へやってきてただひとつ、それはニニにとってひどく不愉快なことだった。

（賢いさ）

竜は愉快そうに答えた。

（もう四つか五つ、実をもいでいくとよい）

「……いらない」

まあ、そう早まるでない、とワイバーンは諭すように言った。

（この苹果は嬢ちゃんのあるじにとってもなかなか手に入らぬ貴重な品じゃ。ごく少量であってもよい薬になる。それに、嬢ちゃん自身、この苹果を必要とするときがいずれ必ず来るじゃろう。されど、そなたらがここへ来る機会はもうない。好機を逃すでない）

ニニは迷うようにワイバーンと苹果の木を見比べる。竜はじっとニニを見つめている。その静かな眼差し（まなざ）しを受け止めているうちに、ニニの心は少しずつ落ち着いてきた。親切は親切と割り切ってありがたくいただいておくほうがいいのかしら？　試されているとか、唆されているとか思うのは浅はかなのかしら？

それでも判断しかねて、ニニはテオとギイに視線を向けた。二匹はそろってつぶらな双眸（そうぼう）をニニに向けてきた。彼らはじつに素直に、もらえるものはもらっておけ、と言っているようだった。

「わかった」

ニニは心を決めた。口に含んだときに感じた、酔いしれるような甘さを思い出すとあまり気は進まない――誘惑に負けて、必要でないときにまでつい食べてしまいそうな気がするのだ――が、それでも貴重な妙薬だというのだ。ワイバーンの言うとおり、主人(ムシュー)の役に立つこともあるのなら、もらって帰らない手はない。

「いただいて帰ります」

木に歩み寄り、実を五つもいで腰袋の中にしまう。ずっしりとした重みを感じた。

「ありがとう」

(なんの。ささやかな感謝のしるしじゃ)

ワイバーンはニニにふたたび鞍に乗るようにうながした。

(さて、わが住処に案内するとしようかの)


ワイバーンのしもべであるという有翼のサラマンダーたちに送られて、ニニが主人(ムシュー)の屋敷に戻ってきたのは、その日の夕刻、空も暗くなろうという時分のことだった。

竜の背に乗せられた行きとは違い、帰りはたくさんのサラマンダーたちが嘴(くちばし)にくわえた籠のような乗り物で宙吊り(ちゅうづ)にされて運ばれてきた。乗り心地はあまりよくなかったが速さは抜群で、あっというまに帰ってくることができた。

ワイバーンとは、彼が住処としている沼の中の飛島で別れた。さらばじゃ、という言葉こそ短かったが、ニニの姿が見えなくなるまで見送ってくれていた。

「どうだった、ニニ。竜の住処は」

ダンタリオンの屋敷の居間、暖炉の前に敷かれた広い絨毯の上にニニは腹這いになっていた。夕食はすでに終え、いつものお茶を飲み終わったらいつでも好きなときに寝台へ入れる、そんな穏やかな時間のことである。

クッションをふたつ重ねてそこに腕と顎を載せ、傍らに丸まっているテオの背中をなでていたニニは、なかば反射的に、はい、主人、と返事をした。

だが、そのあとが続かない。肘をついて上体を起こし、答えを待っているであろう悪魔を見上げた。

ダンタリオンはニニと同じ絨毯の上に座り、目の前に並べた三つの苹果を指先でころころと転がしながら弄んでいる。硬いところのない寛いだ表情だった。

五つもらった果実のうち、ふたつはニニが持っている。すべて渡してしまってもよかったのだが、なにかの役に立つに違いないから、とダンタリオンが言ってくれたのだ。

「……とても、寂しくて綺麗なところでした」

要領を得ないニニの答えに、ふん、と鼻を鳴らしたのは、相変わらず長椅子に寝転がったままのベルフェゴールだ。つまらん答えだ、と魔界の大貴族様は吐き捨てた。

ダンタリオンに諫められ、ベルフェゴールは口をつぐんだ。だが、使い魔を庇う友人がおもしろくないのだろう。指先で自分の長い髪の先をつまみ、それを揺すったり弾いたりして星のような煌めきをあちこちに飛ばしている。言葉にできない鬱屈を晴らそうとしているのかもしれない。

「ニニ、それはどういう意味？ 教えてくれる？」

「竜さんの住処が毒の沼だと聞いて、わたし、なんとなく暗くてじめじめしてるような場所を想像していたんです」

黒い空に紫の霧がかかって、緑青の底なし沼からわけのわからない泡がぶくぶく浮いてて、もちろん草木の一本もまともに生えていないみたいな、とニニは言った。

「でも、実際は全然違いました」

ワイバーンの住処はそれはそれは美しい場所だった。

鏡面のごとくたいらかな水面とどこまでも澄んで底の底まで見透せる沼が、広い草地にたくさん連なっている。空は明るく、いっそ薄青くさえ見えた。風は穏やかで、静かに草と水面を揺らす。美しくて静かで寂しくて、とてもおそろしい場所。

「水も草木もときおり咲く花もすべて猛毒なんだと竜さんは言っていました。もし命ある者がここへ来たら、数分ももたずに血を吐いて死ぬって。悪魔たちでさえまったくの無傷というわけにはいかないって」

そう、とダンタリオンは苹果を転がしながら応じた。

「それを聞いてニニはどう思った？」

「寂しいなって。空は綺麗でも一羽の鳥も飛んでないし、沼は澄んでいても一匹の魚も泳いでない。動くものといったら竜さんの尻尾とサラマンダーたちだけで……」

どうやら己の定位置であるらしい飛島にたどり着いたとたん、ワイバーンはほとんど動かなくなった。腹這いに寝そべった彼のまぶたは閉じられて視線が合うこともなくなった。会話だけはどうにか可能だったが、その受け答えは積極的とは言いがたかった。

「あんなところまでわたしを連れていったのは、竜さんもひとりでいるのが寂しかったからなんじゃないかと思って……」

ニニはいまひとつ確信を持てていないことが明らかな口調で言った。

竜の真意は最後までわからなかった。感謝のしるしにと銀の苹果はたしかにくれた。彼の気持ちに偽りがあったと言うつもりはないが、それだけが目的であったとも思えない。だが、帰りの籠の中でいろいろ考えてみても、どうしてもこれという答えは見つけられないのだった。

「寂しそうで、だから？」

「たまには遊びにいって話し相手になってあげたいなって……」

ダンタリオンが深いため息をついた。

「ニニ……」

「だめですか？」

「おまえが自分の力で毒の沼まで往復できるならやってみればいい」

はなからできるはずもないと決めてかかる口ぶりでベルフェゴールが言った。だが、それが現実だ。ニニはひとりでは主人（ムシュー）の庭から出ることさえままならない。

「往復の手段はともかく、ニニ、おまえはあのワイバーンが何者か、本当にわからなかったのか？　今日、ほとんどずっと一緒にいたんだろう？」

「それは……」

「ニニ」

ダンタリオンは迷いを含んだ声で使い魔を呼んだ。無知なうえに無鉄砲な彼女にどうしたら道理を説けるのか、考えあぐねているのかもしれない。

そんなダンタリオンに助け舟を出したのは、いつもなら話を混ぜっ返すだけの高貴な居候である。

あのワイバーンは、とベルフェゴールは言った。棘（とげ）のないやわらかな声だった。

「世界の人口の四分の一を殺したことのある凶暴なやつだ」

ニニは思わず跳ね起きた。隣に丸まっていたテオまでもが飛び上がって、膝の上に乗ってくる。

「黒死病という病を知っているか」

ニニは、まさか、という表情になった。ベルフェゴールは、そうだ、とゆっくり頷く。

嫌みも皮肉も感じられないその仕草に、ニニは背中が冷たくなるのを感じた。

黒死病はニニが知る、ほとんどただひとつの病の名だ。彼女が暮らしていたような田舎の小さな村では司祭が医師を兼ねていて、彼らにかかるとすべての病は不信心ゆえということにされてしまう。だが、ものを知らないことが罪とされないそうした土地にあってさえ、黒死病のおそろしさはよく知られていた。

ニニの話を聞いたベルフェゴールは、神というのはなんとも都合のよい存在だな、と嘲笑った。祝福も呪詛もすべてを引き受けてくれるとは。

「数百年も前のことだ。あの竜は人間界に黒死病を撒き散らした。人はなすすべもなく次々と死に至り、骸の山が築かれた。弔いの鐘は鳴りやまず、骸を焼く煙で空は真っ黒になった。やがては弔う側も弔われる側になり、司祭や医師ですら倒れたまま放置されることも珍しくなくなった。町ひとつ全滅した例も少なくない」

ベルフェゴールは髪の先を大きく揺すった。星屑によく似た煌めきが天井まで飛んで、ふわりと消える。それを目で追いかけながら、ニニは老いた竜の瞳を思い出していた。いまの話とはまるで結びつかない、ちょっと意地悪で穏やかな黒い瞳。そこに浮かぶ光はちょうどこんな感じだった。

「俺たち悪魔は病とは無縁の存在だ。人がいくら死のうと、いつもならなんの痛痒も覚えない。だが、あのワイバーンが撒き散らした災厄は忘れることができない」

「……どうして？」

「悪魔は人の精気を喰らって生きている。なくても滅びることはないが、よりよく生きるためにはたくさんの精気が必要だ」

「人が減れば、そのぶん精気も減る。それは困るというわけ？」

それもあるが、とベルフェゴールはダンタリオンに視線を向けた。次はおまえの番だ、とでも言いたそうな眼差しだった。

「悪魔は人の欲を糧とする。欲望は人を動かす。食べさせ、笑わせ、生きさせる。欲望とはつまり、希望だ」

ダンタリオンはいつもどおりの穏やかな口調で言った。ニニは主人を見つめる。だが、彼は飽きもせずに苹果を転がしていて、使い魔を見ない。

「平和な世であれば希望はいたるところにあふれている。出世をしたい、おいしいものが食べたい、恋をしたい、よい服が着たい、金が欲しい。どれもこれも可愛いものだけど、どんな願いも大きくなりすぎれば過ぎた欲となって人を滅ぼす。僕たちは人の身にはあまる欲を叶えたり引き取ったりして、その代わりにちょっとばかりの精気をもらう」

教会学校で聞きかじったことのある悪魔とはだいぶ違うな、とニニは思った。司祭の語る悪魔とはそれはおそろしい存在だった。彼らの甘言にのったが最後、骨までしゃぶり尽くされ、あげくの果てには地獄へ落とされ永劫（えいごう）の罰を与えられるというのだ。

だが、ダンタリオンの言葉を信じるならば、人と悪魔とは欲望を媒介にした共生関係にあるようにさえ思える。人が抱く欲望が過剰になりすぎたとき、悪魔が現れ、それを叶えてくれたり引き取ってくれたりするというのだから。

ニニがそう言うとダンタリオンは声をあげて笑い、ようやくこちらを見てくれた。

「でも、そこはほら、やっぱり悪魔だから」

人間が自分だけでは抱えきれないほどの欲望を抱くよう、煽（あお）り立てたりもするんだよ、と彼は言った。

「それに精気（エネルギー）とは命のことだから、悪魔にとりつかれれば早死にする。地獄へ落ちるのも本当だし。人にとってはあまりありがたい存在とは言えないような気がするな」

「……病よりはマシだろう」

不機嫌そうなベルフェゴールの声が割って入る。

「病にかかった人は、生きたい生きたいって強く願うもんなんじゃないの？」

それは過ぎた欲とはならないのかしら、とニニが問うと、珍しくベルフェゴールが笑った。代わりにダンタリオンが答えてくれる。

「僕たちは病みついた人の精気(エネルギー)はもらえないんだよ」

「喰っても美味(うま)くないからな」

「おいしくない……」

「重要なことだ」

それはともかく、とダンタリオンが話を戻す。

「黒死病(ペスト)によって欲望どころか希望すら失われた世界は、僕たち悪魔にとっても生きづらい世界だった。魔界は荒れて、サタンは統治に苦労した。そんな事態を引き起こしたあのワイバーンは、人間界で忌み嫌われると同時にここでもよく思われていない。死の淵(ふち)に瀕(ひん)してもなお孤独であるのは、彼自身のおこないのせいなんだよ」

「……毒を持つ身体(からだ)に生まれたのは竜さんのせいじゃないのに」

竜にも告げたことを、ニニはまた口にした。だが、あのときと違うのは、彼女の胸になにか割り切れないもやもやしたものが残ったことである。

「生まれがどうあれ、生き方を選んだのはやつ自身だ」

「あのワイバーンはたしかに疫病を生じさせる役目を負ってはいた。だが、なにごとにも加減はある。やつは殺しすぎた。病をもたらすだけでなく、災禍をばら撒く火竜と組んで、必要以上に人の世界を荒らすことを選んだんだ。そのことは責められてもしかたないんじゃないのかな」

悪魔たちの眼差しに圧され、ニニは俯いて膝の上のテオを見つめた。

ふたりの言うことは本当なのだろう。彼らに嘘をつく理由はない。けれど、ニニはやっぱり、あのワイバーンをとても寂しい存在だと思った。

竜の住処は静かだった。己の鼓動で耳が痛くなるほどに。とても綺麗だったけれど、あまりにも静かすぎて、すぐに帰りたくなった。あたたかくて、ふかふかとしていて、優しい主人となにかと騒々しい蝙蝠たち、それから意地の悪い居候がいる、この屋敷に帰りたくなった。

ニニは顔を上げて主人を見た。

「わたしはどうしたらいいんでしょうか」

「どうしたらって？」

「あの寂しそうな竜さんにしてあげられることがあるのかなって……」

竜は優しかったけれど、根っこのところに他者に対する不信と、つけ入る隙を見逃さない狡猾さを隠し持っていた。姿形ではなく、その眼差しや口調にその翳りはつねにあった。

もしも、山小屋で死にかけたあのとき、目の前に現れたのが竜さんだったとしたら、わたしはきっとそのまま野垂れ死ぬことを選んでいただろう、とニニは思う。たとえ、彼の事情をなにも知らなくとも、亡者となって荒地を彷徨うことになっていたとしても、鱗に覆われたあの身体に縋ろうとは思わなかったはずだ。

そう思われてしまうことこそが寂しい、とニニは思った。おそろしい毒に満ちた場所でひとりきりの死を迎えることではなく、無知で力のない元人間の使い魔ふぜいにすら理由もなく拒まれてしまうことこそが寂しいのだ、と。

「もう二度とやつに会うことはない」

ベルフェゴールが口を挟んだ。そうだね、とダンタリオンも同意する。

「あのワイバーンにこれ以上なにかをしてやる必要はないよ。彼も期待していないはずだ」

「でも、あの苹果をくれたのは……」

「単なる礼のつもりだろう。もらっておけばいいよ。僕もありがたく頂戴する。これがあれば、当面、どんな病の治療にも困らない」

毒を中和できる苹果をくれたのは、それを使ってまた会いにきてほしいという意味ではない、とダンタリオンは言っている。ニニはなにも答えられなくなってふたたび俯いた。

「なにが問題だ？」

その口調に苛立ちを戻したベルフェゴールに尋ねられても、ニニは答えられなかった。自分がなにに対してこんなに引っかかりを覚えているのかよくわからないからだ。

「そんなに気に入らないなら苹果を捨てればいい」

それはできない、とニニは首を横に振った。

「さすがは元人間。欲が深い」

　嘲笑われてもそのとおりだとしか思えなかった。銀の莽果の奇跡は身をもって感じてきたところだ。いつかネリを見つけたときになにかの役に立つのではないかと思えば、手放すことはしたくない。

　住んでた村に、とニニは小さな声で言った。

「あ？」

「ベルフェゴール」

　すごむような声をあげた大貴族をダンタリオンが咎める。

「竜さんが人間界に連れていってくれました。わたしが住んでた村を見せてくれたんです」

　父さんたちがどうしてるか気になってたし、ネリがいるかもしれないと思って、とニニは続けた。

「どうだった？」

　探るような口調でダンタリオンが問う。ニニは首を横に振る。

「わかりません。父さんたちは村にいないみたいだったし、空の上からじゃ、ネリを探すことなんてできなかった」

「……ワイバーンは約束を守ったのか」

　ダンタリオンの声には、竜の誠実さを意外に思っているような響きがあった。

「疫病をもたらす竜の姿が目撃されれば、村にとって災難になるだろうからって」

下を向いたままでも、ダンタリオンとベルフェゴールが顔を見合わせたのがわかった。

「村を気遣ってそう言ってくれたんだと思います。黒死病（ペスト）の噂（うわさ）なんかたてば、村は焼かれてしまうかもしれない」

あのときのわたしにはピンとこなかったけど、そういうことですよね、とニニはダンタリオンを見つめた。そうかもしれないね、と主人（ムシュー）は頷いてくれた。

「竜さんは自分がどれだけひどいことをしたかちゃんとわかっています。人間のことも悪魔のことも苦しめたって、ちゃんとわかっている」

「……俺たちは別に苦しんじゃいない」

「反省もしています。だからあの沼から滅多に出てこない。友だちだっていう火山の竜が死にそうだから、最後にどうしても顔を見たかったたって……」

「どれだけ反省したところで死んだやつは生き返らない」

でも、とニニは反論した。

「村に肺病が出たとき、教会学校の司祭が言っていたんです。この村では自分が医師だし渡せる薬にもかぎりがあるけど、大きな街へ行けばもっとちゃんとした医師がいて、よく効く薬も買えるんだって。それに、病の研究は日々進んでいて、原因もどんどん究明されてきてるって」

ニニの村にいた司祭はたいそうな年寄りだった。皆に頼りにされていて絶大な信頼を得てはいたけど、自分にわからないことはすべて神様と悪魔のせいにするひとだった。ニニの継母はそんな彼を物知らずと莫迦にしていて、その態度をネリやニニにも真似させた。

「わたし、司祭に言ったんです。それなら、あなたじゃなくて、まともな医師が来ればいいじゃないって。司祭なんか祈るだけでなんの役にも立たないって」

　暴言を吐いたニニを司祭は叱らなかった。それどころか、医師の診察を受けるのにも薬を手に入れるにも、莫大な金がかかるのだ、と悲しそうな顔さえ見せた。この村の民のすべての財産を合わせても、ひとりの病を救えるかどうか――。

「司祭は言いました。死んだ人に会えなくなるのは寂しいことだと。でも、その死を、病を研究している人がいるって。その人たちのおかげで、人間はいつか病を克服できるかもしれない。それに、多くの人が亡くなったことによって、世の中が進歩した側面もあるんだって。たくさんの死は決して無駄にならないって」

　ワイバーンはたしかに疫病を撒き散らした。司祭の言うように、これまではそれを運命と受け入れて諦めなければならなかった。だが、人は病を、運命を克服しようと努力している。いつか、克服できる日がくるかもしれない。いや、きっとくるに違いない。

「竜あっての進歩ということか」

　ベルフェゴールが鼻を鳴らした。

「感謝でもするつもりか」

ニニは大急ぎで首を横に振った。

「そうじゃない。でも、竜さんも悪魔も勝手に人を弱いものと決めつけて、いえ、本当に弱いのかもしれないけど、でも、弱いままでいるわけじゃないのに……」

「人が弱いとは思っていないよ」

「都合よくすべてを忘れ去って生きていけるようなやつらだ。弱いわけないだろう」

ベルフェゴール、とダンタリオンはまたも居候を窘めた。ベルフェゴールはそっぽを向いて目を閉じてしまう。

「ニニの言いたいことはなんとなくわかるけど、ワイバーンのあり方は彼が人間界に疫病をもたらす前から変わっていない。竜とは孤独に生まれ、孤独に死ぬ種族なんだ。人や悪魔の言葉を解し、僕たちとかかわることもあるけれど、理解されることのない存在だ」

前にも話しただろう、と主人は優しい声で言う。

「竜は悪魔とも人間とも異なることわりに生きている、と。悪魔の理屈も人間の情理も通用しない、と」

はい、とニニは頷いた。あのときにはただのお説教だとばかり思っていた言葉が、いまはこんなにも胸に突き刺さる。とても寂しい、とニニは情けない表情になった。

「それでいいんだ。自分が理解できる理屈だけでなにもかもを説明できるというのは思い上がりだよ」

「……ルシファーが喜びそうだ」

ベルフェゴールの揶揄の意味がわからず首を傾げるニニに、傲慢を司る悪魔の名だ、とダンタリオンが教えてくれる。

「傲慢……」

「だれかがそばにいてくれれば、理解してくれれば、孤独が和らぐと、いや、そもそも孤独を忌むべきものとワイバーンが感じているかどうか、おまえにわかるのか？　ニニ」

ニニはゆっくりと首を横に振った。わかるはずがない。

「相手の心を想像しても本当のところは当人にしかわからないものだ。人間同士であってもそうなのだから、相手がワイバーンとなればなおさらだろう」

ダンタリオンは銀の苹果を三つ器用に片手で持ち上げた。そしてそのまま立ち上がる。

「ニニ、もう寝みなさい。今日は疲れただろう」

明日はまたアルラウネたちの植替えがある、と続けられた声はいつもどおりに優しかったが、有無を言わせない響きに満ちてもいた。

ニニはまだなにか話し足りないことがあるような気がしていたが、使い魔に親切なダンタリオンでさえこれ以上つきあってくれるつもりはなさそうだった。元人間に不親切なベルフェゴールにいたっては、あからさまな狸寝入りをかましている。

「はい、主人」

しかたなくそう答えたニニは、ダンタリオンにならって苹果を両手に立ち上がる。

「おやすみ、ニニ。よい夢を」

「おやすみなさい、主人（ムシュー）」

テオが脚から腰、背中を駆け上り、肩に落ち着くのを待って、ニニは居間をあとにした。


屋敷の三階にある屋根裏部屋にたどり着くと、苹果に両手を塞がれていたニニに代わってテオが扉を開けてくれた。器用な前脚だ。幅の狭い書物机（かきもの）に果実をふたつ並べ、そのまま寝台（ベッド）に倒れこんだ。丁寧につなぎあわされたキルトの縫目を頰に感じる。

開いたままだった扉から、蝙蝠が一匹飛びこんできた。キイキイと耳になじんだ声で鳴くその蝙蝠は、昼間、ワイバーンの住処まで同行してくれたギイである。

「……どうかしたの？」

蝙蝠はパタパタと室内を飛びまわる。ニニは身体（からだ）を起こして、ギイ、と蝙蝠を呼んだ。

彼らが用もないのに部屋の中に入りこんでくるなどはじめてのことで、どうしたらいいかわからない。

テオが、チチッ、と鳴いて眠るときの定位置——ニニの寝台の足許（あしもと）のあたり——に小さく丸くなる。このまま寝る気だな、とニニは思い、ふと気がついた。

「あなたもここで寝たいの？」

　ギイはひと声鳴いた。

「いいの？　蝙蝠たちには決められた寝床があるんじゃないの？」

　なぜか胸が塞がれるような気持ちになった。

「こんなところで寝たら叱られるんじゃない？」

　苦い罪悪感が膨れ上がる。ギイがこの部屋で寝たがるのは、ニニが迂闊に名前を与えてしまったせいかもしれない。ただ便利だからというだけの理由で呼び名を決めたことが、この蝙蝠にみずからの役目を放棄させようとしているのだとしたら――。

「……どうしてもここで寝るの？」

　そうだ、と言わんばかりにギイが鳴いた。ちょうどいい塩梅の足場を見つけたのか、窓のそばの梁に逆さまにぶら下がる。

　ニニは小さくため息をついた。

「明日、朝一番で主人に謝ることにするわ。許してもらえるかはわからないけど、あなたのぶんの罰もわたしが引き受けてあげる」

　それが小さな魔物にうっかり名をつけてしまったわたしの責任だ、とニニは思った。蝙蝠を本来の寝床に戻してやるには、いまのわたしはあまりにもへとへとだ。もう一歩も動きたくない。今日はいろんなことがありすぎた。

　ニニは毛布の中にもぐりこんだ。

目を閉じると、今日という一日のことがかわるがわる眼裏(まなうら)に蘇(よみがえ)ってくる。

澄んだ毒に支配された竜の住処(すみか)。家族の消えた故郷の村。ゆらゆらとつかみどころなく変幻する城。熱の砂漠や凍りつく氷原、冥界を抱くという険しい山。

あまりにも鮮やかに感じられるそれらの記憶に眠気を邪魔され、ニニはうっすらとまぶたを開けた。

そして同時に、本当は自分が主人(ムシュー)になにを尋ねたかったのかということに気がついた。

ワイバーンは己が疫病を撒き散らしたことを隠さなかった。ニニの村を根も葉もない噂から守ろうともした。

だが一方で、自分が撒き散らした病が黒死病(ペスト)だということは言わなかった。あまりにも多くの人の命を奪ったことを黙っていた。

ダンタリオンにどれほど諭されても、ニニはあの老いた竜を悪い者だとは思わなかった。疫病の話を聞かされたときも、銀の苹果(りんご)を前に試すようなことをされても、自分を戒めることはしても彼を責めようとは考えなかったのだ。

竜さんはそのことを知っていたはずだ、とニニは思う。彼はわたしの好意を利用しようとしたのかしら？

ニニが主人(ムシュー)に尋ねてみたいと思ったのはそのことだ。

竜さんはわたしを騙(だま)そうとしていたんでしょうか、と。

でも、そんなことに意味なんかあるのだろうか。

ニニはただの無力な使い魔で、なんの力も持っていない。ニニのあるじであるダンタリオンはワイバーンを信用しておらず、ニニを通して彼の力を利用することもできない。

竜さんはいったいなにがしたかったんだろう。

やっぱり寂しかったんだろうか、とニニは天井を見つめた。ダンタリオンにもベルフェゴールにも否定されたけれど、彼女にはそうとしか思えなかった。

もちろん、考えても答えなど出ないことはわかっている。長い長い歳月を生きて、己の死期すら悟る古竜の心情など自分に理解できるはずがないと思いつつも、どうしても気になってしまって、考えることをやめられないのだ。

ニニはゆっくりと寝台の上に身を起こした。テオが頭を持ち上げ、ニニを見つめる。

「寝てていいわよ。どこへも行かないから」

書物机に並べておいた莘果が暗い中でもぼんやりと光って見える。

希少な果実の幻想的な灯（ともしび）に誘（いざな）われるように、ニニは寝台を降りようと足を下ろす。そこへノックの音が響いた。

「ニニ。僕だ」

主人（ムシュー）の声だった。ニニが返事をするより早く扉が開き、ダンタリオンが顔を覗（のぞ）かせる。

「……どうかなさったんですか、主人（ムシュー）」

「眠れないんじゃないかと思って」

ダンタリオンがマントの下からニニがいつも使っているカップを取り出す。ふわりと漂う優しい湯気と甘い香り。

「これ……ショコラですか？」

「そう、少しだけどね」

わあ、とニニは顔を輝かせた。

甘いものに目がないダンタリオンが用意してくれる菓子のなかでも、ニニはことにショコラが好きだ。人間の世界で暮らしていたときには口にしたこともなかった贅沢品(ぜいたくひん)だが、主人(ムシュー)にとってはそうでもないらしい。ときどきおやつとして与えてくれるが、こうして夜の飲み物として持ってきてくれることは珍しい。

「今日は疲れただろう。特別だよ」

ダンタリオンはニニの寝台に歩み寄ってきて、足許にそっと腰を下ろした。定位置を奪われたテオは枕の横に移動して、そこでくるりと丸くなる。

ニニは手を伸ばしてカップを受け取り、ショコラの香りを胸いっぱいに吸いこんだ。甘くて、ほんのり刺激的で、優しい香り。テオにもわけてやろうかと丸まった背中を見つめたが、すでに眠っているのか起き上がる気配はない。

まあ、いいか、とニニがカップを傾けようとしたそのとき、ダンタリオンが、あ、おまえ、と窓のそばの梁を指差した。

「こんなところにいたのか」

主人（ムシュー）、とニニは慌てて言った。

「さっき飛びこんできちゃったんです。なんだかここで眠りたいみたいで……」

ニニの焦りをよそにギィは片足で梁にぶら下がったまま、平然と目を閉じている。あるじを前によくそんな態度でいられるな、とニニは思ったが、ダンタリオンは蝙蝠と使い魔を交互に眺めたのち、とくに腹を立てた様子もなく、べつにかまわない、と肩を竦（すく）めた。

「外に出たのならともかく、この屋敷の中にいるのなら、どこで寝たってそいつの自由だ」

よかった、罰を受けることはなさそうね、とニニは安堵（あんど）した。でもいちおう、勝手に名前をつけてしまったことは、あとで告白することにしよう。

気を取り直してショコラを飲んだ。甘くとろけるやわらかな熱が、ひと口、ふた口、身体の中心を滑り落ちていく。腹の奥がふんわりとあたたかくなるのを感じながら、ニニは、主人（ムシュー）、と遠慮がちに声を発した。

「ひとつだけ、お尋ねしてもいいでしょうか」

「なんだい、あらたまって」

「……さっきお話ししていたことです」

「ワイバーンのことか」

ダンタリオンが笑みを消した。ニニはひとり考えていたことをぽつぽつと口にする。

「竜さんはわたしを住処に連れていって、なにがしたかったんだと思いますか？　本当に苹果を渡すためだけにあんな遠くまで……」

ニニが黙ってしまってからも、ダンタリオンはしばらく口を閉ざしたままだった。

だれかの気持ちを本人ではない別のひとに尋ねるなんてやっぱり間違いだったかしら、とニニが思いはじめた頃、ダンタリオンはようやく言葉を発した。

「……ただ覚えておいてほしかっただけなんじゃないかな」

「覚えておく？　竜さんのことを？　わたしがですか？」

そうだ、とダンタリオンは言った。

「魔界のいきものに人のような死の概念はない。命を終えるときはただ消滅する」

「消滅？」

「そう、消えるんだよ。まるで幻のようにね。骸もない。弔いもない。涙も、思い出も」

「竜さんもですか？　あんなに大きな身体が消えてしまうの？」

そうだ、とダンタリオンは頷いた。

「ニニはもともとは人間だ。たとえワイバーンが消滅しても、やつがいたことを覚えているだろう？」

「もちろんです！」

悪魔たちはいなくなったひとのこと、そんなに簡単に忘れちゃうんですか、とニニはなかば叫ぶように言った。

「まあ、そうだね。忘れる、というか、そもそも特定の個には執着しない」

どういう意味だろう、とニニは首を傾げる。ダンタリオンは薄く笑った。どこか冷たい笑い方だった。

「悪魔や竜、魔界のいきものたちは皆役割を負っている、という話はしたよね、ニニ」

はい、とニニは頷いた。両の掌で包んだカップはさきほどよりは少し冷めていたが、それでもじゅうぶんにあたたかかった。

「役割は個に優先する。たとえば、僕、ダンタリオンはいつか滅ぶけれど、すぐに別のダンタリオンが現れて、新たな務めを負うことになる」

「え？」

ニニは混乱する。

「い、意味がわからないんですけど……」

「僕が消えてもダンタリオンという役割はなくならない。僕という個はいつか消え去るけれど、ダンタリオンという悪魔は永遠に存在する」

悪魔というのは人とは異なり、どこからともなく生じるものなのだ、とダンタリオンは言った。植物の種から芽生える者もいれば、雨のように空から降り注ぐ者もいる。海から現れる者も、獣の腹から生まれる者もいるのだそうだ。

「僕はこの世に生じたときからダンタリオンだった。だれに名づけられるでもなく、はじめからそうだった」

貴族に名を連ねるような魔力の強い悪魔は、皆生まれながらに名を持ち、知能も魔力も肉体もほぼ完全な姿で忽然と現れる。人間のようなこども時代はほとんどない。竜は卵から生まれるというけれど、その卵はだれに抱かれることもなく自然に孵るといわれている、とダンタリオンは説明した。

「彼らもまた固有の名を持って生まれ、一族の知恵すべてを受け継いでいる。僕たち魔界のいきものには、死と同じように成長という概念もない」

あまりのことにニニは言葉を失い、なにも考えることができなかった。

「あのワイバーンに限らず、自身の消滅が近いことを悟る者は多い。自分に代わる次の存在を感じとるからだとも言われている。僕にもいつかそんな日が来るんだろうな」

「……次が生まれると、どうなるんですか？」

「僕は消え、忘れ去られて、次のダンタリオンが新たな務めを負っていくことになる。魔獣医となるかどうかはわからないが、学びたいという欲に応える悪魔として存在することになる」

「忘れ去られて……」

代替わりは滅多に起こらない、とダンタリオンは言った。

「魔力の高い、いわゆる貴族と呼ばれる悪魔や、それに匹敵する竜にしか起こらないし、僕らの命はとても長い。少なくとも僕はだれかの代替わりを見たことはない」

そうでない下位の悪魔や魔獣たちはただ消え去るだけだ、という主人(ムシュー)の声はせつなげな響きを帯びていた。

「ほとんどの者たちはその事実を受け入れている。消え去ること、忘れ去られることをあたりまえと考え、己が己であることを受け入れている。でも、稀(まれ)に、本当にごく稀に、本能に逆らおうとする者もいる」

あのワイバーンのように、とダンタリオンは言った。

「彼はきっと、ニニなら自分のことを覚えていてくれると思ったんだ。疫病をもたらす役目を負った竜としてではなく、銀の苹果をくれた苔色(こけいろ)の友人としてね」

ニニは冷めてしまったショコラを飲んだ。甘いはずの液体は、しかし、喉の奥の苦みを流し去ってはくれなかった。

「どうしたらいいか、とニニはさっき訊(き)いたよね」

ニニは瞬(まばた)きを繰り返しながら主人(ムシュー)を見た。ダンタリオンはほとんど空になったカップを受け取ると、ニニに寝台に横になるように、と身ぶりで示した。ニニは素直に従う。

「忘れないでおいてやるだけでじゅうぶんだよ。それが、あの老いたワイバーンの、おそらくたったひとつの望みなんだろうから」

もしかしたら、とニニはふと思った。もしかしたら竜さんだけではなく、主人(ムシュー)も覚えておいてほしいと願っているのではないかしら。彼の声には、どこか他人事(ひとごと)ではない切実さがあるような気がする。

「……はい」

すべてを理解できたとは言いがたかったが、これ以上は自分で考えるべきことなのだろう、とニニは思った。それに、忘れないでいるだけならば、いまのわたしにもきっと難しくはない。竜さんのことも、主人(ムシュー)のことも。

「身体(からだ)はあたたまった?」

毛布にくるまったニニが頷くと、ダンタリオンは寝台から音もなく立ち上がった。滑るように扉に近づき、そこで振り返る。

「おやすみ、ニニ。ゆっくりお眠り」

扉は静かに閉じられた。

ニニは薄闇の中でゆっくりと瞬きを繰り返す。眠気はまだやってこない。目の前でテオの額のアレキサンドライトが赤紫に輝いていた。

ネリに会いたい、とニニはふいに思った。ダンタリオンの屋敷で暮らすようになってからほとんど忘れかけていた、苦しいほどのせつなさを伴う感情だった。

ニニは強く目をつぶる。

ネリ、ネリ、いまどこにいるの？　どんな姿で彷徨っているの？

こらえきれずに嗚咽する。

わたしはここよ。ここにいるのよ。ネリ、お願いだからどこにいるのか教えて。

閉じられたままのまぶたのあわいから、涙の粒がぽろぽろと落ちる。

なんで？　なんでいままで平気でいられたの？　ネリがいない寝台はこんなにも心細いものなのに。

いつか聞いた幻の声でもいいから名前を、いま名前を呼んでほしい。なのに、こんなときにかぎって、偽りの安寧さえ訪れてはくれない。

ニニは呼ばれることのない自分の名前の代わりに姉の名を呼ぶ。ネリ、ネリ。もしかしたら、なあに、ニニ、と答えるやわらかい声が聞こえやしないかと期待しながら。

ふと不自然に強い眠気が訪れる。姉を呼び続ける自分の声が急速にぼやけていく。

そのままニニは深い眠りに落ちた。

だから彼女は、主人の手から静かに放たれた緑の言ノ葉が自分をやわらかく包みこんでくれたことに、そして、その魔力が悪い夢を遠ざけてくれたことに、最後まで気づかないままだった。

3　ケルベロス

静かで穏やかな満ち足りた夜だった。

その晩、食卓(テーブル)についたのはダンタリオンとニニのふたりきり。常日頃、屋敷のあるじたる魔獣医よりもよほど図々(ずうずう)しく振る舞う居候は不在にしていた。

ときおり、ふらりと屋敷を空けることのあるベルフェゴールは、そういうとき数日戻らないことが多い。これまでにも何度かあったそうした夜は、ニニにとって命の洗濯ができる貴重な時間である。

皮肉っぽいあてこすりを聞くこともなく、嫌みったらしい笑みを向けられることもない食卓はとても楽しいものだ。蝙蝠(こうもり)たちが用意してくれた真珠魚(しんじゅうお)のムニエルも、最後まで落ち着いて味わうことができた。じつのところ、あまり食べ慣れていない魚料理は得意ではないのだが、今夜は特別である。

どんな夜であってもダンタリオンの様子は変わらないが、解放感を隠そうとしないニニのことがおもしろいのだろう、多少饒舌(じょうぜつ)になるような気がする。獣と食事をするやつがあるか、と普段なら食堂の隅に追いやられてしまうテオも、なにごとにも鷹揚(おうよう)な主人(ムシュー)の温情によって食卓に乗ることを許されていた。

とにかく平和で、明るくて、楽しい夜だったのだ。

ベルフェゴールがひとりの悪魔を連れて帰ってくるまでは。

いつもならだれに挨拶することもなく、いつのまにやら定位置におさまっていることがあたりまえのベルフェゴールは、今夜ばかりはなんと先触れのケット・シーを寄越し、来客を伴っての帰還を予告した。

ケット・シーとは大型の猫獣人である。姿形はまるっきり猫そのものだが、人間と同じように二足歩行をし、衣服をまとう。背丈はニニの肩ほどまでもあって、人語を操り、とても賢い。

ダンタリオンとニニの前に現れたケット・シーは、澄んだ青色の瞳が美しい艶やかな黒猫だった。両手の先だけが手袋でもはめているかのように白い。襟のついた白いシャツと、黒いサスペンダーズボンを身につけていて、寄宿学校に通う育ちのよい少年のようないでたちである。さすがに靴は履いていない。

ベルフェゴールの使い魔であるという彼は、蝙蝠に居間まで招き入れられ、そこで、まもなくベルフェゴール様がサタン様とともにおいでになられます、と細い髭を揺らしながら堅苦しく告げた。その結果、ダンタリオンは非常に渋い表情で、ベルフェゴールとその連れを玄関で出迎えることになったのである。

サタンってこの魔界を統治するというあのサタンのことかしら、とニニの好奇心はこれ以上なく刺激されたが、主人(ムシュー)は使い魔が屋敷の一階にとどまることを許可しなかった。いわく、あいつがこんな気遣いをするなんてとてもいやな予感がする、と。

早々に自室へと追いやられそうになったものの、もちろんそこで引き下がるニではない。いったんは階段を上ってみせたものの、主人(ムシュー)がこちらに背を向けるであろう時機(タイミング)を見計らって踊り場まで駆け下り、そこから階下の様子を窺(うかが)うことにした。肩に乗ったテオも飼い主の真似(まね)をしているが、小さな獣の関心は悪魔たちではなく、この屋敷にはじめて現れたケット・シーに向けられているようだった。

「ひさしいな、魔獣医」

ベルフェゴールが連れてきた悪魔はまったくの無表情でそう言った。

一見したところ、サタンと呼ばれた悪魔はダンタリオンよりもやや背が低いうえに線が細く、歳若(としわか)い気弱な青年のようにすら見えた。魔界の王を名乗るにはいささか頼りないように思える。暗黒色の髪も、黄金色の虹彩(こうさい)が光る消炭色(けしずみいろ)の瞳も、取り立てて目立つものではない。顔立ちはそれなりに整っているが、隣に並ぶベルフェゴールと比べればいっそ凡庸とさえ言えそうだ。

だが、その気配はこうして離れていても寒気(さむけ)を覚えるほど禍々(まがまが)しい。まるで、毒や瘴(しょう)気(き)、酸をはらむ魔界の空気そのものである。さらに、頭部を飾る山羊(やぎ)のようにくるりと巻いた大きな角が、彼の存在をよりいっそう不吉なものに見せていた。

「今夜は何用だ、サタン」

ダンタリオンはいつもどおりの無愛想で応じる。だが、ベルフェゴールは平素とはまったく異なる様子を見せていた。なんと彼は美しい顔を華やかにほころばせながら、サタンはおまえに頼みがあるそうだ、と場をとりなそうとしているのだ。

ニニは目を瞬かせ、首を傾げる。どうしちゃったのよ、ベルフェゴール。昼でも夜でもだらしなくごろごろ寝そべって、口を開けば皮肉っぽくて刺々しい、いつものあなたはどこに消えちゃったの？

「魔界の王たる憤怒のサタンが僕に頼み？」

ダンタリオンは無愛想を通り越し、迷惑そうでさえある。

「なんの冗談だ、ベルフェゴール」

まるで、すぐにでも帰ってもらえ、と言わんばかりの口調に気づかないふりをした居候は、まあそう言うな、とダンタリオンの肩を叩いた。

「話というのはケルベロスのことだ。おまえの領分だろう？」

「ケルベロス？」

冥界の番犬がどうかしたのか、とダンタリオンは尋ねた。

「処分を頼みたい」

サタンの答えは明快だった。まるで、今日の天気を記録するかのような、感情のこもらない声である。

聞き耳を立てていたニニは思わず眉をひそめた。主人は魔獣医じゃなかったの？　病を癒やし、傷を治すならともかく、処分ですって？

だが、疑問が解けるまもなく、三人の悪魔たちは玄関から診療室へと移動していく。扉は閉じられ、話し声はすぐに聞こえなくなった。

ニニは素早く立ち上がり、階段を駆け下りた。会話の片鱗だけでも拾えないか、と診療室の扉に耳を押し当てたそのとき。

厨房のほうからにわかに鋭い声が響いた。

ニニはぎょっとして飛び上がり、おそるおそる背後を振り返った。肩の上のテオまでもがびくびくしているのがわかる。

「な、なにごと？」

蝙蝠たちがキイキイと鳴き喚き、その騒がしい合唱に重なるように慌てふためく何者かの声が聞こえる。

ニニは眉をひそめながら廊下を進み、食堂へと足を踏み入れた。厨房へ続く扉を開けてみれば、そこではさきほどベルフェゴールからの先触れを告げた猫獣人が、興奮して飛びまわるたくさんの蝙蝠たちに引っかかれたり嚙みつかれたりして悲鳴をあげている。

「や、やめなさい！　蝙蝠たち！」

やめなさい、とニニは何度か叫び、それでもしもべたちの攻撃がやまないとみるや、首から下げていた笛を鋭く鳴らした。この笛はダンタリオンが貸してくれたものだ。これを持っていれば、たとえニニであっても、あるじに代わって蝙蝠たちに簡単な指示を与えることができる。

「ギイ！　どこにいるの！　ギイ！」

一匹の蝙蝠が攻撃をやめてニニの前まで飛んでくる。

「なにがあったの？」

いつもニニの部屋の梁にぶら下がって眠るギイはそこで人の姿に変化した。だが、彼はニニの言葉を理解はしても、状況を説明することはできない。蝙蝠たちは人の言葉を話さないのだ。

「と、とりあえずみんなを落ち着かせて」

ギイは大きく口を開け、ニニの耳には聞こえない音で蝙蝠たちになにごとかを告げたようだった。バタバタとあたりを飛び交っていた蝙蝠たちは急におとなしくなり、それぞれ厨房のあちこちで翼を休めることにしたようだった。とはいえ、警戒を緩めたわけではない。たくさんの小さな瞳がケット・シーに向けられ、星のようにチカチカと瞬いている。

「あ、ありがとうございます」

大きな目に涙をためたケット・シーがニニに礼を言った。ニニはじろりと猫獣人を睨む。

「で、あなたは？　こんなところでなにをしてたの？」

「お、お腹が空いてしまって……」

「はあ？」

「私はお城でベルフェゴール様の名代を務めております。一昨日、ご主人様が登城されて以来、あれやこれやと次々にご用事を言いつけられるので、水を飲むひまさえ惜しんで朝から晩までずっと務めに励んでおりました。今日になってもお仕事はまったく終わらず、私はもう二晩もろくに眠っておりません！」

当然、食事を摂る時間もありませんでした、とケット・シーは触り心地のよさそうな耳を震わせながら、追い詰められたような口調で言った。

「もうお腹が減ってお腹が減って……それでもご主人様のお言いつけに従って、先触れにまで飛んできたのです」

はあ、とニニは気の抜けた返事をした。気の毒すぎてなにも言うことがない。

魔界を支配する七貴族のひとりに数えられるというベルフェゴールが、日頃、友人の屋敷に引きこもっていられる理由がやっとわかった。この優秀で真面目で礼儀正しいケット・シーが、本人に代わって城での務めを果たしていたからに違いない。

「ご主人様はサタン様、ダンタリオン様としばらくお話をなさることでしょう。その隙にパンのひとつ、水の一杯でもいただけないかとこちらへ参りましたら、その……真珠魚の匂いがいたしまして、あの、どうにも我慢できず……」

魚を探して厨房のあちこちを漁っていたところを蝙蝠たちに見つかり、さきほどの騒ぎとなってしまったのだ、とケット・シーはただでさえなだらかな肩をさらに落とした。

「それは、まあ、なんというか……大変だったわね」

ニニはケット・シーの頭を眺めながら、小さなため息をついた。そして、ギィに向かって、真珠魚の残りはないの、と低い声で尋ねる。

「片づけがすんだところで申し訳ないとは思うんだけど、魚とパンとスープみたいな、軽い食事を出してもらうことはできない？」

ギィは黒い瞳を細く眇めた。歓迎していないことがありありとわかる態度である。

「主人にはわたしからちゃんと伝えるようにするから。本当ならお許しをいただいてからにするべきなのはわかってるけど、いまはお客様とのお時間を邪魔するわけにはいかないでしょう？　でも、お話が終わるのを待ってたら、彼、倒れちゃうわよ」

ニニはケット・シーをこっそり指差して訴えた。

「それに、あんまりお腹が空きすぎちゃうと、ギィたちのこと食べちゃうかも」

「……そんなことはいたしません」

「あら、ごめんなさい」

ギィはしばらく迷うようにニニとケット・シーを見比べていたが、やがて、ぽん、とかすかな音を立てて蝙蝠に戻り、キイキイと鳴きながら食堂のほうを示した。待っていろ、ということらしい。

ニニはギイに礼を言ったあと、ケット・シーを食堂へと案内した。

「ありがとうございます、ニニ様」

ケット・シーはそれはそれは礼儀正しく礼を述べた。

「あなた、わたしの名前……」

「ご主人様からお話をお聞きしておりました。私の名はミャウミャウと申します。ミャウとお呼びください」

「……本名？」

「もちろんでございます。ご主人様がつけてくださいました」

さすがはベルフェゴール、猫の鳴き声をそのままケット・シーの名前にするなんて、怠惰の悪魔に恥じぬおこないだとでも言うべきかしら、とニニはあきれた。だが、ミャウの矜持を傷つけないよう、思ったことを口にしないでおくくらいの分別はある。

ミャウはもう一度礼を述べた。そのうえで、厨房に忍びこむようなお恥ずかしいことをいたしまして申し訳ありません、と彼は言う。

「……いいのよ。あなたも大変よね、あのベルフェゴールがあるじだなんて」

「いいえ、いいえ！　とんでもないことでございます！　ご主人様はいつも私に対してたいそう細やかなお気遣いを……」

　ミャウが己のあるじについての具体的な素晴らしさを口にする前に蝙蝠たちが現れた。真珠魚(しんじゅうお)のムニエル、やわらかいパン、あたたかなポタージュを次々に運んでくる。

「どうぞ、召し上がって」

　ベルフェゴールを褒めちぎる言葉を聞かされなくて助かったわ、どう頑張ったって同意できそうにないもの、と思いつつ、ニニは蝙蝠たちを代弁して、ミャウに食事を勧めた。

「ありがたく頂戴いたします」

　ケット・シーはたいそう優雅な仕草で次々と皿を空にした。本当に空腹だったのだろう、恥じるような顔つきでスープとパンのおかわりさえ希望した。もちろんニニは喜んで応えてやった。

　食事を終えたミャウが満ち足りた表情で口許(マズル)を拭い、食後のお茶を味わっているところをじっと眺めていたニニは、ところで、と抑えた口調で切り出した。

「ベルフェゴールが連れてきた悪魔はサタンというのよね？」

「ええ、さようでございます。この魔界の王、憤怒を司(つかさど)る最強の悪魔と崇(あが)められるお方でございます」

「そのサタンは、なんで主人(ムシュー)に会いにきたのかしら？」

　ミャウはぴたりと口を閉ざした。

「あなた、ベルフェゴールの名代なんでしょう？　当然、わけを知ってるのよね？」

「……お話しできることはなにもありません」

ニニが両眉を上げてみせれば、ミャウは眉根を寄せ、ニニが双眸を細く眇めれば、ミャウは片眉を跳ね上げる、といった具合に表情だけのやりとりがしばし続いた。

だが、奇妙な争いはすぐに決着した。困惑したような、あるいは懇願するような表情を浮かべるミャウに対し、ニニが唇を大きくへの字に曲げたところで、ケット・シーが大きく肩を落としたのだ。彼は軽いため息をついた。

「ケルベロスのことで、ダンタリオン様にご相談があるのだとおっしゃっておられました」

「ケルベロス？」

「サタン様が従えておられる冥界の番犬でございます」

ニニは少し前にワイバーンの背中から見た、堅牢であるはずなのに陽炎のように揺らめく印象を抱かせる不思議な城と、まるで形ある闇のように城の背後に迫っていた巨大な山を思い出す。

冥界の入口であるというその山から先へは、たとえ悪魔といえども足を踏み入れることは許されていない。冥界の管理を務めとするサタンですら、城の玉座から獄吏たちにさまざまな指示を与えるだけで、実際に訪れることはないというのだから驚きである。

「ケルベロスは三つの頭を持つ巨大な犬の姿をしています。その生命力はとても強靱で、たとえすべての頭を同時に落とされても消滅することはない、といわれています」

「三つの頭……」

　ニニはぶるりと身体を震わせた。話を聞くだに、いかにもおそろしい獣である。

「ケルベロスは冥界に入ろうとする者には無関心ですが、そこから出ていこうとする者は追いかけて引き留め、ときには八つ裂きにしてしまうのだそうです」

「そのケルベロスについて、主人になんの相談が？」

　ミャウはそこでまたもや返事を躊躇う。もちろんニニだって譲らない。食事の恩を忘れたとは言わせないわよ、とばかりに唇を曲げてみせた。

「……じつは、数日前、ケルベロスのうちの一頭が失態をおかしたのです」

「失態？」

「冥界から、死者をひとり逃がしてしまいました」

　ニニは驚きに目を見張った。冥界から逃げ出した、ということはつまり、その死者は生き返ったということになりはしないか？

　ミャウは少しだけ考えるような表情をした。やがて、静かにニニの言葉を否定する。

「ひとたび冥界に入った死者はもとの世界のすべてを忘れてしまうといわれています。住んでいた場所のことはもちろん、だれを愛し、だれに愛されたかということも、己が何者であったかということさえもです。さらに、魂の抜けた肉体はその瞬間から傷みはじめ、たとえ魂が戻ってきたとしても受け入れることはできなくなるそうです。運よく戻れたとしても、ただ呼吸するばかりの肉体となるにすぎないのです。それを生き返った、と言うことができるでしょうか」

「……できないわね」

「冥界の者たちはそのような状態ですから、みずからの意思で逃げ出すということは考えにくいのです」

つまり、親しいだれかを亡くした人が、その者の死の事実を受け止めきれず冥界まで追いかけていって連れ出したということか。そんなことが許されるのだろうか？

ニニの問いに、ケット・シーは憂鬱そうな表情で髭を震わせる。

「決して許されません」

「……そうよね」

この世を去ってしまった愛しい人に会いたいと願うのは悪いことではないけれど、そんな無法がまかり通れば世界のことわりが崩れてしまう。それくらいのことはニニにも理解できる。

「この何日かというもの、城は大変な騒ぎでした。ご主人様が突然城にお戻りになったのも、もちろんそのせいです。サタン様の責任を追及する声も当然ありました。ですが、最終的には、実際に死者の逃亡を許してしまったケルベロスの務めを奪うことで決着させることにしたのです」

「逃げた死者はどうなったの？」

「現在、七貴族の皆様が総出で眷属や使い魔をあちこちに派遣し、捜索しておられます。そう遠からず見つかることと思います」

「それなら、ケルベロスの務めを奪うことはないんじゃ……」

魔界ではどれほど小さな存在であっても、なにがしかの役割を持たなくては生きられない。ニニはそのことをいやというほど言い聞かされてきたので、務めを奪われるという魔獣の行く末に不安を抱いた。

ケット・シーは首を横に振り、そうはまいりません、とため息混じりに答えた。

「死者の逃亡を見逃すようなケルベロスをそのままにすれば、サタン様の威信に傷がつくことになりかねません」

「威信？　なんだか偉そうなのね。そのわりにはずいぶんと気軽に出歩かれるようだけど」

主人との寛ぎの時間を邪魔されたことに対する嫌みを言ってやれば、ミャウはわずかに咎めるような顔をした。

「滅多なことを口にしてはなりません。今回は特別です。同胞嫌いのダンタリオン様に重い腰を上げさせるため、最も効果的な方法を選ばれただけのこと」

「同胞嫌い？」

今度のニニの疑問には答えず、ケット・シーは話を先へと進めた。

「サタン様はさまざまな掟によって魔界を平和な状態に保っておられますが、この掟を鬱陶しく思う者は少なからず存在します。そうした者たちにとって、今回の件は大変な好機です。サタン様の直属の配下が掟を破るような真似をしたことになりますから」

「……そうでしょうね」

「そうした者どもにつけこまれぬためにも、サタン様をはじめとする七貴族の皆様は、一刻も早く事態の収拾をはかりたいと考えておいでなのです。ケルベロスの処分を急がれるのも無理のないことかと」

そう、とニニは呟いた。

「でも、務めを奪えばとくに処分なんかしなくてもいいんじゃないの？　そのうち勝手に消えてしまうんじゃない？」

それはそうなのですが、とミャウは青色の眼差しを食卓に落とした。

「サタン様には、ケルベロスに罰を与えた、という事実が必要なのです。ダンタリオン様は、その、死刑執行人といいますか……」

なるほど、消えた、ではなく、消された、ことが重要なのか、とニニは思った。

「でも、主人は魔獣医なのに」

殺すのではなく生かすのが務めでしょう、とニニが言うと、ベルフェゴールの使い魔は幼いこどもを諭すような声で、ええ、そうですね、と答えた。

「しかし、生かすすべをご存じだということは、殺すすべもご存じだということ。サタン様のご依頼は正当なものと思われます」

ニニは思わずミャウを睨みつけたが、彼は涼しい顔で茶を味わっている。

そのとき玄関のほうから話し声がした。ニニはぱっと席を立ち、廊下へ首を突き出した。

「では、たしかに頼んだぞ、魔獣医」

「……ああ」

サタンの声は淡々としていたが、応じたダンタリオンの声は低く苦い。ミャウの言っていた依頼の内容が事実であるなら当然よね、とニニは思った。

やや重苦しい雰囲気のなか、ベルフェゴールだけが不自然なほどににこやかだ。彼はそのままサタンとともに外へと出ていった。話の雰囲気からすると、どうやら見送りをするつもりであるらしい。

「なんなの、あれ……」

普段のベルフェゴールとのあまりの違いに、思わずニニがそうこぼすと、いつのまに隣までやってきていたのか、ミャウが低い声で教えてくれた。

「ご主人様はお気に召さないお方にお会いになるときほど、ああして愛想よく振る舞われるのです」

ひねくれるにもほどがあるだろう、とニニはあきれた。同時に、もしかしたら、と万にひとつの可能性を口にする。

「相手が魔界の王様だから媚びてるんじゃなくて？」

「ご主人様がそういうお方に見えますか」

見えないわね、とニニは言った。ミャウが愉快そうに笑う。その素直な表情を見たニニは、この猫獣人はまだずいぶん若いのかもしれない、と気がついた。

「ニニ」

しまった、と思ったときにはもう遅かった。背後にダンタリオンの気配がする。振り返らずともわかるくらいに機嫌がよくなさそうだ。

「こんなところでなにをしている？　部屋へ戻ったんじゃなかったのか」

「ム、主人……」

「盗み聞きは感心しない」

仰ぎ見た主人はいつになく険しい顔をしている。サタンとの会話の内容をよほどニニに知られたくなかったのだろう。

言い訳の言葉も見つけられない使い魔と、彼女をどうやって叱ればいいだろうかと考えているあるじとのあいだに割りこんだのは、その場にいたケット・シーである。ダンタリオン様、とミャウは落ち着いた声で言った。

「……なんだ、ミャウミャウ」

「ニニ様は私に食事を提供してくださったのです。ここのところまともなものを口にしておらず、空腹のあまり倒れそうだった私を助けてくださいました」

ダンタリオンは鶸萌黄と若草の瞳でニニとミャウを交互に見やった。

「ニニは部屋に戻っていたはずだろう」

「私が不躾にも厨房に忍びこんだものですから蝙蝠たちが騒ぎ出しまして、ニニ様が様子を見にやってこられたのです」

城でのミャウはなかなかの能吏に違いない、とニニは思った。淀みなくさらさらと並べられる言葉は、嘘ではないが真実でもない。ニニが診療室の扉に張りつき、主人たちの会話を盗み聞きしようとしていたことや、ミャウを脅してサタンの来意について探りを入れていたことにはいっさい触れられていないからだ。

ふうん、とダンタリオンは双眸を眇めた。

「そうなのか、ニニ」

「は、はい」

ミャウの機転を無駄にしてはならないとばかりに、ニニはすぐに頷いた。

「それならばいいが……」

「あ、あの、そういうことで、わたし、ミャウさんに勝手にお食事を差し上げてしまったのですけど、それは……」

べつにかまわない、とダンタリオンは答えた。

「むしろ気づかなかった僕が悪い。気の毒な真似をさせたな、ミャウミャウ」

「いえ、滅相もないことでございます」

「俺の使い魔がどうかしたか」

恐縮したり謝罪したりと忙しい三人に投げかけられた言葉は、もちろんベルフェゴールのものだ。さきほどまでの華やかな笑顔は気のせいだったのかと疑いたくなるほどの仏頂面で、腕組みをしながらこちらを睨んでいる。

「ご主人様！」

ケット・シーが猫本来の動きを思い出したかのような素早さで、ベルフェゴールのもとへとすっ飛んでいった。

「ミャウ、おまえ、まだいたのか。早く城へ戻れ」

「し、しかしご主人様は……」

「俺はこっちに残る。明日はダンタリオンとともにフォラスのもとへ行かねばならん」

「フォラス様でございますか？」

ミャウが首を傾げた。ダンタリオンとともに、という言葉をとらえたニニも主人を見上げて同じように首を傾げた。ダンタリオンは囁くような声で答える。

「ニニもちろん連れていくよ。遠出になる。早く寝(やす)みなさい」

フォラスの名は何度か聞いたことがあるが、まだ会ったことはない。この屋敷の以前のあるじで、ダンタリオンとベルフェゴールが師匠と呼ぶ悪魔のことだ。どんなひとなのかずっと気になっていたけれど、いよいよ会わせてもらえるんだわ、とニニの気分は急に上向きになった。

「あの方は、現在、足を踏み入れる者の滅多にいない氷原の奥地に、ささやかなお屋敷を建ててお住まいと聞いております。ここ数十年ほどは、どなたにも会われていないとか。いったいどんなご用事が？」

ミャウは納得がいかないという口調でベルフェゴールに尋ねている。ケルベロスのおかした失態のせいでなにかと騒がしいいま、どうにかしてあるじを城へ連れて戻りたいのかもしれない。

「フォラスの引きこもりはいまに始まったことじゃない。それに顔は見せないが、ここにはいろいろ送りつけてくるぞ。火喰鳥(ひくいどり)の卵とか氷柱魚(つららうお)とか雪割草の実とか、食いものばっかりだがな」

「ご壮健でいらっしゃるのであればなによりです。で、どんなご用事が？」

「……フォラスの知恵を借りねばならん」

「どんな？」

　ミャウの追及に、ベルフェゴールはますます不機嫌になった。その目つきだけでニニのひとりふたりくらい縊り殺せそうなほどである。だが、ケット・シーは退こうとしない。

「フォラスは魔獣について詳しい。ケルベロスについてもな」

　ニニの耳は確実にベルフェゴールとミャウの声を拾っていたが、聞こえないふりをすることにした。とはいえ、彼らの会話の帰結は気になるので、蝙蝠に、あたたかいお茶をもらいたい、と頼んで時間を稼ぐ。

「それはダンタリオン様のお仕事では？」

「もちろんそうだが、俺もたまにはフォラスの顔を見ておきたい。この機会を逃せば、次は百年後になるかもしれないんだからな」

　ミャウが丸い目を糸のように細くした。

「ご主人様にはご主人様のお仕事がおありでしょう」

「おまえがいるじゃないか」

「私はあくまでも名代にすぎません。今夜のところはお城に戻っていただきます」

「……いやだ」

「ご主人様」

「いやだ」

　いくら怠惰を司るお方とはいえおサボリがすぎるのではありませんか、とミャウは地鳴りのような低い声で言った。ベルフェゴールが派手な舌打ちをする。ミャウの表情は毛一筋ほども揺らがなかったが、黒く艶やかな被毛が心なしか逆立っているように見える。敗北を認めた彼のあるじは、わかったわかった、といかにも投げやりに返事をした。

「戻ればいいんだろ、戻れば」

そこへ、ギイが茶を持って飛んできた。金属でできた瓶に入れられている。あたたかなものはあたたかなまま、冷たいものは冷たいまま持ち運ぶことのできる不思議なその容器を、ニニは魔法瓶と呼んでいた。

魔法瓶を片手にニニはダンタリオンに就寝の挨拶をする。

「おやすみ、ニニ。明日は忙しくなるから、ゆっくり眠るんだよ」

気遣いに満ちた主人（ムシュー）の声を背中に聞きながらニニは階段を上る。踊り場へ足をかけると同時に背後を振り返ってみると、そこにはもうだれひとり残っていなかった。

翌朝、食堂にも居間にもベルフェゴールの姿はなかった。ミャウに連れられて城へ戻ったきりなのだろう。そもそも彼の本来の居場所はあちらなのだというし、もういっそのことずっと帰ってこなくてもいいのに、とニニはこっそり考えた。

口に出さなかったのは、ダンタリオンに対する気遣いである。ニニにとっては忍耐を強いられる相手であっても、主人（ムシュー）にとっては違うかもしれないのだ。

「ニニ、上着は？」

「はい、あります」

竜の背中に乗せてもらったときに受け取った櫨染色(はじぞめいろ)の厚手のブルゾンを示すと、ダンタリオンは少し考えるような表情をした。

「……だめですか？」

「いや、大丈夫だろう。師匠たちは寒いのが苦手だ。彼の結界の中へ直接飛べば問題はないと思うよ」

暢気(のんき)に水を飲んでいたテオが、素早くニニの腕を駆け上ってくる。

これまで、屋敷の外ではニニの服の中にもぐりこんでいることの多かった小さな魔獣は、いまは、彼女が肩から斜めがけにしている青碧色(せいへきしょく)の鞄(かばん)の中に丸くなっておさまった。

丈夫な麻で作られたこの鞄はダンタリオンがくれたものだ。これから先、外出の機会も多くなるかもしれない。大事なものを持ち歩くのに必要なんじゃないかと思ってね、と言いながら。

ニニに大切なものはあまりない。自分自身の身体(からだ)と主人(ムシュー)、それからテオくらいである。

それでもせっかくの厚意を無にするのは気が引けたから、素直に受け取っておいた。

そして、いろいろ考えたすえ、ワイバーンからもらった銀の苹果(りんご)をひとつ入れておくことにしたのだ。いつ、なにがあるかわからないもんね、と彼女は思った。備えあれば憂いなし、と言うじゃないの。部屋に置いておいたって、いざというとき役に立たないんじゃどうしようもない。

ニニが鞄を閉めるが早いか、ダンタリオンは彼女をマントに包んで転移した。

ひどい耳鳴りとめまいがして、しかしたったそれだけで、ニニは氷原の奥地、絶対零度の極地にほど近いといわれる寒い場所へと移動していた。

「大丈夫か？」

「……はい」

ニニは小さく首を動かしながら返事をした。取り出し口を覆うような鞄の蓋をずらしてやると、中からテオも顔を出し、ぷるぷると首を振っている。

空も大地も、見渡すかぎり白銀の世界だった。ところどころにその白銀を凝縮したような青が混ざる。あたりは音までもが凍りついたのかと思うほどに静まり返っていた。だが、その景色のわりには冷気を感じない。ニニは不思議そうな顔でダンタリオンを見上げた。

「ここはもう師匠の結界の中だ。外ではこんなふうにのんびりしていることなんてできないよ。数分で凍りついてしまう。僕ですら、そう何時間ももたないだろうね」

主人（ムシュー）の言葉を聞きながらあたりを見まわすと、すぐにフォラスの屋敷が目に入る。

「すごい……」

ニニは目を瞬（しばた）かせた。

極寒の地にはとうていそぐわないと思われる華やかな外観は、ただただ圧巻である。扉や柱はおろか、破風や窓枠にまで装飾が施され、白磁の外壁に赤銅色の屋根、印象的に配置された煉瓦まで含めて、あるじの趣味が随所に窺われる造りになっている。

ニニが暮らすダンタリオンの屋敷などとは比べものにならない壮麗さだった。

ダンタリオンは小さく苦笑しながら、ふわりとマントを広げるような仕草をした。

ニニのすぐそばに黒い檻が現れた。中には暗黒色の塊が蹲っている。深く眠っているのか、頭を上げようともしない。

「これは？」

「ケルベロスだ。起こしておくと、サタンのそばへ戻ろうとして暴れるから眠らせてある」

ニニは眠る魔獣をじっと見つめた。テオは飼い主の頭の上に移動して危険から距離を確保しつつ、緋色の視線を見慣れない獣に向けている。

ケルベロスの暗黒色の被毛は短く、とても艶やかだ。広い背中、短い尾はもちろんのこと、覗き見える爪までもが黒く、すべての光を吸いこんでしまうかのように思える。ミャウの言葉のとおり、頭は三つある。眠りこんでいるにもかかわらず、ぴんと立ち上がった三対の耳はときおりぴくぴくと動いていた。

ふと、顎の下から覗く前脚の裏に、見覚えのある緑色の光が見えたような気がした。

主人、とニニは首を傾げた。

「ケルベロスとはもう契約をしたんですか？」

ニニの指差す先を見たダンタリオンは、まだ仮契約だけどね、と頷いた。

「仮契約？」

「こいつの忠義はいまでもサタンへのものだ。だが、彼のところへ戻ることはできない。どう処分するかを決めるまでのあいだ、僕のそばを離れられないようにするための、これは枷みたいなものだよ」

「自分を殺そうとするようなあるじなのに……」

ダンタリオンは、まあね、と肩を竦めた。

「ケルベロスは、本来、僕たちに恭順するような魔獣ではないいんだよ。サタンが力でねじ伏せることで冥界の番犬として使役している。まだ幼体の頃に群れから引き離されたこいつは、あるじに従う以外の生き方を知らないんだろうね」

だれかに忠実であることは、ときにとても悲しく思えるものなのかもしれない、とニニはぼんやりと考える。

「ニニ」

はい、とニニはどこか上の空で返事をした。

「おまえ、昨日の僕たちの話を聞いていただろう」

ニニはびっくりして主人を仰ぎ見た。

「き、聞いていません」

「では、ミャウミャウから聞いたか？」

思わず主人(ムシュー)から視線を逸(そ)らしてしまう。ダンタリオンは軽いため息をついて、まったく

あいつは、とあきれたような口ぶりで言った。

「ものすごく有能なくせに、口が軽い。あれでよく城勤めができるもんだ」

あ、あの、とニニはおそるおそる口を挟んだ。

「ミャウは悪くないです。わたしが、その、食事を形(カタ)に脅したみたいなものなので……」

ダンタリオンは頭痛をこらえるような表情になった。ニニのしたたかさを嫌うわけではないのだろうが、少々持てあまし気味ではあるのだろう。

「どういうふうに聞かされた？」

ニニはミャウから聞いた話を主人(ムシュー)に伝えた。なるほど、とダンタリオンはふたたびため息をついた。

「まあ、そういうことでだいたい合ってる。本当にあいつは……」

またもやミャウに対する不満を漏らすダンタリオンの気を逸らそうと、ニニは、でも、と言いながらケルベロスの眠る檻のそばにしゃがみこんだ。

「どうして、冥界の番犬が死者を逃がしてしまう、なんていうことになったんですか？」

ダンタリオンは少しだけ考えるような目つきをした。

「いまと同じように眠ってしまった、とサタンは言っていた」

つねであれば、ケルベロスの三つの頭はすべて同時に眠ってしまうことはない。どんなときでもふたつは起きていて、冥界から逃げ出そうとする死者がいないか見張っている。

「でも、そんな冥界の番犬にも弱点はある」

「弱点？」

「パンだ」

「パン？　パンってあのパンですか？　食べものの？」

そうだ、とダンタリオンはうっすらと笑った。素直すぎるニニの反応がおもしろかったのかもしれない。

「冥界から逃げ出したのはこどもだ。ケルベロスは、こどもの母親が持ってきた、蜂蜜酒に浸したパンを食べて眠りこんでしまった」

え、とニニは首を傾げた。

「それだけで？」

「どうも蜂蜜酒に麻薬が混ぜられていたらしい」

「麻薬？」

ニニは知らないのか、とダンタリオンは言った。

「芥子の実から作られる薬で、服用すると強烈に気分がよくなるらしい。薬効が切れると反対に凄まじい不快感に襲われるとかで、やめたくてもやめられなくなる」

「なんのための薬なんですか？」

知らない、とダンタリオンは冷たく笑った。

「人間の考えることは僕にはよくわからないよ」

「……わたしにもわかりません」

まあ、それはともかく、とダンタリオンは言った。

「ケルベロスは好物の菓子に惹かれ、薬が混ぜられていることにも気づかずに貪り食って眠らされてしまった。母親は冥界からこどもを連れ出し、いまもまだ行方がわからない」

ニニは胸の奥を強くつかまれたような心地になった。こどもを亡くした母親が、わが子をどうしても諦めきれずに冥界にまで迎えにきたというのだ。凍える山小屋に置き去りにされたネリやわたしとはえらい違いだわ。

「サタンはケルベロスの失態を放置できない。僕に処分を依頼してきた。でも、僕もケルベロスを殺す方法なんてよく知らないからね。師匠に相談にきたんだよ」

ニニはダンタリオンの話をろくに聞いていなかった。昨夜、ミャウから聞いたのとほとんど同じだと思ったし、なによりも、死してなお母親に迎えにきてもらえる幸福なこどものことが羨ましくてたまらなくなり、同時に、そんなふうにだれかを羨む自分を認めたくないという葛藤に苛まれていたからだ。

「来たか、ダンタリオン」

耳に届いた突然の知らない声に、ニニは飛び上がった。ぴょこん、と立ち上がり、テオとともにきょろきょろと周囲を見まわす。

「それが新しい使い魔か」

清々(すがすが)しく、豪快な笑い声とともにこちらへ歩み寄ってきたのは、焦茶色(こげちゃいろ)の髪に白いものの混じる、きわめて穏やかな容貌の壮年男性だった。

「師匠、おひさしぶりです」

主人(ムシュー)の呼びかけがなかったら、この人が悪魔だなんて絶対に信じられないわ、とニニは思った。同じように目立たぬ容姿をしていたサタンは、しかし、その身にまとう空気はとても凶暴だった。この悪魔にはそうした気配すらもない。ひたすらに穏やかで、ある種の朗らかささえ感じられる。

ダンタリオンに師匠と呼ばれた悪魔、フォラスは深い笑い皺(じわ)を目尻に刻み、よく来たな、と言った。

「いつもいろいろ送ってくださるので助かっています」

近くで見ると、フォラスの瞳は煤(すす)と淡い藤が入り混じる不思議な色をしていて、黒い虹彩(こうさい)が縦に走っているのがわかる。獣の瞳、悪魔の証(あかし)だ。

「そろそろ来る頃だと思っていたぞ。マーガレットが食堂で待っている。もてなしの料理を山ほど用意してな。覚悟しておけよ」

かつて暮らしていた村にも彼のような人がいた、とニニは思う。気前がよく、親切で、偉ぶらず、村長よりも人望が篤かった。彼の妻も子もやっぱり気持ちのいい人柄で、だれからも好かれていた。

フォラスは屋敷の扉を開けた。ニニはダンタリオンに従い、玄関に足を踏み入れる。そこには外観を裏切らない、じつに華やかな空間が広がっていた。

「ニニ」

目と口を大きく開けたまま、さまざまな装飾を施された壁や天井を眺める使い魔を窘めるような声音にはっとわれに返るも、ときすでに遅し。にやにやしながらこちらの反応をおもしろがっているようなフォラスと目が合った。

「またおもしろいのを拾ったな、ダンタリオン」

「とくにおもしろいわけでは……」

「おもしろいに決まっているだろう。半死人の使い魔なんて！　どこで拾った？」

師匠の問いを無視した主人はニニにブルゾンを脱ぐよう目配せした。ニニは言われたとおりにし、さらにフォラスが教えてくれた壁の金具に上着をかける。

「なんと！」

ニニの亜麻色の頭から床に降りたテオを見て、フォラスが興奮を隠しきれないといわんニニもびっくりしたが、もっと驚いたのはテオだったようだ。ものすごい速さでニニの肩まで駆け上がり、襟ぐりから無理やりシャツの中にもぐりこもうとする。

「やめなさい、テオ！　大丈夫だから！」

襟に首を絞められたニニがたまらずに叫ぶと、そうだぞ、とフォラスの声がする。

「怖くない。怖くないぞ、ほうらこっちへ……」

両腕を広げながら少しずつ近寄ってこようとするので、ニニは同じくらいの速度で少しずつあとずさる。テオを守らねば、と思ったし、単純にフォラスのことが怖かった。

「師匠」

ダンタリオンの厳しい声にフォラスが慌てて居住まいをただす。だが、だいぶ手遅れである。テオはニニの服の中へ逃げこむことは諦めたものの、すっかり警戒してしまった。低い唸り声をあげながら、ニニの頭の上で必死に小さな牙を剝いている。ニニも、いま以上、彼に近づこうとは思わなかった。

「カーバンクルを拾ったことはお伝えしていたはずです」

「連れてくるとは聞いていない」

おれがなんでこんなクソ寒いところに住んでると思ってる、と探究心にあふれた悪魔は言った。

「カーバンクルを観察するためだ。だが、やつらは警戒心が強く、滅多にお目にかかれない。それが！　こんな近くに！　おい、嬢ちゃん。一晩でいい、そいつをおれに……」

「お断りします」

悪魔でなくともフォラスの心が読めたニニは、努めて冷たく素っ気ない声を出した。

「なんでも望みを叶えてやろう。な、だから、一晩……」

「いやです」

「師匠」

テオは野生ではありませんよ、とダンタリオンはニニとテオを背中に庇うようにしながら師匠の説得に励む。

「どれだけいじくりまわしても生態の解明にはつながりません。食事や遊びの様子を観察したいというなら、ニニのそばにいたほうがテオも寛げるでしょう」

テオにいったいなにをする気なのだ、とニニは怯えた。主人から長く離れられない自分はともかく、テオは屋敷に残してきたほうが安全だったのではないか、と後悔さえした。

フォラスは不満そうな顔つきでしばらく黙りこんでいたが、やがて、それもそうか、と呟いた。

「おまえの言うとおりかもしれんな、ダンタリオン」

それから、ニニとテオに視線を向け、すまなかったな、と短く詫びた。

「怖がらせるつもりはなかった」

ニニはダンタリオンを見上げた。主人は苦笑いしながらも軽く頷き、もう大丈夫だよ、ととりなそうとする。

フォラスはやや気まずそうに肩を竦めてから、こっちだ、と居間の奥を示した。ニニは気を取り直し、あらためて部屋の中を見まわす。

ミャウはフォラスの住まいについて、ささやかな、と表現していたが、きらびやかな見た目に惑わされずに構造上のことを言えば、その言葉は正しいようだった。玄関ホールはなく、扉を入ってすぐに居間がある。その奥に厨房と一体となった食堂、二階へ続く階段が見える。二階の部屋数も多くはなく、せいぜいふたつか三つといったところだろう。それでも人間だったときにニニが暮らしていた家とは比べ物にならないくらい広い。それになにより、この壮麗さはお伽噺に出てくるお城のようだわ、と彼女は思った。

案内された食堂でダンタリオンとニニを迎えたのはひとりの女性だった。明るい茶色のきらきらと輝く瞳、同じ色の髪、ふくよかで優しげな身体つき。明るい空色のワンピースに白いエプロンをつけている。

「ひさしぶりねえ、ダンタリオン！ そしてこちらは、可愛らしいお嬢さんだこと！」

お嬢さん、などと丁寧に呼びかけられたのは生まれてはじめてだ、とニニは思った。

「はじめまして。私はマーガレット。そこにいるフォラスの妻みたいなものよ」

悪魔にも妻がいるのか、と驚きながらも、ニニは努めて礼儀正しく挨拶をする。

「はじめまして、ニニです」

隣で主人(ムシュー)が驚いているような気配がする。いつもはおてんばな使い魔がしおらしく振舞ったことを意外に思っているのだろう。

失礼しちゃうわ、とニニは思った。わたしだって丁寧に接してくれる人を蔑(ないがし)ろにしたりりしない。

「マーガレットも元気そうでよかった。ここはとても寒いと聞いていたから」

気遣うようなダンタリオンの声にマーガレットは陽気な声で応じる。

「フォラスの結界は完璧よ。彼はともかく、私は外へ出ることもないしね」

ダンタリオンは一瞬だけ表情を曇らせたが、さあ、座って座って、とフォラスの妻はあくまでも明るい。

「たくさん作ったのよ。いっぱい食べてちょうだいね！」

けっして小さくはない食卓の上いっぱいに並べられたさまざまな料理が、すべてマーガレットの手によるものだと知って、ニニは目を瞬(しばた)かせた。これをすべてひとりで用意したの？　いったい何人で食べるつもりなのかしら？

とはいえ、朝早くに食事も摂(と)らず屋敷を出たわけがわかったわ、とニニは思った。マーガレットがこうして腕を振るってふたりを出迎えてくれることを、ダンタリオンはあらかじめ承知していたのだ。

「ケルベロスの話は食事をしながらでもできる。とりあえず座れ、ダンタリオン」

「でも……」

ダンタリオンは迷うような視線をニニに向けた。いきものの命を奪うための相談をするところを使い魔に聞かせたくないのだろう。

「おまえの使い魔ならば心配はなさそうだが」

フォラスはダンタリオンの過保護に苦笑いをこぼした。

「山育ちならばいきものの生死には慣れているだろう」

主人(ムシュー)ってば、そんなことまで師匠に話したの、とばかりにニニが訝(いぶか)しげな顔をすると、フォラスは今度は楽しげな笑い声をあげた。

「嬢ちゃんの出自など、なりを見ればわかる。なにを考えているかもな。無口なこいつをしゃべらせる必要もない」

ニニは唖然(あぜん)とした。

「フォラス。そのへんにしておきなさいな」

マーガレットがやんわりと口を挟んだ。ニニのために椅子を引いてくれながら、彼女は悪戯(いたずら)っぽく笑った。

「このひとはね、とても観察眼が鋭いの。持ち物や服装、仕草や表情、しゃべり方や反応を見て、他者の心を読み解くのよ。そうやって相手を支配下に置きたがる」

「……マーガレット」

フォラスが、勘弁してくれ、と言わんばかりの声をあげる。

でもね、とマーガレットはどこ吹く風だ。ニニを椅子に座らせ、綺麗にたたまれたナプキンを差し出してくれる。

「考えようによっては便利なのよ。私がなーんにも言わなくても、こっちの言いたいことをみんな察してくれるんですもの」

ニニは顔を上げ、マーガレットをじっと見つめる。そして気がついた。このひと、悪魔じゃないんだわ。

黒くて丸い瞳孔はひさしぶりに目にする、人の瞳のそれだった。さらによく見てみれば、目尻や口許(くちもと)にも自然な皺(しわ)が刻まれている。朗らかながらも落ち着いた物腰も含め、きちんと年齢を重ねた人間の女性が目の前にいた。

マーガレットは悪魔じゃない。そう気づいたとたんに、ニニはふっと身体が軽くなるような心地を覚えた。はじめて会う女性に懐かしさを感じるなんておかしいけど、でも、このどこかほっとするような気持ちは――……。

隣の席にダンタリオンが腰を下ろす気配がした。

ニニははっとして、マーガレットの手からナプキンを受け取った。

「さあ、好きなだけ召し上がれ」

そこからはとても楽しい食事の時間となった。フォラスもマーガレットもよくしゃべるし、ふたりを前にしたダンタリオンはいつもの数倍も明るい。食卓の上にはテオの居場所もちゃんと確保されていて、空腹だったらしいカーバンクルはガツガツと音がしそうな勢いで、パンやスープや果物を食べ散らかしていた。

ダンタリオンとフォラスの話はときどき彼らの共通の知己に及んでニニはついていけなくなるが、そんなときには必ずマーガレットが別の話題を振ってくれた。畑で育てている作物、飼っている家畜についての彼女の話はニニにも理解できるし、とてもおもしろかった。とくに屋敷の裏手にあるという燻製(くんせい)小屋には興味をかき立てられた。

マーガレットは料理をするだけでなく、その素材となる植物や動物を育てることにも長(た)けているようだった。ニニにとっては生活のためにしかたなくしていたようなことでも、彼女にかかるとまるで世界一楽しい遊戯であるかのように思えるから不思議だった。マーガレットの話を思い出せば、明日からのアルラウネの世話がちょっとは楽しくなるかしら、とニニは思った。

「ケルベロスを殺(や)るのはなかなか骨だぞ」

突然割りこんできた物騒な言葉に、ニニはぎょっとして目を見開いた。ダンタリオンとマーガレットがものすごく渋い顔をしている。

「三日三晩、ひとときも休まずに頭を落とし続けなくてはならない」

「師匠、言い方をもう少し……」

「どんな言い方をしようと変わらん。つまりは殺処分だ。そうだろう、ダンタリオン」

ダンタリオンは、それはそうですが、と深いため息をついた。

「血みどろだな」

「トリカブトも生えるわね」

師匠夫妻の追い討ちに、今度は主人の肩ががっくりと落ちた。ニニはそんな彼を助けるつもりで思わず口を挟んだ。

「どうしても殺さないとだめなんですか？」

いまは煤色が勝るフォラスの瞳が狡猾に光ったような気がした。もしかして、とニニはふと思い当たる。彼はわたしにこの台詞を言わせるために、わざと残酷な言い方をしたのだろうか。だが、いまさら言葉を引っこめるわけにもいかない。

「どういう意味だ？」

ダンタリオンが首を傾げる。

「ケルベロスは仕事をしくじって、ころ……処分されるんですよね？　その失敗を挽回すれば、赦してもらえたりはしないんですか？」

「挽回？」

「主人はよくわたしに言うじゃないですか。うまくいかなくたっていいんだよって。失敗を取り返す方法は必ずあるし、次はどうすればうまくいくか考えればいいって。ケルベロスもそうじゃないんですか？」

死者を逃がしちゃったのはたしかに大変なことだけど、と言い足すニニに向かって、あるじは首を横に振る。

「サタンは赦さないよ。たとえ、どうにかして失敗を挽回したとしても、ケルベロスに居場所を与えることはしないと思う。ほかの者にしめしがつかないから。彼はそういう意味では面倒な立場にある」

「ほかの者っていうのは、その、サタンと敵対する立場にある人たちのことですか？」

ダンタリオンは片方の眉だけを跳ね上げた。ミャウミャウか、と彼はおそろしく低い声で呟いた。あいつはどうしてこうよけいなことを、と続く声にはあきれるような響きもこもっている。

「それだけじゃない。ケルベロスは何頭もいるんだ。一頭の失敗を赦せば、ほかも赦さないわけにはいかなくなる。サタンはそうやって箍が緩んでいくことを嫌っているんだよ」

ニニはそこで言葉を失った。だが、あるじの師匠は違ったようだ。

「おまえの屋敷で飼えばいいじゃないか」

「サタンは逃げた死者を探させているんだろう？」

「はあ？」

「……そう聞いています」

「なら、食い意地に負けた気の毒なケルベロスにも探させればいい。一番に捕らえさせ、そして、務めのとおりに八つ裂きにさせる。そのうえでおまえが引き取ると言えば、サタンは否とは言わんと思うぞ」

　ダンタリオンは懐疑的な顔をした。フォラスは続ける。

「ケルベロスは獰猛だが、ひとたびあるじと認めた相手には従順だ。おまえの屋敷は少々辺鄙な場所にあるだろう。とてもいい番犬になると思うが？」

「必要ありません」

「ケルベロスがいれば無作法なワイバーンの侵入を許すようなこともなくなるぞ」

　痛いところを突かれたダンタリオンは口をつぐんだ。

「異形の魔獣だが懐けば可愛い。慣れればその背に乗せてもらうこともできるかもしれん」

　最後のひとことはどう考えてもニニに向けられたものだ。ダンタリオンは、師匠、と咎めるような声を出した。

「ニニを誘惑するのはやめてください」

　ダンタリオンの心配どおり、ニニは俄然わくわくとした表情になっていた。ケルベロスの背に乗れるですって？　彼女の脳裏には、三つの頭を掲げる漆黒のケルベロスに颯爽とまたがり、広い草地を駆けめぐる自分の姿がありありと浮かんでいる。

フォラスはにやにやと腹黒い笑みを浮かべながら、おまえは魔獣医だろう、と言った。

「救える命は救ってやるのが務めじゃないのか」

「……しかし、サタンが納得するとは思えません」

「サタンのやり方は嫌いじゃない。マーガレットのことでも世話になったしな。だが、あまりに簡単にいきものを消し去る姿勢はどうかと思う」

フォラスの視線は、すっかり満腹になって暢気にあくびをしているテオに注がれていた。

なるほど、魔獣を研究対象とする悪魔にとって、彼らはただ支配し、使役する相手ではないのかもしれない。

「厳しすぎる掟はいつかあいつ自身に跳ね返る。それは魔界のためにもならん」

「それはそうですが……」

「サタンの説得にはおれも同行してやろう。たまには城へ顔を出すのも悪くはない」

ダンタリオンの顔があからさまな動揺に歪んだ。僕は城へは、とか、蝙蝠を飛ばせば、とかぶつぶつ言っている。

「かりにも魔界の王たるサタンからの依頼を覆すんだぞ？　そんなことで話が通じるか」

師匠の一喝にダンタリオンはいっそう情けない顔つきになった。

「いや、でも、ニニを置いては……」

「マーガレットが面倒みてくれるさ。ほんの短い時間のことだ。心配はいらない。頼りになるぞ、おれの魔女様は」

そうしてあっというまにダンタリオンが城へ赴くことと、ニニが留守番をすることが決められてしまった。

フォラスとダンタリオンの師弟は、食事が終わるとすぐに支度を調え、城へと出かけていった。

ニニは知りあったばかりのマーガレットとふたりきりで慣れない屋敷に取り残され、少しのあいだ途方に暮れた。食卓でちびちびと柑橘水をすすりながら、これからどうしようかと思っていたところへ、声がかけられた。ニニ、というマーガレットの声はこれまでと同じようにやはり楽しそうだった。

「燻製小屋に興味があるのなら、いまから見にいってみない？」

「え、いいんですか」

「もちろんよ。フォラスとふたりでいろいろ工夫したのに、ほかに見てくれる人もいないんだもの。嬉しいわ」

ダンタリオンの師匠であるという悪魔の名前を聞いたとたん、ニニの興味は別のところへ向かった。

そういえば、と彼女は思った。

マーガレットは人間よね？　いったいどうして悪魔と暮らしているのかしら？　わたしみたいにフォラスと主従の契約を結んでいるの？

それに主人はフォラスだけではなくマーガレットとも親しいように見えた。彼らは夫婦だというし、もしかして三人で暮らしていたこともあったのかしら？　家族みたいに？

いいえ、だめよ、とニニは自分を戒める。出会ったばかりの親切なひとを質問攻めにするものじゃないわ。しかも、こんなごく個人的なことで。

疑問でいっぱいになってしまった亜麻色の小さな頭を軽く振っていると、マーガレットの含み笑いが聞こえた。空色のワンピースに身を包んだ魔女は、ふふふ、と目を細めたあと、そうよねえ、とどこか同情するように言った。

「私やフォラスのことが気になるわよねえ」

「あ、いえ……いいえ！」

ふふふ、とマーガレットはまた笑った。

「いいのよ。気になって当然よ。燻製小屋じゃなくて、少しお話をしましょうか？」

ニニは瞬きを繰り返した。たしかにマーガレットたちの話は聞きたい。でも――。

「燻製小屋も気になるのね」

己の欲張りを見透かされ、ニニは小さくなって俯いた。だって、と彼女は心の中で言い訳をする。主人の屋敷じゃない別の悪魔の住まいを訪ねるなんてはじめてのことだもの。本音を言えば、そこらの扉や戸棚を片っ端から開けて覗いてまわりたいくらいだわ。

「じゃあ、話しながら行きましょう。フォラスたちはきっとすぐに戻ってくるわ。時間はあまりないかもしれないわよ」

マーガレットは茶目っ気たっぷりに片目をつぶり、さ、早く、とぐずぐずしているニニを急きたてる。ふたりの様子を横目で窺っていたテオがすぐに飛びついてきて、いつもどおり肩の上に落ち着いた。

「よく懐いているのね、その子」

「……はい。主人に頼んで助けてもらったんです。テオっていうの」

そう、可愛いわね、と答えたマーガレットはそこで食卓を振り返り、音楽でも奏でるかのような優美な仕草で両手を動かした。

驚くべきことが起こった。

汚れた食器が洗い場まで列をなして飛んでいく。残っていたパンには布がかけられ、籠ごと戸棚の中へしまわれる。果実はやはり整然と宙を飛び、厨房の隅の箱の中へみずからおさまる。やがて水場から布巾が飛んでくると、食卓の上をダンスでもするようにすると滑りはじめた。ニニの食べこぼしが綺麗に拭われていく。洗い場では食器たちが次々に洗われ、拭き上げられ、戸棚におさまっていった。

ニニはぽかんと口を開けたままだ。

「さあ、行きましょう。片づけを眺めていてもいいけれど、燻製小屋のほうがずっとおもしろいと思うわ」

マーガレットの顔とまだ続いている片づけを見比べながら、ニニは人形のように言葉もなく頷いた。

居間で支度を調え、表に出る。

フォラスの結界に守られているという屋敷の庭は、山に慣れたニニにとっては晩秋ほどの寒さにしか感じない。溶けた鉄も瞬時に凍りつくといわれる氷原のただなかにあって、この気温を維持できるのだから魔力というのはおそろしい。

魔力といえば、とニニはそこでふと思った。

「マーガレットさん」

ニニを導くように半歩ほど先を歩いていたマーガレットが、なにかしら、と振り返った。

「さっきのあれ、あの、片づけは、マーガレットさんがしたんですか？　その、魔力で？」

暗に、あなたは悪魔なんですか、と尋ねたに等しいニニに向かって、マーガレットは、そうよ、と朗らかに答えた。

「でも、私のは魔法。悪魔の魔術とはちょっと違う」

ニニは思った。

そういえばフォラスは、マーガレットのことを、おれの魔女様、と呼んでいたっけ、と
「魔法？」

「マーガレットさんは魔法が使えるんですか？」

「魔女だからね」

ふふ、とマーガレットは楽しそうに笑った。

「人間の世界にいたときからずっと私は魔女だった。ほかの人にはできないことがたくさんできたわ。よく効く薬を作ったり、動物と話ができたり、箒(ほうき)に乗って空を飛んだり」

そこでマーガレットは、こっちよ、と向かう方向をわずかに変えた。

ふたりが歩いているのは庭に作られた小道で、綺麗に刈りこまれた植木が両側に等間隔に並んでいる。幅は狭いが、きちんと手入れがされていて、どうやら屋敷の裏手に続いているようだった。

「両親もそうだったから、自分の力についてもなにも不思議には思わなかった。でも、私が七つのときに、異端審問にかけられて父も母も死んだの。そこではじめて、魔法というものが人間の世界ではあたりまえではないんだって気がついた」

私は閉じられた狭い世界で生きてきて、両親が殺されるまでなにひとつ知らなかったのね、とマーガレットは言った。つらい記憶の話をしているはずなのに、どこか他人事(ひとごと)のよ

うに聞こえる口調だった。

ニニの考えていることが伝わったのか、魔女は優しく微笑む。

「もうずいぶんと昔のことよ」

「でも、七つの頃のことなんですよね？」

マーガレットは壮年ではあるが、とても若々しく見える。それとも大人になるとこどもの頃のことはすべて昔話になってしまうのだろうか、とニニは首を傾げた。

あら、とマーガレットは言った。

「私、いくつに見えるかしら？」

ニニは賢くも口を閉ざす。なにを言ってもマーガレットを傷つけるか、自分が傷つくかだとわかったからだ。

「最近、あなたのお家にワイバーンが来たんですってね？」

突然話が変わり、ニニは瞬きを繰り返した。

「あのワイバーンが人間界に黒死病をばらまいたとき、私はもうフォラスとともに魔界で暮らしていたの」

「ま、まさか……」

黒死病の大流行はダンタリオンとベルフェゴールに言わせれば、数百年も前のことだったはずだ。その頃にはもう魔界にいた？　なら、マーガレットはいったいいくつなの？

「私は魔女よ。もちろんフォラスの魔力を借りてはいるけど、そうでなかったとしても並の人間よりもずっとずっと長生きなのよ」

マーガレットはなんでもないことのように言い、だから、と少しだけ寂しそうに笑った。

「こどもの頃のことは事実としてはしっかり覚えているけれど、自分がなにを感じたかはぼんやりとしか思い出せなくなっているの」

楽しかったことも悲しかったこともね、と魔女はニニの亜麻色の頭をそっとなでる。彼女が忘れてしまったと語るさまざまな感情が自分のなかに流れこんでくるような気がして、ニニは深く俯いた。

「さ、ここが燻製小屋よ」

気を取り直すようにマーガレットは言った。

ふたりの足は屋敷のほぼ真裏にある、煉瓦造りの小屋の前で止まっている。

扉を開けて室内を覗きこんでみると、正面奥に木製の燻製器とパンを焼くための石窯が並んで設えられているのが見えた。燻製器と窯からはそれぞれ煙突が伸び、煙は屋外へと排出されるようになっている。左右の壁際にはそれぞれ大きな棚が作りつけてあって、紙に包まれた肉や魚、さまざまな野菜や果物、穀物の袋がおさめられていた。扉に近い手前側には広い作業台がある。もちろん水場もぬかりなく備えられていて、料理自慢のマーガレットにとって非常に満足のいく空間であることは間違いなかった。

「すごい……」

「どう、ニニ。フォラスたちを待つあいだ、ここでピッツアを焼かない？」

「ピ……？」

戸惑ったニニが首を傾げると、マーガレットは、小麦粉と水を混ぜて薄く伸ばした生地にトマトやバジル、チーズをたっぷり載せて窯で焼いて食べるものだ、と教えてくれた。

「フォラスが人間の世界で食べて虜になってしまったの。彼は凝り性でね、しばらく修業に出たりもしたのよ。それを私に伝授してくれて、いまじゃなかなかの腕前なの」

「修業って、人間の世界にですか？」

もちろんよ、と肩を竦めたマーガレットは手早く上着を脱ぐと、棚から大きなボウルを取り出した。

「人間の食べるものはなんであんなに美味いんだ、というのがフォラスの口癖。ダンタリオンは甘いもの一辺倒だけど、彼は違う」

思わぬところで主人の名を聞き、ニニは気になっていたことを思い出した。

「マーガレットさんは、悪魔と……フォラスさんと、その、本当に夫婦なんですか？」

魔女とはいえマーガレットは人間だ。丸くて明るい瞳がその事実を物語っている。

「そうね。そう表現するのが一番近いかしらね」

「近い？」

「ニニが想像するような夫婦とはちょっと違うと思うのよ」

話をしながらもマーガレットは小屋の中を歩きまわり、作業台の上にさまざまな材料や道具をそろえていく。その様子を見ていたニニは、薬を作るときの主人にとてもよく似ているな、と思った。身長も体格も違うのに、身体の使い方がそっくりなのだ。

「フォラスは自由よ。人間に召喚されたり、興味のあることを探究しにいったりして、下手をすれば何年も戻らないことがある。私はそんなときいつも、いつか帰ってくると思っていたけれど、帰ってこなくてもさほどがっかりしたりしなかったと思うのよね」

「なんでですか？」

「フォラスは悪魔だから。人とは違うことわりで生きているから」

ニニは首を傾げた。マーガレットの言っていることはさっぱり理解できない。

「悪魔と暮らすことは、そうねえ、私にとっては住む場所を選ぶことに似ていたわ。たとえば私が山のそばに住むことを選んでも山はいやがらないし、海の近くに引っ越しても海が喜んだりはしないでしょ？」

「……でも、マーガレットさんはフォラスさんのそばを選んだんですよね？　戻ってこなければ寂しいいんじゃないんですか？」

そうねえ、とマーガレットは言葉を探すような表情になった。

「フォラスと一緒に住むことにしたのは、ダンタリオンの面倒をみるのにそのほうが都合がよかったから。それだけよ。フォラスに対してなにかを思うことはなかったわね」

「主人（ムシュー）の面倒、ですか？」

ちょうどボウルを預けられたところだったニニは、粉でいっぱいのそれをあやうくひっくり返すところだった。

「ダンタリオンは私が拾ったの。人間の世界で」

ニニはぽかんと口を開ける。情報量が多すぎて、理解が追いつかない。拾った？　どういう意味？

「そのままの意味よ。さっきも言ったとおり、私の両親は異端審問にかけられて亡くなった。私はひとりになって、それでもずっと暮らしていた森を出ることはできなかったの。ほかの場所でどうやって生きていけばいいか、わからなかったからよ」

その気持ちはニニにも理解できた。自分たちに無関心な父親と継母（ままはは）の家から出ていきたくとも、そのすべがわからなかった。都会であれば雨露を凌（しの）ぐ軒先はいくらでもあるだろうし、残飯を漁（あさ）ることもできるだろう。簡単ではないかもしれないが、仕事だって見つけられるはずだ。でも、山や森ではそうはいかない。

「ひとりで暮らすようになってだいぶ経（た）ったあるとき、森の中で彷徨（さまよ）い歩いていることもと出会ったの。ほとんど裸に近いような格好で、とても痩せていてね。目はうつろだし、言葉もあまり理解できないみたいだった」

　私はそのこどもを放っておけなくて、家に連れて帰ったわ、とマーガレットは言った。粉に水と塩を混ぜ、両手で少し捏ねたあと、ぱちんと指を弾く。とたんに生地はひとりでにむにむにと動き出した。そう、ちょうど人の手に捏ねられているかのように。

「そのこどもがダンタリオンよ」

「迷子、だったんでしょうか？」

　マーガレットは少し考えたあと、違うと思うわ、と答えた。

「私もはじめは森に迷いこんだこどもだと思っていたの。でなければ、捨てられたのかも、って。でもフォラスに言わせると、ダンタリオンはあの森で生まれたらしいのよ」

　悪魔がどのように生まれるかについて、少し前に主人から聞いた話を思い出す。植物の種から芽生えたり、海から現れたり。だが、必ずしも魔界に生じるとは言っていなかったように記憶している。

　ニニがそう言うと、マーガレットはぐらぐらと煮立った鍋にへたを取っただけのトマトをいくつも放りこみながら、そのとおりよ、と答えた。

「ダンタリオンを拾ってしばらく、私は彼にいろんなことを教えたの。食器や寝台の使い方にはじまって、言葉や文字、お金の仕組みとか。ダンタリオンはいまのニニよりもほんのちょっと小さいくらいの年齢に思えたわ。でも、実際にはそのときの私よりもだいぶ長く生きていたみたい」

「長く？」

よくわからないのよ、とマーガレットは肩を竦めた。

「昔から寡黙な子だったから。いまもそうでしょう？　いつも少し言葉が足りなくて、大事なことほど胸に秘めてしまう」

はい、とニニは頷いた。トマトの皮を剝いてちょうだい、と言われ、ニニは腕まくりをして冷水の中に移されたトマトを手に取った。指先で軽く引っ張るだけで、薄い皮がおもしろいように剝けていく。

「ともかく、私とダンタリオンはそうやってしばらくふたりで暮らしていたのよ」

「しばらく？」

何年か、もしかしたら十数年かもしれないわね、とマーガレットは今度はどこからともなくいくつもの野菜を取り出してきた。ニニも見慣れている人参や玉ねぎ、大蒜のほかに、正体のわからないものも混ざっている。

「その頃になってやっと、なんか変だなって思ったのよ。ダンタリオンは、人間のこどもにしては歳をとるのが遅すぎるって」

いくらなんでものんびりが過ぎやしないか、とニニは思った。だが、言葉にすることは控えておいた。はじめて顔を合わせた親切な魔女を相手に、不躾な図々しさを披露することもあるまい。

「彼が悪魔のこどもだと気がついて、私はフォラスを召喚したの」

「なぜ、フォラスさんを？　以前からのお知り合いだったんですか？」

まさか、とマーガレットは吹き出した。

「悪魔のことは悪魔に訊かなきゃと思って、文献で調べたのよ。星の数ほどもいる悪魔たちのうち、だれにならダンタリオンを任せられるかしらって」

長く一緒に暮らして、すっかり情が移っちゃってたから、そりゃもう必死だったわ、とマーガレットは昔を懐かしむような目つきをした。そのあいだにも彼女に操られた包丁は淀みなく野菜をみじん切りにし続けている。

「あんまり変なやつには任せられないじゃない？　でも、結果的には魔界で一番おかしなやつを呼び出すことになっちゃったわけだけど」

「おかしな……」

「フォラスは医術に精通した知恵と論理の悪魔よ。サタンが築いた魔界のことわりを完璧に理解している数少ない存在。そしてそれゆえに、つねにことわりの綻びを探している。悪意があるわけではなく、好奇心を抑えられないみたい」

ニニは言葉を見つけられず瞬きを繰り返した。

「サタンのことわりに破綻はない。そう理解しているからこそ、例外に興味をかき立てられるんでしょう」

「例外？」

私は魔女よ、とマーガレットは言った。

「人間としては例外的な存在でしょ。ダンタリオンも同じ。悪魔はふつう、こども時代というものをほとんどもたないけれど、彼は異常なほど長い幼体期を過ごしていた。魔界ではない場所に生まれ落ちたことも含めて、とても珍しい」

マーガレットは大きな鍋に刻んだ野菜とトマトをすべて入れると、竈（かまど）に火を入れた。長いヘラを使って丁寧にかき混ぜながらじっくりとソースを作るつもりのようだ。さっきまでむにむにと捏ねられていた生地は、いまは静かに休ませてある。

「召喚に応じたフォラスは、私に向かってこう言ったの。おまえもともに魔界に来るなら、ダンタリオンの面倒をみてやろうって」

魔界で暮らせるよう必要な加護は与えてやる、契約もいらない、精気（エネルギー）もいらない、あとはなんだったかしら、とマーガレットは指折り数えながら首を傾（かし）げた。

「まあ、とにかく、私とダンタリオンはそうやってフォラスのところへやってきたの。魔界へ来てからもダンタリオンはなかなかおとなにならなかったし、私は私でここの流儀に慣れるまで時間がかかって大変だったけど、フォラスはそんな私たちをおもしろがっていて、決して見捨てたりしなかった」

「おもしろいって……」

「彼にとって、おもしろい、というのはとても重要な感情みたい。人間で言うところの愛と同じくらいにね」

ニニは思いきり訝しげな表情で首を傾げた。まったく理解できない。

マーガレットは、わからないわよねえ、と笑いを含んだ声で言いながら、寝かせていた生地を掌に載るくらいの大きさにちぎりはじめた。続けて麺棒を手に取ったところをみると、これからその生地を薄く伸ばしていくようだ。

「フォラスと私は夫婦みたいなもので、ダンタリオンと私たちは親子みたいなもの。そう言おうと思えば言えるけれど、やっぱり似て非なるものなのよ。悪魔たちにも絆はあるけれど、人間が思うような関係ではない。どちらかというと腐れ縁や悪縁みたいな、それぞれの性に基づいた、離れたいのに離れられないような関係であることが多いわ」

歌うように語るマーガレットの眼差しはとてもやわらかい。いろいろと言っているけれど、彼女はやっぱりダンタリオンの母親なんだわ、とニニは思った。主人は彼女によって大切に育てられたのだ。朗らかで、優しくて、率直な、この魔女によって。

ニニは心の底からダンタリオンのことを羨ましく思った。

焼きたてのピッツアはとてもおいしかった。ピッツアに限らず、マーガレットの料理はどれもとてもおいしくて、ニニはダンタリオンが人間ふうの食事にこだわる理由をはじめて理解できたような気がした。

　ピッツアをすっかり気に入ってしまったニニは、あとは焼くだけ、の状態にしてもらったものを何枚もお土産に持たせてもらい、主人とともに午後の早いうちに屋敷に戻ってきた。蝙蝠たちに焼き方を伝え、夕食に出してもらうよう頼んでいると、ダンタリオンが、ニニ、とやや沈んだ声で呼びかけてきた。

「ちょっと話したいことがある」

　居候が不在にしている居間は、暖炉に火が入っていてもどこか寒々しい。もしかしてベルフェゴールがいつもここにいるのは、彼自身がそうしたいというだけが理由ではないのかもしれない、とニニは思った。

　暖炉の前に敷かれた厚手の絨毯の上にぺたりと座りこみ、膝にテオを抱える。ダンタリオンはそんなニニの隣に片膝を立てる姿勢で腰を下ろした。

　ふたりぶんのお茶に加え、ふんわりとまるくやわらかそうな菓子が載せられた盆を片手で支えている。あれはなにかしら、とニニは目を輝かせて、ダンタリオンが勧めてくれるのを待った。

「……シュー・ア・ラ・クレームだよ。食べてみたいって言っていただろう」

「覚えていてくださったんですね！」

　いつだったか、薬包を作る手伝いをしながらなにげなく口にしただけの言葉なのに、なんて優しい主人(ムシュー)なの、とニニは感激しながら遠慮なく手を伸ばした。サクサクした香ばしい生地とそれに包まれた甘くとろけるクレームの組み合わせは、ほっぺたが落ちそうなほどおいしい。濃いお茶とともにいくらでも食べてしまいそうだった。

だが、ニニはダンタリオンの使い魔だ。主人(ムシュー)の本来の目的がこの菓子にないことくらいちゃんと気づいている。

「主人(ムシュー)？」

話がある、と言ったくせになかなか口を開かないダンタリオンに焦(じ)れて、ニニはあるじを呼んだ。ダンタリオンは、うん、と頷いたあと、ややしてから重たい口を開いた。

「サタンは交渉に応じた」

「……ということは」

うん、とダンタリオンは珍しく菓子も口にせず、憂鬱そうに俯(うつむ)いた。どうしたのかしら、とニニは思った。自分で用意したお菓子を食べない主人(ムシュー)なんて主人(ムシュー)じゃないわ！

「ケルベロスを赦(ゆる)してやってもいい、とサタンは言ったよ」

本当ですか、とニニは明るい声をあげた。

「よかったですね！」

まあね、と答えるダンタリオンの表情は少しも明るくない。

「師匠は本当に交渉がうまいんだよ。僕じゃこうはいかなかった」

「でも、主人がいなければフォラスさんも交渉の場に立てなかったんだから、そこはいいんですよ。ケルベロスを助けられることに変わりはないでしょう？」

嬉しそうにはしゃぐニニに、ただし、とダンタリオンは硬い声で水を差した。

「もちろん条件がある」

ニニはぴたりと動きを止めた。それはそうだろう、と彼女は思った。悪魔たちの頂点に立つというサタンがそんなに容易い相手であるはずがない。

「……どんな条件なんですか？」

「冥界から逃げ出した死者と、死者を連れ出した女の両方をケルベロスが嚙み殺すこと」

「連れ出されたのは、たしかこどもでしたよね？」

「そうだ。ニニよりずっと幼いこどもだ」

「連れ出したのはその子の母親で……」

ニニはそこで口をつぐんだ。自分がなにを言いたかったのか、よくわからなくなってしまったのだ。

「ケルベロスに嚙み殺された者は、冥界には行けない」

ダンタリオンの声はどこか冷たく聞こえた。

「天界に昇ることはもちろん、人間界にとどまることもできない。魔獣に喰われるか、魂が朽ち果てるか、そのどちらかのときを迎えるまで、魔界を彷徨うことになる」

冥界の死者たちは、とダンタリオンはそれまでよりはいくぶんかやわらかい口調になって先を続けた。

「ある意味ではサタンに保護されているんだ。地獄へ落ちる一部を除いた大勢にとって、死とは安寧そのものだ。それがサタンのことわりだからね。でも、彼は自身に背いた者にはとても厳しい」

「静かに眠ることも許してもらえない。そういうことですか？」

「眠りを破ったのは死者自身。あるいは、それを唆した者。そういった者たちに安穏など必要ないだろう、というのがサタンの考えだ」

ようするに、とダンタリオンはそこでようやく自身のお茶に口をつけた。

「ケルベロスの命はふたりの魂と引き換えだ、ということになる」

溶けだしたクレームがべったりと指先を汚している。ニニは茫然とそれを見つめながら、そんな、と呟いた。さきほどまでの甘さが嘘のように、口の中が苦い。

「ケルベロスを助けてほしい、とニニは言ったよね」

ニニは黙ったまま主人を見つめた。

「サタンの条件を呑めるかい？」

一頭の魔獣を助けるために、ふたりの人間の魂が必要だ、と悪魔は言っている。ふつうなら、とニニは思った。きっとふつうなら、ケルベロスの命を諦めるところなんだわ。

だけど――……。

「もしケルベロスが母子を見つけられなかったら、そのときはどうなるんですか？」

ニニの問いにダンタリオンはやや驚いたように目を見開き、しかし、すぐにその色違いの双眸をすっと細めた。

「サタンをはじめとする七貴族が躍起になって探している。やがて見つかるだろう」

「そしたらどうなるんですか？　冥界に連れ戻されるだけですむんですか？」

ダンタリオンは口を閉ざした。ずるいわ、とニニは憤慨する。主人を睨みながら、彼女はみずから答えを口にした。

「きっとケルベロスに噛み殺されるのと似たような目に遭わされる。違いますか？」

「……そのとおりだよ」

ニニは唇をぎゅっと噛み締めて顎を反らした。膝の上のテオが指先のクレームを舐めても、このときばかりは魔獣の頭をなでようとはしなかった。彼女は、自分がこれからとても残酷なことを言おうとしているということをちゃんと理解していた。

「それならわたしはケルベロスの命を助けてあげたいです。どちらにしても朽ちるのを待つだけの魂なら、だれかの命と引き換えにされるほうが、まだ救いがあると思います」

鳥の羽根一枚ほどの重さもない違いだけど、それでもきっとささやかな希望にはなる、とニニは思った。それがだれのための光であるのか、わたしにはよくわからないけれど。

ニニの返事を聞いても、ダンタリオンはさほど驚かなかった。主人(ムシュー)には使い魔がどう答えるか、はじめからわかっていたのに違いない。そうか、と彼は言った。

「ならば今回の依頼はニニにも手伝ってもらいたい。いいかい？」

「はい」

「もしかしたらつらい思いをすることになるかもしれない」

「……かまいません」

わかった、とダンタリオンは答え、瞬きよりもわずかに長くまぶたを伏せた。次に口を開いたとき、彼はもうすっかりいつもの主人(ムシュー)に戻っていた。

「こどもを連れて逃げた母親はおそらく人間界にいる、と師匠は言っていた。彼らを探すのを手伝ってもらいたい」

わたしにですか、とニニは訝しげな表情を浮かべた。

「ニニは僕たちよりも人間の世界に詳しいだろう？　行方のわからない母子を探すのに、見当をつけやすいかもしれない。あまり時間がないからね。狙いを絞らないと」

「詳しいと言っても、わたしの知っている場所なんて、すごく限られていると思いますけれど……」

所詮は育った村を出ることもできなかった無力なこどもである。たいそうなことを期待されても困る、とニニは思った。

「人間の世界もそれなりに広いんですよ？」

「でも、逃げた母親とこどもは、ニニと同じ国の出身である可能性が高いらしい。さすがに故国を捨てることはないんじゃないか？」

「同じ国って、なんでそんなことがわかるんですか？」

亡くなったこどもが着せられていた衣服に刺繍(ししゅう)があったらしい、と無関心に答える主人(ムシュー)の口調は、こんなときばかりいかにも悪魔らしい。

「ベルフェゴールいわく、神に捧(ささ)げる聖句だそうだ。まあ、実際に迎えたのは冥界の獄吏だったわけだけれども」

ダンタリオンはおかしそうに笑ったが、ニニはにこりともしなかった。主人(ムシュー)はすぐに笑みを引っこめた。

「その刺繍が、ニニが話すのと同じ言葉だった」

なるほど、とニニは頷(うなず)き、もうひとつ気になっていたことを尋ねた。

「さっきおっしゃっていた、あまり時間がない、というのはどういう意味ですか？　サタンたちよりも先に見つけなければならないから？」

「それもそうだけど、別の問題もある。母親が連れているのが、あくまでも亡骸(なきがら)である、ということだ」

師匠はこうも言っていた、とダンタリオンは節の目立つ指を立てた。

「母親は連れ戻したこどもの魂を亡骸に戻したはずだ、とね」

だが、身体から一度離れた魂をふたたび戻したところで、なにもかもがもとどおりになるわけではない。時の流れは残酷だ。肉体はやがて腐敗をはじめる。

「つまり、母親が連れているのは生きる屍だ。時間が経てば経つほど騒ぎになる可能性は高くなる。わかるだろう？」

ニニは思いきり顔をしかめた。こういう種類の話は、村にいたとき、こどもをおとなしくさせておきたいおとなたちからよく聞かされた。その頃から、気味のわるい話は好きではなかったのだ。

それに、いまの話には気になるところがある。

「あの、それって、わたしたちにも同じことが言えるのでは……？」

ニニとネリの身体は、父親に置き去りにされた山小屋にまだ残されている。傷むことのないようダンタリオンが処置を施したとはいうが、わたしたちが身体を取り戻すことに問題はないのだろうか。

「ニニたちは半死者で、冥界にも天界にもまだ足を踏み入れていないからね。今回のこどもとは違う」

安心していいのかどうかよくわからなかったが、ニニはとりあえず納得することにした。

「……きっとその母親は、それまで暮らしていた土地を離れているはずです」

「なぜそう思う？」

「亡くなったはずのこどもを連れて歩くことはできないから」

　そんなことをすれば、その母親自身が悪魔や魔女であると疑われかねない。静かで穏やかな村の暮らしを乱す者として嫌われ、疎まれ、爪弾き（つまはじ）にされる。自分たちの平穏を守ろうとする小心な人々の冷酷さを、ニニはだれよりもよく理解していた。

「その地方で一番大きな街か、そうでなければ……」

「都（パリ）か」

　はい、とニニは頷いた。

「だが、そうなるとますます探すのが難しくなるな。都（パリ）には数えるのも面倒なくらいに大勢の人間が暮らしている」

　ニニは姉から聞いた話をできるかぎり思い出そうとした。ネリのことではない。すでに家を出た姉兄たちのうちのひとりの話だ。

　ニニにはネリのほかに姉がふたりと兄がひとりいる。彼らは父親が継母（ままはは）と再婚するときに家を出ていった。気づまりな相手と狭い家で暮らすより、自活する道を選んだのだ。

　一番上の姉と兄は村から近い町で仕事を見つけ、そこで伴侶を得た。家を借り、こどもを授かり、ふたりとも村に顔を出すことはないものの、堅実に暮らしているらしい。

　二番目の姉は都（パリ）に出た。町では思うような仕事を見つけられなかったからだ、というが、彼女は華やかな暮らしにずっと憧れていた。こんなしけた村くさくさする、というのが口癖だったほどだから、考えていたよりもずっと地味な町での生活にうんざりしたんだろう、とニニは思っている。

彼女は都に出て、ほかのふたりの姉兄よりもずっと稼ぎのいい仕事に就いた。たった一度きりだが、村に帰ってきて父親に金を渡したことすらある。父親はそのことをずっと自慢にしていて、姉がくれた金を継母には使わせなかった。

「母親はこどもと寝起きするために下宿を借りたはずです。その下宿を探せばいい」

「下宿……家具つきの宿か」

「選り好みしなければすぐに見つかるそうですから」

ニニは慎重な口ぶりで言った。ダンタリオンは、だが、と首を傾げる。

「少しずつ身体が腐っていくこどもと一緒にか？　目立ちすぎるだろう」

路上に寝泊まりすることだってできるはずだ、とダンタリオンは言った。

「警邏に目をつけられたら、それこそおしまいです。母親ならこどものためにより安全な方法を考えるんじゃないでしょうか」

言いながら、かすかに胸が痛むのを感じた。すべての母親がそういうふうにこどもを大事にするとはかぎらない……。

だが、なにごともなかったかのように先を続ける。

「わたしには都に出た姉がいるんですけど、彼女は都に着いて、真っ先に同郷の人たちが集まる酒場に向かったそうです。そこで家を貸してくれる人や仕事を紹介してくれる人と知りあって、どうにか暮らしていく算段をつけたって」

ダンタリオンは、いったいなにが言いたいのか、という顔をしている。

「姉がはじめに借りたのも相部屋の寝台ひとつだったそうです。そこは文字どおりただ横になるためだけのひどい場所で、食事も厠も湯浴みまでも仕事場ですませたって言ってました。でも、しばらくのあいだは、どうしてもそこで我慢しなければならなかったって」

「……金か」

それだけじゃありません、とニニは首を横に振った。

「多少なりともましな部屋を借りるには、身元を保証してくれる人が必要だったんです。姉は村から出てきたばかりで信用がなかった。仕事を続けて、雇い主に保証人になってもらって、やっと別の下宿に移ることができたって言ってました」

「つまり？」

「なにをするにも大事なのは縁故です。だから、その母親も同郷の人を探したんじゃないかと思うんです。どうあっても寝る場所は必要だし、その……こどものことを隠しておきたいならなおさら」

なるほどね、とダンタリオンは感心したような口調で呟いた。

「母親と同郷の者たちを探し出し、居所を探ればいいのか」

「まあ……そうですね」

ニニはそこでようやく指に残ったままだったクレームをぺろりと舐め取り、次のひとつをつまみ上げた。

「なんだ、その含みは？」

「探るといっても、ただどこにいるか尋ねるだけではだめだと思いますよ」

「なぜだ？」

「よそ者には教えてくれません」

よそ者って、と言うダンタリオンの声にはあきれたような響きがある。

「同郷者の共同体は、つまり、その故郷と同じ意味です。身内を庇い、よそ者を警戒する。場所が都に変わっても、そんなことは関係ないんです」

たぶん、とニニは遠慮がちにつけ加えた。偉そうなことを言ってしまったが、彼女自身にそうした経験があるわけではない。ただ、自分や村の人たちが大きな街に出たらどんなふうに振る舞うか、想像しただけだ。

「なるほどね」

「……ただの想像ですけど」

「そんなことはないさ。筋は通ってる。師匠もニニの考えに従うといいと言っていた。彼の言うことは正しい。その、なんというか、たいていの場合は」

ダンタリオンはお茶のカップを空にすると、さっと立ち上がった。びっくりしたニニはシュー・ア・ラ・クレームで頬をふくらませたまま彼を見上げる。

「出かけよう」

「えっ、いまからですか？」

そうだ、とダンタリオンはニニの手からもカップを取り上げ、わずかな時間も惜しむかのように、ひらりと手を閃(ひらめ)かせて菓子と一緒に転移させてしまった。厨房(ちゅうぼう)の洗い場では蝙蝠(こうもり)たちがさぞ慌てているに違いない、とニニは想像する。

「七貴族たちは配下を使って、国じゅうを虱潰(しらみつぶ)しに探しているらしい。地方の街や村はあらかた捜索を終え、都(パリ)へと人手を集めはじめている。対してこちらは、僕とニニだけで母子を見つけ出さなくちゃならないんだ。いくら的を絞ったとはいえ、圧倒的に不利だよ。ぐずぐずしてはいられない」

そうだった、とニニもまた勢いよく立ち上がった。いったん膝から飛び降りたテオまでもが焦ったようにニニの肩に駆け上ってくる。

「僕は姿を変える。どんなふうになっていてもニニには僕のことがわかるだろうけれど、呼ぶときはレイモンだ。忘れないようにね」

使い魔であるニニはあるじであるダンタリオンの名を呼ぶことができない。かといって、人前で主人などと呼べば、だれかの注意を惹いてしまうかもしれない。ダンタリオンやニニが何者であるかということもその目的も、決して人間たちに知られてはならないのだから、わずかなきっかけすらだれにも与えるわけにはいかないのだ。

ダンタリオンの意図をきちんと理解したニニは、口の中でレイモンと幾度か練習する。

「僕は金貸しだ。母親に多額の金を貸していて、踏み倒して逃げた彼女を探している。ニニは彼女の娘。母親が僕に金を返さなければだれかに売り飛ばしてやる、と脅されていて、ひどく怯えている」

そんな筋書きじゃないとだめなのかしら、とニニは疑問に思った。だが、質問を口にするひまはなかった。目の前に大きく広げられたダンタリオンのマントに、頭から包みこまれてしまったせいである。

気がついたとき、ニニとダンタリオンは大辻の真ん中に立っていた。すれ違う二台の馬車が轟音とともに、ニニの前後を通り過ぎていく。

「あぶねえぞ！　そんなところでぼやっとしてんじゃねえ！」

御者から荒っぽく怒鳴りつけられ、ニニはますます身体を竦ませた。その手首を乱暴につかみ、引きずるように歩き出したのは、いつもとはまったく異なる姿をしたダンタリオンである。

普段見上げるよりもずっと低い位置にある顔。大きな鷲鼻と顔の半分を覆うボサボサの髭が目立つ。焦茶色の髪は細かく縮れ、深くかぶった帽子の下からあちこちに向かって跳ねている。ずんぐりとした身体つきも、ニニを逃がすまいとするかのような短い指も、まるっきり見慣れない男のものだ。

それだけであれば、見知らぬ人に攫われたと勘違いして竦み上がってしまいそうなところだが、使い魔としてのニニの本能が、この男は間違いなく主人だ、と告げている。言葉に換えて説明することは難しいのだが、男がまとう空気、気配のようなものがたしかにダンタリオンのそれなのだ。

彼はニニの手を取っているのとは反対側に、見慣れない大きな黒い犬を連れていた。垂れた耳とつぶらな瞳が愛らしい、しかし警戒心の強そうなその獣の正体に、ニニはすぐには気づけなかった。

ダンタリオンの目配せの意味を悟ったとき、ニニは思わず、あっ、と小さな声をあげた。

「ケルベロス……！」

大声で叫ばなかったことを褒めてもらいたいと思うくらいには驚いた。ダンタリオンはおかしくてたまらないといった様子で笑いを嚙み殺している。

ニニ自身の容姿はおそらくなにも変わっていない。変わったのは服装だ。動きやすいズボン姿だったものが、地味なワンピースを着せられ、邪魔っけなボンネットを深くかぶらされている。テオが隠れている鞄と寒さを凌ぐために羽織っているケープ以外、村にいたときとほとんど変わらない格好である。

ひさしぶりのボンネットは鬱陶しくてたまらなかったが、これをかぶっていない少女は悪い意味で目立ってしまう。人目を引きたくないという主人の意図は言われずとも理解できたので、ニニは黙ってダンタリオンに従って足を動かした。

そうやって表向きは従順に振る舞っていても、心までは変えられないのがニニである。馬車に轢き殺されそうになった恐怖からようやく抜け出した彼女は、はじめて歩く都に興味津々だった。

上階へ行くほど迫り出す漆喰と木材で造られた高い建物、堅い石畳で舗装された街路。どこへ続くともわからない狭く細い路地、たびたび行き交う馬車。忙しなく歩きまわる老若男女、放し飼いにされているらしい豚や鶏。馬のいななき、こどもの笑い声、男の怒声、女の悲鳴。そしてなによりもこの臭い！

「……鼻が曲がりそうだわ」

ニニの家の家畜小屋だってここまでひどくはなかった。だが、周囲の人々は気にしているふうもない。これがいつもの空気なのだとしたら、いますぐ魔界に帰りたい、と彼女はすっかり涙目である。

ダンタリオンはさきほどから迷いなく歩みを進めていく。どこへ向かっているのかしら、とニニは首を傾げた。

「母子(おやこ)は海に近い街の出身らしい。その地方の出の者を探している」

主人(ムシュー)は声さえもいつもとは違った。甲高く耳障りな響きに思わず眉根が寄ってしまう。

「……そんなの、歩きまわってわかるものなんですか？」

ニニの鼻声にダンタリオンははっとしたような目を向けてきた。彼は使い魔の鼻先に手を伸ばすと、そこで軽く指を鳴らす。とたん、嘘(うそ)のように悪臭が消えた。ニニはびっくりして瞬(まばた)きを繰り返す。

「その者がどこから来たのかは、言葉でだいたいわかる」

それらしい訛(なま)りをさっきから探しているんだけど、簡単には見つからないものだね、とダンタリオンは苦く笑った。それからあらためてニニを見下ろし、驚いただろう、と鼻を鳴らした。

「この臭いは耐えがたいはずだ。気づかなくて悪かったね」

「あ、いいえ。でも、本当にすごい臭い……」

「都(パリ)の名物だよ。知らなかったのか？」

声はまるで別人なのに、からかうようなしゃべり方は主人(ムシュー)のものだ。ニニは唇を曲げて、わたしは村を出たことがないんです、と答えた。

「小姉(ちぃねえ)さんもこの臭いのことはなにも言ってなかった」

見栄っ張りで意地っ張りなあの姉のことだ。きっと話したくなかったんだわ、とニニは思う。どんなにささやかなことであっても、愚痴なんてこぼしたら負けだ、とでも思ったのかもしれない。

「しばらくすれば慣れる」

こんな悪臭に慣れたくはない、とニニは思ったが、それを言葉にすることはできなかった。ちょうど通りかかったパン屋の前で、ダンタリオンが急に足を止めたからだ。手をつながれていたため、歩いていた勢いのままによろめいたが、おそろしく不潔な排水溝に足を突っこむことなく、どうにか転ばずに踏みとどまった。

「旦那」

ダンタリオンがふいにパン屋の男に話しかけた。

「ちょっと訊きたいことがあるんだがね」

「……なんだい」

パン屋は不機嫌そうな声で答えた。もっともニニの見るかぎり、この界隈で機嫌のよさそうな者などひとりもいないようだった。せっかくの晴れた空も、迫り出した建物の壁や屋根に邪魔されて、ほとんど目に入らない。もちろん陽の光など届くはずもなく、人々の顔は一様に暗い。

血で血を洗う革命を終わらせた英雄が戴冠してから数年が経ち、政治はすっかりあらためられている。民衆は地位と権利を獲得し、新しい制度が次々と作られた。それはきっとこの国にとってとても大きな前進なのだろう。

だが、貧しい庶民の暮らしに大きな変化がないこともまた事実だ。だれもがそれなりに豊かに暮らせるようになるには、まだ少し時間が必要なのかもしれない。

「女を探してるんだ。子連れのね。ごく最近、都(パリ)に流れてきたと聞いてる」

「子連れの女？　んなもん、そこらにうじゃうじゃいるだろ」

「聞いてなかったか？　探してるんだ」

パン屋は、知らねえな、とむっつりした声で答えた。

「商いの邪魔だ。そこをどかんか」

芋虫のように太い指が目立つ不格好な手をひらひらと動かして、ニニたちを追い払おうとする。ダンタリオンはめげることなくパン屋に近づいた。パン屋はのけぞるような体勢になった。これ以上ないほどあからさまに迷惑そうだ。

「……いくらだ？」

「なに？」

「いくら出せば教える？」

パン屋は苦虫を噛み潰したような顔になった。

「いくら払ってもらったって、オレはなんにも知らねえよ」

「俺は金貸しのレイモンってもんだ」

ダンタリオンは髭面をにやりと歪めた。主人には似合わないはずの言葉遣いも表情も、この風体にはしっくりくるのだから人間の目なんていいかげんなものだわ、とニニは思った。すぐに外見に騙される。

ダンタリオンはパン屋にさらに近づいて、なにやら低声で交渉をはじめた。彼らの会話はニニの耳にはひどく聞き取りづらくなった。

せっかくの都――思っていたよりもずっと騒々しく、不潔だったことには驚いたが――だというのに、自由に動きまわることもできないなんてつまらない。とはいえ、物見遊山にやってきたのではないことは承知している。せいぜい金貸しに攫われてきたかわいそうな少女に見えるように俯きつつ、ボンネットの陰から周囲の様子を窺っていると、ふと見慣れた姿が視界をよぎったように感じた。

反射的に顔を上げ、ひとつ先の辻に目を凝らす。

つねに首を竦めているかのように見える猫背は人並みの背丈を小さく見せるばかりか、本人の気弱で魯鈍な性格までもをよく表している。垢じみた帽子の下から覗く、きつく縮れた髪と髭。擦り切れた上着。大きな足に見合った靴は極端な外股のせいで、ひどく不格好に映る。

汚れた大きなずた袋を左右の手に持ち、のろのろと進む背中が通りを横切っていく。

——父さん。

反射的にダンタリオンの手を振りほどき、ニニは走り出していた。驚いたような主人(ムシュー)の気配にも振り返ることなく、都(パリ)にいるはずのない、しかし、忘れられるはずのない背中を追いかける。

——父さん！

すぐ先の角を左へ曲がったところまでは見えていた。だが、父親を追うことに夢中になり、勢いあまってぶつかってしまった女に、鼓膜が破けるのではないかと思うほどの大声で怒鳴りつけられた。必死に謝っているうちに、父の姿を見失ってしまう。どうにかその場をあとにして角を折れたが、見慣れた背中はもうどこにも見当たらなかった。

それでも簡単には諦められない。

ニニは左右を見まわしながら、やたらに歩きまわった。露店の軒先を抜け、細く曲がりくねった路地を進む。鶏に足をつつかれ、掏摸(すり)と思(おぼ)しき男女にぶつかられる。それでもまた、新しい角を曲がり、見たことのない道を走った。

しかし、ふたたび父の姿を見かけることはなかった。

いくら呼びかけても答えない声、振り返らない背中。もしかしたら、と覗きこんだ顔は知らない人のものばかりだった。

落胆のため息とともに足を止めた。左右から迫り出す建物に切り取られた空を仰ぎ、今度は細く長い息をつく。

　ニニは、束の間、まぶたを閉じた。

　どうしよう、と彼女は思った。自分がいまどこにいるのかさえわからなくなってしまっている。主人とはぐれた場所に戻ることも難しそうだ。

「……主人」

　いかにも心細げな声が届いたのか、肩からかけた鞄がもぞもぞと動く。テオだ。

　そうだ、とニニは表情を明るくした。この子なら主人の居所がわかるかもしれない。なんといっても魔界の獣なんだから。

　そう思いながら鞄の蓋に手をかけたそのとき。

「道に迷ったのか？」

　聞き覚えのない声に、咄嗟に鞄の中のテオを押さえつけてしまう。思いがけない圧力に驚いたのか、カーバンクルがジタバタと暴れたが、ここで手を離すわけにはいかない。

　ニニはゆっくりと背後を振り返った。

　そこに立っていたのは、ニニより幾分か年嵩に見えるひとりの少年だった。大きな服の中で身体が泳ぐほど痩せてはいるが、貧相には見えない。ぶかぶかの帽子に脂っぽく束になった巻き毛、汚れた額や頬、大きな口。下品に感じられないのは唇が薄いせいだろうか。

「……あなた、だれ？」

警戒心を隠そうともしないニニの声に、少年は同じような調子で返事を寄越す。

「おまえこそ、だれだ？」

「わたしは……」

「こんなところをひとりでうろついてると、人攫(ひとさら)いに狙われるぜ？　ああ、でも、もう攫われてきたのか」

ニニは驚いて目を見張った。

「あの金貸しはまだおまえを見つけていない。逃げるならいまのうちだ」

「あなた、わたしのこと……」

ああ、もちろんずっと見てたんだよ、と少年はなんでもないことのように言った。

「都(パリ)の左岸はおいらの縄張り(シマ)だ。よそ者がうろついてるとなりゃ、無視はできねえ。ましてやおまえみたいな女のガキは目立つからな」

たいして歳(とし)の変わらないような相手からこども扱いされても、ニニに腹立ちはなかった。なにしろ都(パリ)のことはなにひとつ知らない。いかにも街に慣れている様子の相手からすれば赤子も同然なのだろう。

で、と少年は両眉を軽く持ち上げた。汚れた顔に瞳だけが炯々(けいけい)と光っている。凶暴なねずみのような表情を見て、ニニはようやく彼の本心に気づいた。

「人を探してたのよ」

ニニは精一杯に落ち着いた口調を心がけた。少年は決して親切心から声をかけてきたのではない。警戒しているのだ。

「人？」

「……父さん」

主人(ムシュー)に言い聞かせられた役割どおり、母親を探していることにするべきか少し迷い、本当のところを口にした。野生動物のような少年を相手に、嘘はできるだけ少なくしたほうがいい、と感じたからだ。

「父ちゃん？」

うん、とニニは頷(うなず)き、家を出ていった父の背中を見かけたような気がしたのだ、とこれまでの経緯を話して聞かせた。少年は目を細め、じっとニニの顔を見つめている。

「でも、あの金貸しは女を探してるって言ってなかったか？」

ひやりとした。彼はいったいいつからわたしたちのことを見張っていたんだろう。

「でも、いまおまえが探してんのは父ちゃん。どういうことだ？　おまえ、あの金貸しに攫われてきたんじゃねえのか」

気づくと路地には四、五人の少年たちが集まってきていた。目の前の少年が最も歳上で、あとは皆ニニよりも幼いように見える。いちばん小さな子はまだ十にもなっていないかもしれない。

「……そうよ」

「おまえほんとはだれ探してんだ？　父ちゃんか？　母ちゃんか？」

ニニは必死に頭を働かせた。

「父さんは何年も前にわたしたちを捨てて家を出てったの。母さんは残された借金をどうにか返そうとしてたんだけど、うまくいかなくって、それで……」

「おまえだけ置いてかれたって話か」

うん、とニニはできるだけ頼りなく見えるよう心がけながら頷いた。

「母ちゃんが見つからなければおまえは借金の形にどっかに売り飛ばされる。こども好きの変態か、娼館か、運がよけりゃあどっかの金持ちの小間使いか。そういうことか？」

ふりなどではなくニニの背中を冷たいものが流れた。村を出た二番目の姉がまっとうな職に就けたことは、奇跡のような幸運であったのかもしれないと思えてくる。

「おまえ、これからどうする？」

「どうするって？」

少年は警戒を緩めたのか、ニニに向かってにかりと笑いかけてきた。優しくも穏やかでもない笑い方だったけれど、不愉快ではなかった。

「せっかく金貸しから逃げられたんだ。あいつのところに戻る道理はねえだろ」

ニニは慎重に頷いた。彼は目端が利きそうだ。迂闊なことを言えば、あるじにまで累が及び、あるいは目的が果たせなくなるかもしれない。ここは言い聞かせられた役割どおり、借金の形に売り飛ばされそうなこどもを演じきるしかないだろう。

「都に残るつもりなら、おいらたちがここらの作法を教えてやるよ。寝場所とか、食いもんのありかとか、金の稼ぎ方とか、いろいろ」

ニニが黙ったままでいると少年は肩を竦めて先を続けた。

「だれか頼れるあてがあるんなら、近くまで連れてってやってもいい。道がわかるんなら家に帰ったっていいが、そんときゃ案内は無理だ。自分でどうにかするんだな」

少年の言葉は荒っぽくはあったが、訛りがなく洗練されていた。彼はきっとこの都の出身か、そうでなくとも長く住んでいるに違いない、とニニは見当をつけた。それなら、と彼女は思う。主人の台本に従って、彼に尋ねることはひとつだけだ。

「母さんに会いたい」

「母ちゃん？」

「母さんはわたしを捨てて出てっちゃったけど、弟だけは連れてったのよ」

少年は片方の眉を跳ね上げ、あきれたように鼻を鳴らした。おまえひとり置いてかれたのか、と彼は言った。

「おすすめしねえな。どうせろくな結果にならねえよ」

「……でも、会いたいんだもの」

ニニはワンピースの生地をつかんで俯いた。芝居を打っているはずなのに、なぜか本音を吐き出しているような気分になる。

会いたい。たとえ、必要とされていないとわかっていても、それでも会いたい。わたしたちを置いて死んだ母さんに。逃げるみたいにいなくなってしまった父さんに。

そう思ってしまうのは、どうしてなのだろうか。

しばしの沈黙ののち、少年が大きな舌打ちをした。

「近くの下宿に転がりこんだ女が、まだ小せえこどもを連れてたって聞いたぜ。たいして金を持ってるふうでもなさそうなのに、仕事も探さず、日がな一日寝台にこもってるらしい。こどもと一緒に」

ニニははっと顔を上げた。

「……弟は身体があんまり丈夫じゃないの」

ふうん、と少年は両目を細く眇めた。

「こどもの顔色があんまりにも悪いんで、いまにも死んじまうんじゃねえかって大家が心配してたぜ。面倒なことになる前にとっとと出てってもらいてえのに、宿賃だけはどうにか寄越すからそうもいかねえってさ」

「海のほうから来たって言ってた？」

「そんなことまでは知らねえ」

少年は突き放すように言ったあと、で、とやや投げやりに決断をうながしてきた。
「会いに行くの？　行かねえの？」
それはそのまま借金取りの男――ニニにとってはまごうことなきあるじだが、少年には
そんなことはわからない――のところへ戻るのか戻らないのか、という意味である。ここ
で、行かない、と答えるのはあまりにも不自然だと気づいていたニニは、迷いを悟られな
いように素早く頷いた。
「もちろん会いたい。案内してよ」
答えながらニニは鞄の蓋を掌でそっと叩いた。新しい仕事ができたわよ、テオ。わた
しがどこへ向かっているか、すぐに主人に知らせてちょうだい。
「いいぜ。ついてこいよ」
少年たちが先に立って歩き出し、狭苦しい路地――というよりも、ほとんど建物と建物
の合間と呼ぶべきだ――に入っていく。彼らがこちらに背を向けた一瞬の隙をついて、テ
オはニニの鞄から飛び出した。
「はぐれるなよ。すぐそこだ」
ダンタリオンの魔力に護られているにもかかわらず、うっすらと饐えたような臭いを感
じた。肩幅よりも狭い溝のようないくつかの路地をねずみさながらに通り抜けて、ニニは
気がつけば袋小路の突き当たりに連れてこられていた。

少年はいまにも朽ちて倒れそうな建物の前で立ち止まった。

「ここだ」

「大家の爺さんが一番上に住んでる」

ニニは眉をひそめた。騙されているのかしら、と疑いたくなるほど荒んだ雰囲気である。壁の漆喰は剝げ、梁の木材の表面には妙なぬめりがこびりついている。ところどころガラスのない窓もある。

「……こんなところに母さんが？」

「こんなところでも屋根があるだけマシさ」

そのときニニの脳裏に浮かんでいたのは、見も知らぬ母と子のことではなかった。この都のどこかにいるはずの二番目の姉のことだった。

小姉さん、とニニは案じないではいられなかった。小姉さんはこんな胡乱な街で本当にちゃんと暮らしていけてるの？　よい雇い主に出会えたと話していたけれど、あのときの笑顔は本物だったの？

「おい、大丈夫か？」

ぼんやりしていたニニははっとして少年に向かって頷いた。

「爺さんいわく、一階の一番奥の部屋だと」

「なんでそんなことまで知ってるの？」

本当のことを言うとさ、と少年は肩を竦めた。

「どうにかして追い出してほしいって言われてたんだ。金をやるからって言われてさ」

少年はそれなりの金額を口にした。

「そんだけあれば、みんなにあったかいメシを食わせてやれる。だけど、正直なところ、困ってる人を追い出すのは気が引けてたんだ」

「……わたしをここへ連れてきたのはなんで？」

「おまえの言うことが本当ならさ、借金取りにつかまらないように逃げるだろ？」

それができなくても母子ともどもどこかへ売り飛ばされる、と少年は言った。

「どっちにしたって厄介な母子連れはここからいなくなる」

ニニは思わず苦笑した。自分もしたたかだとは思っていたが、彼には負ける。自分の手は汚さずに、報酬だけはせしめようという腹を隠そうともしないのだから。

少年はニニの胸中を察したのだろう。理解してもらいたいとは思わない、という顔つきをしたあと、ふいっとニニに背を向けた。ニニは慌てて彼を呼び止めた。

「待って！」

「……なんだよ」

「あなた、名前は？」

少年はすぐには答えなかった。ニニの真意を探るようにしばらくじっと見つめたあとで、スーリ、と低声で答えた。

「ねずみ？」

「おいらたちの住処は下水路だ。ふさわしいだろ？」

スーリは誇らしげに言う。おとなたちのだれかが侮蔑をこめて綽名したのだろうが、彼は自分の生き方を恥じてなどいないのだ。ニニにはそんな彼が少しまぶしく感じられた。

「ありがとう、スーリ」

ニニが言うと、スーリはわずかに驚いたような表情を見せた。純粋な親切ではないことを明かしたにもかかわらず礼を言われたことが意外だったのかもしれない。だが、ニニにしてみれば彼に助けられたことは事実だ。母子を探していた理由に偽りがあろうとも、感謝の念に嘘はない。

ニニが、助かったわ、と続けると、スーリは、傾げたとも頷いたともとれる仕草で首を動かし、子分たちを引き連れてその場を離れていった。


はからずも案内役となってくれた少年たちを見送ったニニは、廃屋といってもおかしくないほど荒れた建物をあらためて見上げた。無意識のうちに身体が震える。本物の悪魔である主人が暮らす屋敷よりもよほどおどろおどろしい。

しかし、なんの偶然か、ありがたくもひとつの可能性にたどり着けたのだ。ここにいるのが探している母子とは限らないけれど、確かめずに戻ることなどできない。

ニニは意を決して建物の中に足を踏み入れた。

とたん、囁くような声で名前を呼ばれて飛び上がった。

「ニニ、僕だ。よくやった」

主人だ、と思うよりも早く、テオがニニの肩へ駆け上がってくる。仕事を果たしてくれた小さな相棒の頭を何度もなでているうちに、目があたりの暗さに慣れてきた。

ダンタリオンはいつもの姿に戻っている。もう人目を欺く必要はなくなったということなのかしら、とニニは思った。

「……まだ、探している人かどうかわかりませんよ」

ひとつめの手がかりで当たりを引くなどという幸運を信じるほど、ニニは楽観的にはできていない。だが、ダンタリオンは違ったようだ。

「僕はパン屋で時間を無駄にしたけど、ニニはよくやってくれた。さっきからケルベロスが落ち着かない。おそらく死者の匂いを感じ取っているんだ」

たしかにさきほどまでおとなしくしていたはずの大きな黒い犬は、いまは鋭い牙を剝き出しにして唸り声をあげている。

ニニは主人に続いて建物を奥へと進んだ。

入口から続く廊下の両側に四つの部屋があり、そのいずれにも立錐の余地なく寝台が詰めこまれている。寝台には毛布とすら呼べないようなボロボロの布が丸められていて、そのうちのいくつかには人の気配があった。廊下の奥には二階へと続く階段がある。おそらくは上階もここと同じような状態なのだろうと予想できた。

互いにだれともわからぬ者同士、隣りあって雑魚寝をするような部屋であっても、一晩に数十フランも払わねばならないというのだから、都(パリ)とはおそろしい場所だ。

「一階の一番奥だそうです」

ダンタリオンは慎重な足取りで奥の部屋を目指した。廊下にも中身のよくわからない箱が積まれていたり、ごみがこぼれていたりして、油断はできない。そもそも廊下には窓もなく、灯(あか)りもないため、足許(あしもと)がよく見えないのだ。

廊下の突き当たり、唯一閉じられていた扉を、ダンタリオンがそっと開けた。

室内は廊下よりはずっと明るかった。おかげで内部の様子がよくわかる。

とはいえ、外観や廊下よりも状態がいい、というわけではない。家具も建具もまるで手入れが行き届いていない。そのせいか、寝台も箪笥(たんす)も、壁ですらあちこちにささくれのような棘(とげ)が目立ち、隙間風もひどいようだった。

だが、これまでの様子を考えると、これでもこの下宿(ガルニ)で一番マシな部屋なのだろう。扉は閉めることができるし、窓も破れていない。

故郷から逃げた母親に余裕のあるはずもないが、それでもこどもを危険から守るため、精一杯を尽くしたのかもしれない、とニニは考えた。

入口から一番近い寝台に男がひとり寝そべっていた。彼は見慣れない者を警戒するような目つきでダンタリオンとニニを見つめている。ふたりが犬を連れていることを認めると、髭面（ひげづら）を大きく歪（ゆが）めた。身を起こし、いまにも食ってかかってきそうな気配だ。

ニニは思わず身を竦（すく）ませたが、ダンタリオンは動じることなく、空いているほうの手で空中に半円を描く。かちり、となにかがずれるような気配がして、寝台にいた男がどさりと毛布の上に崩れ落ちた。深く眠りこんでいるようだ。

「……何をしたんですか？」

「彼には眠ってもらった。それから、ほんの少し、時空をずらした」

ニニは首を傾げた。ダンタリオンの返事の意味が理解できなかったのだ。主人（ムシュー）は口許だけで笑い、ニニは気にしなくていいよ、と言った。

「周囲の人間たちが僕たちのことを認識できないようにした。これから起こることを知られたくないし、ケルベロスの存在を知られるのもまずいからね。こうしておけば、しばらくのあいだはだれにも邪魔されない」

ダンタリオンは足音ひとつ立てることなく、寝台と寝台のあいだを縫うように進んだ。

一番奥の寝台には、大きく盛り上がった毛布がある。擦り切れ、ほつれたボロ布のようなそれを、ダンタリオンは躊躇（ちゅうちょ）のない仕草で持ち上げた。

胸にしっかりとこどもを抱き締めて横たわるひとりの女がそこにいた。こどもはせいぜい二、三歳といったところだろうか。ニニの一番下の妹よりも幼いように思えた。

「……彼女だ」

ダンタリオンは硬い声でそう告げると、長い指先で女の肩にそっと触れた。

さきほどと同じ、かちり、というかすかな音がして、女が弾かれたように飛び起きる。彼女の片腕に抱きかかえられていたこどもの首が不自然にのけぞった。瞬きひとつすることなく見開かれたままの双眸も、血の気が失せてくすんだ顔色も、生きている者のそれとは思えない。魂を連れ戻したとはいっても、やはり死者は死者なのだ。

「なっ、なんなのよ、あんた！」

ぐるる、と不穏な唸り声が聞こえた。

見ればダンタリオンがケルベロスの首輪を外そうとしているところだった。冥界の番犬はすでに本来の姿を顕している。

女はさぞ驚いたに違いない。眦も裂けんばかりに大きく目を見開いてケルベロスを見つめている。

驚いたのはニニも同じだ。まさか主人がひとことの警告もなく魔獣を解き放とうとするとは、考えもしなかった。

「主人！」

ダンタリオンは返事をしなかった。無言でケルベロスの首輪を外し、宙で拳を握るような仕草をする。見覚えのある緑色の光が、ふわり、とケルベロスから離れた。

その瞬間、ケルベロスは牙を剥いて女に襲いかかった。

ニニは思わずきつく目をつぶる。

肉が裂かれ、骨が砕かれるいやな音を覚悟したが、予想に反して聞こえたのは、ぎゃん、という犬の悲鳴だった。

ニニはそっと目を開ける。

六つあるケルベロスの目のひとつに、短剣が突き刺さっていた。左側の頭の右目だ。魔獣は身を縮めて痛みに耐えている。

「あなたは……！」

ダンタリオンの驚いたような声に、ガラスの割れる音が重なった。

「魔女か！」

いまさらなにを言っているんだか、と女が嘲笑（あざわら）った。

「冥界から追いかけてきたくせに！　あんなところにただの人間が入りこめるわけがないじゃないか！」

女はこどもを抱えて窓から飛び出した。グラグラと安定しない小さな頭を見つめながら、こんなときのために窓際の寝台を確保していたのだろうか、とニニはぼんやり考えた。

「ケルベロス！」

　ダンタリオンが乱暴に叫ぶ。目をひとつ潰されて怯んでいた魔獣がわれに返った。ぶるん、と三つの頭を同時に振って、窓から飛び出していく。

「ニニ！　大丈夫か！」

　ケルベロスの血に触れるなよ、と主人はニニの腕をつかんだ。

「猛毒だ」

　血の飛び散ったシーツに目をやれば、そこには焼け焦げたような跡がある。ケルベロスの血からは猛毒の植物が生える、とマーガレットが言っていたことを思い出した。

「……あの人、魔女なんですか？」

「そのようだね。逃がすわけにはいかない。追いかけるよ」

　はい、とニニは頷き、ダンタリオンに続いて破れた窓から細い道に降り立った。玄関口のある袋小路とはまた別の通りだが、ここもやはり汚泥の溜まる裏路地であることに変わりはない。

「こっちだ」

　ダンタリオンは方向を見定めると、足早に歩き出した。

「どうしてあのお母さんが魔女だってわかったんですか？」

　マーガレットと同じように、逃げた母親の外見はふつうの人間となんら変わるところはなかったはずなのに、とニニは思った。

「魔獣を傷つけるにはある程度の魔力が必要なんだ。ケルベロスが深傷を負ったのは、母親の投げた短剣に魔法がかけられていたからだよ。だが、本当ならサタンから事情を聞かされた時点で、彼女の正体に気づくべきだったんだ」

「どうしてですか？」

「冥界の番犬をおとなしくさせたり、こどもの魂を呼び寄せたり、そもそも魔界に降りることそれ自体に、特別な知識と技術が必要だ。そこらへんの人間にはなかなかできることじゃない」

「魔女が相手だと困ることでも？」

いや、べつに、とダンタリオンはいったん足を止めた。空気の匂いを確かめようとするかのように周囲を見まわし、こっちだ、とニニをうながした。

「ただ、ケルベロスにとっては少しだけ厄介かもしれない。さっきも言ったように、魔女は魔獣を傷つけることができるからね。強い力を持つ魔法使いは、魔獣を殺めることもできると聞いたことがあるよ」

「……マーガレットさんからですか？」

ダンタリオンは驚いたような顔で、彼の早足に必死についていくニニを見下ろしてきた。

「一緒に暮らしていたって聞きました。フォラスさんと三人、その、まるで家族みたいに」

鶸萌黄(ひわもえぎ)と若草の双眸が細く眇(すが)められた。あまり知られたくなかったことなのかもしれない、とニニは思ったが、一度口にしてしまった以上、なかったことにはできない。ダンタリオンは軽いため息をついて、昔の話だ、と言った。

「魔獣を殺めることができるほど強い魔力を持った魔女というのは、ほかでもないマーガレット自身のことだ。彼女はそのあまりに規格外の力ゆえに、人の世界ではうまく生きられなかったんだよ」

ニニはマーガレットの顔を思い出した。いやなことや悪いことはみんな忘れたような、底抜けに明るい表情。彼女があんなふうに笑えるようになるまで、どれほどの歳月が必要だったのだろうか。魔女の寿命が長くてよかった。そうでなければ、マーガレットはつらい記憶に苛(さいな)まれるばかりの人生を歩まねばならなかったかもしれないのだ。

ニニがそう言うと、ダンタリオンは足を止めた。ニニもすぐに立ち止まる。

「長く生きることが幸せかどうかはわからない。少なくともいま逃げたあの母親は、子を亡くした記憶とともに長い命を生きたいとは思っていないだろうからね」

ふたりはいつのまにか川(ラ・セーヌ)沿いの広い通りへと出てきていた。

「どっちへ？」

ニニの問いに、主人(ムシュー)は足早に歩き出すことで応じた。

都(パリ)を半分にわけるように流れる大きな川にはいくつもの橋がかけられている。ほとんどの橋の上には店舗や住居がびっしり立ち並んでいるが、なかにはそうではないものも存在する。そうしたところからは川を渡りながら街並みを眺められるし、欄干沿いに多くの大道芸人が並んで手品や詩歌（しいか）を披露していて、人々の喝采を集めていた。

ニニとダンタリオンは、そのようにひらけた橋の上で逃げた母親とこども、それからケルベロスに追いつくことができた。

いまのケルベロスはまたもやふつうの犬のような姿になっており、そのせいでたいした騒ぎにはなっていないようだった。あたりにいる人々の目には、運の悪い母子（おやこ）が野犬に絡まれているようにしか見えないのかもしれない。

ダンタリオンは足早に彼らに近づくと、腕を大きく動かし、宙に半円を描いた。さきほど母子を見つけた下宿（ガルニ）で見せたのと同じ仕草である。

かちり、とあのときと同じようなかすかな音がした。ニニは、周囲の人々の関心が、自分たちから逸（そ）れたことを感じる。追い詰められた母子を、少し離れたところから助けに駆けつけようとしていた男が、急に別の目的を思い出したかのように去っていったのは、ダンタリオンが魔力によって時空をずらしたせいに違いない。

「しつこいわね！　また目を潰されたいの！」

甲高い女の声が響いた。

ニニとダンタリオンははっとして彼女たちへと視線を向けた。

眦を吊り上げた母親が短剣を構え、ケルベロスと向きあっている。いまだふつうの黒い犬にしか見えない獰猛な魔獣は、姿勢を低くして魔女に飛びかかる隙を窺っていた。

母親に抱えられたこどもはぐったりとしている。開いたままの目に蠅が止まっていることに気づき、ニニは痛ましさのあまり視線を逸らしてしまった。

「……いいかげん諦めたらどうだ。あなたはもうどこへも逃げられない」

ダンタリオンがケルベロスを牽制しながら母親に話しかけた。魔女としての彼女の力はそれなりに強いのだろう、とニニは察する。冥界の番犬たる魔獣といえども考えなしに飛びかかれば、さきほどのように返り討ちにされかねない。

「諦めろ？　簡単に言うんじゃないよ！」

そんな半端な覚悟でこんな無謀をするものか、と母親の瞳が叫んでいる。

「あんたはだれだい？　地獄を支配するとかいうサタンかい？」

「僕はダンタリオン。サタンとは違う。それに彼は……」

「どうだっていいよ！」

そこをどきな、と女は言った。雑に結った長い髪をボンネットに包み、繕いの目立つワンピースを身につけた彼女は、仕事と家事と育児に追われる、どこにでもいそうなふつうの女だ。疲れたような表情も荒れて節くれた指先も、ニニには見慣れたものだ。村の女たち、継母、みんな同じだった。

「そうはいかない。残念だが、あなたをこのままにしておくわけにはいかない」

「あたしはなんにも悪いことはしちゃいない。追われるような覚えはないね」

「そのわりにはずいぶんと用意がいいようだがな」

ダンタリオンは女の手許へ視線を向けた。彼女が手にしているのは、さきほどケルベロスに投げつけたものとは別の短剣である。いったい何本準備しているんだろう、とニニは思った。

「寝台にいてさえ荷物も靴も身につけたまま、魔獣に深傷を負わせるほどの魔法をかけた刃物を隠し持って、それは、いつでも逃げられるように、という気持ちの表れだろう。自分を追う者がいる、と知っているからこその行動だ」

女はダンタリオンを強く睨みつけながら、ぐったりしたままのこどもの身体を抱え直す。

「冥界の住人を返してもらおう」

「いやよ！」

血を吐くような叫びだった。ニニは、自分の心になにかが深く突き刺さるのを感じた。

「この子はあたしの子よ！　だれが手放すもんか！」

「もう亡くなっている」

「生き返ったのよ！　ほら！　見なさいよ！」

女は短剣を放り出し、こどもを強く抱き締めた。ほら、あたしを見てる、死んでなんかないのよ、と叫ぶ彼女は、だれが見ても明らかな現実から目を逸らし、本来ならば庇護すべき相手に縋りついているようにしか思えない。

ニニは強く眉根を寄せ、きつく奥歯を噛み締めた。——見るに堪えない。

「いや、死んでいる。だからこそあなたは冥界までその子を連れ戻しにいったのだろう。ケルベロスに襲われないよう、麻薬や蜂蜜酒まで用意して」

わが子の死を受け入れられず、けれども、だれよりも強く深い喪失感に苛まれている母親は、激しく首を横に振った。

「死んでなんかないって何度言わせんのよ！」

「では、なぜあなたは冥界にまで赴いたのだ？　生きた身でありながら、死者の住処である、魔界の底にまで？」

骸が傷まぬよう魔法で処置を施し、魔獣を眠らせ、人目を忍んで故郷を捨てて、とダンタリオンは淡々と続けた。

「そうした行動はすべて、その子がすでに死んでいることを認めているからではないか」

ダンタリオンが母親に一歩近づく。ケルベロスは彼の背後で三つの頭を顕して唸り声をあげている。飛びかかる機会を狙っているのだろう。

ニニは少し離れたところでじっと身を竦ませていた。これまで出会ったどんな相手よりも、目の前の魔女のことがおそろしく感じられた。

「だからなんだっていうのよ」

母親は開き直ることにしたようだった。

「ひとりくらい、この子くらい、見逃してくれたっていいじゃないのよ」

「そうはいかない」

ダンタリオンの声にはあたたかみのかけらもなかった。

「人は死からは逃れられない。だれひとり、例外はない」

それがこの世界のことわりだ、と悪魔は言った。

「あたしは魔女よ！　ことわりなんかねじ曲げてみせる。実際こうやってこの子を……」

「それは思い上がりというものだ」

ダンタリオンは母親の言葉を遮り、指先の動きだけでケルベロスを自身のすぐ近くまで呼び寄せた。

「その思い上がりゆえに、あなたはこれから罰を受ける。その身はケルベロスに嚙み裂かれ、魂はことわりの狭間を永久に彷徨うことになる。その子も同じように」

瞬く間に母親の顔から血の気が引いた。

「……冗談じゃないわ。あたしたちはなにも悪いことなんてしてないじゃないのよ！」

女は吠えるように叫び、懐から三本目の短剣を取り出した。

「死なせたくないと願っただけよ！　ただの人間なら祈るだけのところを、あたしには願いを叶えるだけの力があった！　だからやってのけた！　ただ、それだけ！」

「あなたはなにもやり遂げてなどいない。世界のことわりをねじ曲げることはだれにもできない。それこそ、魔界を統べるサタンにすら不可能だ」

「でも、この子はこうして生き返って……」

本当にそう思うのか、とダンタリオンは問いかけた。その声は穏やかで、いっそ静謐ですらあった。

女は金切り声をあげるのをやめ、腕の中のこどもへと眼差しを向けた。痩せた頬をなで、汚れた髪を梳き、力のない指を取り、彼女はそこで膝から崩れ落ちた。石畳の上に座りこみ、こどもを膝に抱いて、天を仰いだ。

なんでよ、と呟く声がニニの耳に届く。

「なんで、どうして、この子なのよ。こどもなんてほかにいくらでもいるじゃない。なのに、なんで……」

母親の目に涙はなかった。声は震えていたが潤んではいなかった。

涙などとうに涸れ果てたのだろう、とニニは思った。

ニニの暮らしていた村でも、人はよく死んだ。男も女も、こどもも年寄りも、善人も嫌われ者も、農夫も商人も。残された者たちは、それは深く嘆いたものだ。

ニニは死ぬことが怖かった。でも、それよりも怖かったのは、ネリが死ぬことだった。

大切な姉がいなくなることを考えると、自分が死ぬことなんてなんでもないことのように思えた。

ダンタリオンとはじめて出会ったとき、悪魔との契約に躊躇なく飛びついたのも、そうすればネリの魂を探すことができると言われたからだ。自分ひとりのためだったら、あんなに簡単に重大な決断をしたりしなかったかもしれない。

だからニニには、目の前で悲しみに暮れる母親の気持ちが、諦めきれない心が、少しだけわかるような気がした。自分のことならいい。諦められる。だけど、だれより愛しい者のことは――。

そう思いながら、女を見つめていたのがよくなかったのかもしれない。

それまでこどもとケルベロスとダンタリオンにしか向けられていなかった女の視線が、不意にニニに向けられた。見開かれていた双眸がぐっと細められた。

「……それはだれよ」

金属と金属がこすれるようないやな声だった。

ダンタリオンがはっとして、ニニを庇うように立ち位置を変えたが、遅かった。

「それ、そいつ、人間じゃないの？」

女は食い入るようにニニを見つめる。ニニは数歩あとずさって、しかし、それ以上遠くへ離れることはできなかった。

「あんた、この悪魔と契約したんだね？」

さすがは魔女というべきなのだろうか。彼女の口ぶりは、ニニが何者であるか、ほとんど正しく見抜いているように感じられた。

「どうやって契約したんだい？　あたしにも教えておくれよ」

キンキンと耳に響くくせに、いやに粘つく不愉快な声に唆され、ニニが口を開きかけたそのとき。

ばさり、という聞き慣れた音とともに視界が遮られた。あたたかいものに包みこまれるような感覚に、ああ、主人がマントの中に匿ってくれたのだな、とニニは気がついた。

「なんで隠しちゃうんだよ？　あんたの契約者なんだろ、そのガキ」

「……そのとおりだ」

「どんな契約をしたんだ？　教えておくれよ。ねえ……」

「黙れ、女」

ニニは身になじんだ闇の中で主人の片脚にしがみつき、魔女の誘惑を振り切ろうとする。

「ねえ、あんた。ダンタリオンとかいったよね」

女はすぐに狙いを主人に変えたようだった。

「魔女との契約に興味はないかい？」

「ない」

「魂だけじゃないよ。魔力だってくれてやる。だから、この子を……」

「なにを差し出されようと、死者を甦(よみがえ)らせることはできない」

先んじて望みを絶たれたことが悔しかったのか、女が大きく舌打ちをした。

「じゃあ、この子と契約を……」

「死者と契約を交わすことはできない」

「魂はここにあるじゃないか」

できない、とダンタリオンが首を横に振る気配がした。

とたん、まるで殴られたかのような衝撃を覚えた。ニニはダンタリオンの足許(あしもと)で尻餅をつき、それでも必死に主人(ムシュー)の脚にしがみついた。

衝撃の正体は女の咆哮(ほうこう)だった。

なんでだよ、と女はまたもや叫んでいた。

「なんでそのガキはよくて、あたしの子はだめなんだ！　なにが違うっていうんだよ！」

ニニは強く目をつぶった。

心を引き裂くような母親の叫びは、そのままニニの叫びでもあった。

――どうしてあの子はこんなにも愛されるの？　わたしは、わたしたちはだれからも見捨てられたのに！

「この子の代わりにそいつが病めばよかったんだ！　そいつじゃなくたっていい。代わりはいくらだっているじゃないか。なんでこの子なんだ。なんであたしの子なんだよ……」

なんでわたしは。

なんでこの子が。

それは永久に交わることのないふたつの問いかけでありながら、ひとつの思いの裏と表でもある。

ふらり、と身体が揺れた。無意識のうちに、安全なマントの下から魔女の前に這い出していこうとしていたニニの肩が、痛みを覚えるほどに強く押さえつけられた。いうまでもなく、主人の手である。

「なにも違わない。理由もない。ただ、そういう運命だっただけだ」

裁定を下すようなダンタリオンの声が聞こえた。魔女だけではなく、ニニにも聞かせようとする言葉だということはすぐにわかった。

「運命？　そんなものがなんだっていうのよ！」

「諦めなければならないこともある。受け入れられなくとも、受け止められなくとも、諦めなければならないことはたくさんある」

「……やっと授かったこどもなのに？」

「そうだ」

「夫を亡くしたあたしには、もうこの子しかいないのに？」

そうだ、とダンタリオンはあやすような口調になった。

「命はひとりにひとつしか与えられない。どれほど愛していようと、どれほど憎んでいようと、だれかの命を好きに扱うことはだれにも許されていない。たとえ憎むべき者であろうと、愛するわが子であろうと」

力ずくで奪うことも、道理をねじ曲げて救うことも、そのどちらも許されない、とダンタリオンは言った。

女が奥歯を噛み締める音が聞こえた。理解できない。理解したくない。でも――……、理解してしまった。

この期に及んでも女が泣き出す気配はなかった。

むしろ、涙をこらえることができなかったのはニニのほうだ。

最愛のこどもを亡くした母親と自分とでは、その立場に重なるところはひとつもない。冥界から魂を連れ出すことができるほどの力を持つ魔女と、山小屋から逃げ出すことすらできなかった無力なこども。理不尽に奪われたものを取り戻そうと必死にあがいた母親と、降って湧いたような幸運に飛びついたニニ。

それなのに、女の言葉はどれもこれもニニの胸に突き刺さる。彼女の痛み、苦しみ、悲しみ、悔しさ、憤り。そのすべてが、まるで自分のものであるかのように、この小さな心を苛むのだ。

ケルベロスの唸り声がひときわ大きくなった。

もう一声すら発することのなくなった魔女に、冥界の魔獣が襲いかかる気配がした。

肉が裂かれ、血が噴き出す音を聞きながら、ニニはずっと震えていた。——ああやって魔獣に生きながら貪られるのは、もしかしたらわたしだったかもしれない。

ニニが震えていることは主人（ムシュー）には伝わっていただろう。それでもダンタリオンはなにか言葉をかけることも、頭をなでてくれることもなかった。

でも、これでいいのだ、とニニは思っていた。

いまはきっとなにを言われても受け入れられない。手を差し延べられても縋（すが）りつけない。

荒ぶるケルベロスの気配が少しずつ穏やかになっていった。母子（おやこ）の身体（からだ）を引き裂き、魂を野に放り出して、役割をまっとうすることができたからかもしれない。

ニニは震える手足のまま、主人（ムシュー）のマントの下から這いずり出た。

「ニニ！」

慌てたような主人（ムシュー）の声に、大丈夫です、と小さな声で答える。魔女の行く末を見届けることは、彼女たちの安寧と引き換えにケルベロスの命を救ってほしいと願った自分の務めだと思ったのだ。

ダンタリオンは無言のまま、片手をふわりと動かした。ニニの目に触れる前に、母子の無残な亡骸（なきがら）を片づけてしまおうと考えたようだ。

ニニは主人（ムシュー）の気遣いに感謝しながら、まぶしい空を仰ぎ見た。幅広い川にかけられた橋の上、遮るものはなにもない。

かちり、とまた不思議な音がした。人々のざわめき、鳥の囀（さえず）る声、水の音。ふたたび動きはじめた都（パリ）に、強い風が吹きつけた。

冷たく厳しいその風は、都（パリ）の淀（よど）みを根こそぎ浚（さら）っていく。

――ママン。ママン。もうぼくを置いていかないでね。ずっと一緒にいてね。

無邪気なこどものかすかな声が耳の奥に響いた。ニニは咄嗟に両の掌（てのひら）で自分の耳を押さえる。

――もちろんよ、愛しい子。これからはずっとずっと一緒。なにをするのも、どこへ行くのも、ずっと一緒よ。

こどもの呼び声に、優しくあたたかくやわらかな母の声が応える。

ニニの双眸から涙があふれた。

「ニニ」

冷えた身体がなじんだ暗闇に覆われた。どこよりも安全な主人（ムシュー）のマントに包まれたニニの脳裏に、蜜のようなダンタリオンの声がとろりと落ちてくる。

「しっかりつかまっておいで。家に帰ろう」

マーガレットのピッツアを焼いてもらおう、というダンタリオンの声がやけにはっきり聞こえたような気がして、ニニはゆっくりと瞬きを繰り返した。

ダンタリオンの屋敷の居間、暖炉の前に力なく座りこんでいる自分に気がつく。膝の上のテオが一生懸命に掌を舐めてくれているが、小さな獣を労るゆとりもないほどにくたびれていた。

「わ、わたし……」

「戻ってきたよ。よくがんばったね、ニニ」

答えるべき言葉を見つけられず、ニニはダンタリオンを見つめたまま口を開けたり閉めたりした。

「ピッツアとはなんだ」

いきなり背後から問いかけられ、ニニは驚いて飛び上がった。使い魔の隣に腰を下ろしたダンタリオンが渋い顔をしている。

「マーガレットの新しい料理だな。俺にも寄越せ」

「……いたのか、ベルフェゴール」

さっき戻った、と美貌の悪魔は上機嫌である。珍しく玄関を通ってきたのか、居間の入口からこちらを見ている。

「ミャウがあまりにうるさく言うので素直にしていたら、百年分くらい働かされた。もう当分城へは行かん」

「七貴族のひとりがなにを言っている」

「おまえのほうは？　ケルベロスはどうなった？」

ベルフェゴールは長椅子(ソファ)に腰を下ろし、いつものようにだらしなく寝そべった。なにやらもぞもぞしているのは、心地のいい場所を探しているらしい。

ニニはこみ上げてきた笑いをこらえられない。

「なんだ、ニ……、クソガキ」

ベルフェゴールは低い声で言った。ニニに対してはつねに冷たく振る舞おうとする彼の律儀さに、またもや笑いを誘われる。

「なにを笑ってるんだ」

「……帰ってきたなあ、と思って」

そう答えたとたん、大粒の涙が転がり落ちた。慌てて頬を拭うも、涙は次から次へとあふれてきて止まりそうにない。肩まで駆け上がってきたテオも、ニニの号泣ぶりに尻尾を貸すことを躊躇(ためら)っているほどだ。大好きな飼い主のためとはいえ、美しい被毛がびしょびしょになるのは気が進まないらしい。

「主人(ムシュー)がいて、ここはいつもの居間で、蝙蝠(こうもり)たちが忙しく働いてて、あったかくて……」

「いいよ、ニニ。好きなだけ泣きなさい」

涙の理由を説明するまでもなく、ダンタリオンにはなにもかもわかっているようだった。慰めるような、あるいは励ますような手つきで、ニニの頭をなでてくれた。

「その様子だと、うまくいったようだな」

「……まあな」

ベルフェゴールの問いにダンタリオンは憂鬱そうに答えた。母親とこどもが魔獣に引き裂かれたことを、うまくいった、と言い表していいのかどうか、迷うような声音だった。

「犬はどこだ」

外にいる、と悪魔たちは泣きじゃくるニニをよそに話を続けている。

「契約はしたのか」

「まだ仮のままだ」

「なぜだ？　務めを果たし、サタンの呪縛からは自由になったんだろう？」

ダンタリオンの視線がニニに向けられる。ベルフェゴールは舌打ちをした。

「甘いな、おまえは」

「いまさらだろう」

ダンタリオンは薄く笑ったが、ベルフェゴールは無表情のまま、もしも、と言った。

「ケルベロスをつないでおくつもりなら契約を急げ。それがあの獣のためだ」

涙はまだ止まらなかったが、気持ちは急速に落ち着いてきていた。ニニは顔を上げ、ダンタリオンとベルフェゴールの顔を交互に見つめた。

ダンタリオンがため息をついた。ニニの頭をなでることをやめ、説明してくれる。

「ケルベロスは、本来、自由な獣だ。サタンから解放されたいま、僕たちのように掟に縛られることはない。だが、幼体の頃からサタンに従ってきたあいつには行くところがない。食べものを狩るすべも知らない。安全なねぐらを見つけることも難しいだろう」

「そんな……」

「だれかに危害を加えて返り討ちにされるか、精気が尽きて消え去るか。魔獣医として放っておくことはできないんじゃないのか、ダンタリオン」

さっさと契約すればいいだろう、とベルフェゴールは続けた。

「人間だのカーバンクルだの、この屋敷はもとからずいぶん賑やかじゃないか。ケルベロスが一頭増えたところで大差はないだろう」

「……ニニ」

ダンタリオンは躊躇いを含んだ口調で使い魔を呼んだ。ニニはすぐに、はい、と答えた。

「おまえはいいのか」

質問の意味がわからず、ニニは首を傾げる。

「ケルベロスとともに暮らすことになって、それでもいいのか、と訊いている」

「……はい」

「本当に？」

「ケルベロスを助けてほしいと言ったのは、わたしです。もちろんいいに決まってます」

あのね、ニニ、とダンタリオンは諭すような口ぶりになる。

「おまえが助命を願ったときのケルベロスは、まだあの母子を嚙(か)み裂いてはいなかった。目の前でふたりを亡霊に変えたあの魔獣を、日常として受け入れることができるのか。僕の質問はそういう意味だよ」

主人(ムシュー)の問いについてあらためて考えてみる。だが、心は変わりそうにない。

「大丈夫です」

使い魔の返事を聞いたダンタリオンは、それならもうなにも言うことはないね、と薄い笑みを見せた。

さっそく名前を考えてやらなきゃなあ、などと呟(つぶや)いている主人(ムシュー)の隣で、ニニは黙ったまま、今日一日のことを思い出していた。

フォラスやマーガレットと出会ったこと。ケルベロスの姿をはじめて目にして、その命を助けてほしいと思ったこと。主人(ムシュー)の過去の一端を知ったこと。都(パリ)へ行き、そこでの暮らしを知ったこと。それから――。

そこでニニが口にしたのは、それらとはなんの関係もない言葉だった。

「主人(ムシュー)は、どうしてわたしを拾ってくれたんですか？」

　ダンタリオンと出会ってからずっと尋ねてみたいと思っていた、そして、尋ねてはいけないと思っていたことだった。

　いきなりこんなことを訊かれても主人(ムシュー)はきっと困るだろうな、と思った。でも、いま尋ねなければ、この先ずっと黙っていなければならなくなるような気がした。

　思ったとおり、ダンタリオンは戸惑いの表情を浮かべてニニを見つめている。

「……どうしてそんなことを」

　返答を拒むために問いかけているのではなさそうだった。ニニは唇を舐めてから言葉を探した。

「ずっと不思議だったんです。あの山小屋で死にかけていたわたしとネリの前に主人(ムシュー)が現れて、いきなり契約するかとおっしゃった。たまたま通りかかったと言っていたけど、それはそのとおりだと思うんですけど、でも、わたしたちのことなんか、見て見ぬふりをすることだってできたはずです」

　ダンタリオンは左右色違いの瞳をゆっくり瞬(しばた)かせた。

「だけど、主人(ムシュー)はわたしと契約をしてくれました。精気(エネルギー)が欲しかったからだって、べつにそれだって嘘(うそ)だとは思いませんけど、でも……」

　本当にそれだけなんでしょうか、とニニは最後に俯(うつむ)いた。膝の上のテオをなでてから顔を上げようとしたが、どうしてもできなかった。

「ニニ」

ダンタリオンが言葉を発したのは、ニニになでられ続けたカーバンクルがあまりの心地よさにうとうとしはじめるくらい、長い時間が過ぎてからのことだった。

「僕が契約しようと考えたのは、ニニに僕の姿が見えているとわかったからだ」

ダンタリオンは、どこから話していいのかわからない、とでも言いたげな迷いを見せながら続けた。

「ニニは知らないと思うけど、ふつうの人間は僕たち悪魔の姿を見ることはできない。例外はふたつだけ。人間が悪魔を召喚したときと、悪魔が人間を誘惑しようとするときだ」

ニニは主人（ムシュー）を見上げ、小さく頷（うなず）いた。

「つまり悪魔が己の存在を知らしめたいと思わないかぎり、人間に姿を見られることはないんだ」

でも、とダンタリオンはため息をつく。

「稀（まれ）に悪魔の姿が見えてしまう人間がいる。彼らは僕たちを見ようとも見たいとも思っていないし、僕たちも見られたいとは思っていない。でも、見えてしまう。その多くが魔法使いとか魔女とか呼ばれる者たちだ」

マーガレットが幼体の僕と出会ったのも、彼女に悪魔を見る力があったからだよ、とダンタリオンはうっすらと笑った。

「僕はときどき、いや、ベルフェゴールに言わせるとちょくちょく人間界に行くんだけど、見られたくないときにだれかに姿を見られたことはなかった。これまで、ただの一度も」

「……わたし以外には」

そうだ、とダンタリオンは頷いた。

「本当にびっくりしたよ。しかもその子は死にかかっている。放っておいてもよかったのかもしれないけど、僕は医者だ。魔獣専門だけど、でも、まだ生きられる命を見捨てることはできなかった」

「……それで契約を？」

「僕は医者だけど、人間の手当てについてはほとんどなにも知らない。凍死しかかっていたニニを助けるための手段を、僕は契約しか思いつかなかった」

嘘だ、と咄嗟にニニは思った。いや、嘘ではないかもしれないけれど、本当ではない。だって、主人はテオを見捨てようとした。まだ生きられる、生きようとしていたカーバンクルを見捨てようとした。だれにも飼われていない野生だからと言って。

わたしは人間で、悪魔である主人にとっては魔獣よりも面倒な存在であるはずだ。なのに助けようとした。そこには必ずなにか理由――それこそが、彼の本心――があるはずだ。

「本当にそれだけですか？」

主人があの山小屋を通りかかったことが偶然であったとしても、そして、わたしに悪魔を見る能力があったことが予想外であったとしても、それが、それだけが命を救ったことの理由だというのかしら？

ニニの問いにダンタリオンは真剣な表情で答えた。

「僕はこの魔界で魔獣医として生きることを選んだ。悪魔は皆、己の意思でみずからの生き方を選ぶ。選んだ道を蔑ろにすることは絶対にしない。僕は魔獣たちを救うと決めた。たとえ、手段として死を与えることがあったとしても、それは彼らの尊厳と矜持を守るためであって、それ以外の目的では決してない。ニニと出会ったことは、それだけで命を助ける理由になったんだ」

あくまでも建前を崩さないつもりなのね、と気づいたニニは思いきって切りこんだ。

「……寂しかったからじゃないんですか」

「え？」

ダンタリオンは、なにを言っているのかわからない、という顔でニニを見た。彼女は、そのわずかに怒りを含んで強張った表情を見るなり、慌てて、なんでもありません、と首を横に振った。やっぱりこれは尋ねてはいけないことだったんだ。

「どうして急にそんなことを訊きたがる？　契約はニニも同意してのことだろう」

使い魔の狼狽に気づいていないはずはないだろうに、悪魔はどこかほっとしたような口ぶりでそんなふうに問いかけてくる。ニニはゆっくりと言葉を連ねた。

「今日、あの母子を見ていて思ったんです。彼女たちとわたしはどこか似ているなって」

「似ている？　どのへんが？」

「自分では、自分のことを、なにひとつ決められないところが」

　ダンタリオンがわずかに視線をたわめた。ベルフェゴールまでもが長椅子の上で聞き耳を立てている気配がする。ニニは暖炉に躍る炎をぼんやりと眺めながら先を続けた。

「あの子は病気になって、わたしは置き去りにされた。実際、あの子は命を落としたし、わたしも死にかかって、でも、それはどちらもわたしたちが自分で選んだことじゃありません。なのに、あの子は亡霊になって、わたしは主人の庇護を受けて、おいしい食事と心地のよい寝台をもらって、なにもしてないのに、よくがんばったね、なんて……」

　その差はどこから来るんでしょう、とニニは首を傾げた。

「これからあの子は長いあいだ冷たい場所を彷徨って、たぶん母親とずっと一緒にいられるとはいえ、安らぐことはできない。なのに、わたしはあたたかい場所で楽しく暮らしていく。あの母親が言いましたよね。なんでわたしはよくてあの子はだめなのって」

「……ニニ、それは」

「運命なんだって主人はおっしゃいましたけど、運命ってなんですか？　本当にたったそれだけなんですか？」

　ニニはそこでまっすぐにダンタリオンを見つめた。

「わたしはここにいてもいいんですか？」

長い沈黙が降りた。パチパチと炎の爆ぜる音だけが静かに響く。

やがて、ダンタリオンが静かに言った。

「それはきっと、ニニだけじゃなく、だれもが思っていることなんじゃないかな」

「だれもが？」

「ニニたち人間も、僕たち悪魔も、だれもが」

そもそも、とダンタリオンはあくまでも穏やかに続けた。

「ここにいてもいいと、存在してもいいと、だれが許しをくれるんだろう？」

「……神様？」

少なくとも教会学校の司祭はそう言っていた。

「僕たちには関係なさそうだね」

ダンタリオンは少しばかり愉快そうに笑い、肩を竦めた。ニニもつられて笑ってしまう。

「だれも許されてなんていないよ。でも、同時に、だれも拒まれてもいない」

ここにいていいのか、そうではないのか、そんなことはだれも決めてくれやしないのだ、と悪魔は言った。

「僕たちだって同じなんだよ、ニニ。魔界で生きるためには役割が必要だけど、その役割はだれかが決めてくれるわけじゃない。サタンやベルフェゴールみたいな七貴族も、僕みたいな下っ端もね」

悪魔にもいろいろいてね、とダンタリオンは自身とベルフェゴールとを交互に指差した。

「個体によって魔力の強さや量は全然違う。もちろん質も。僕たちは生まれてくる身体を選べない。ベルフェゴールは怠惰を司る悪魔になるべくして生まれてきたけれど、本当にいやだと思えば拒むことだってできた。そうだろ？」

「……そんな面倒なことはしたくない」

ね？　とダンタリオンは笑った。ニニには、なにが、ね、なのかまったくわからない。

「彼以上に怠惰にふさわしい悪魔はいないと周囲がどんなに思っていても、彼にその気がなければその役割を果たすことはできないんだ。それは逆の場合でも同じことが言える」

「周囲がどんなにふさわしくないと思っていても、本人にその気がありさえすれば、それでいいっていうことですか？」

「魔界ではね」

人間の世界はもう少し複雑かもしれないけれど、とニニよりもずっと人の世界の仕組みに詳しい悪魔は言った。

「ニニも同じだ。おまえがここにいたいと思うなら、ここにいていいんだ。いたくないと思うのなら、いなくたっていい」

胸のどこか奥深くを強い力で叩かれたような気持ちになった。突き放されたような、この魔界での足がかりを失ったような——。

「ニニが自分の身に起きた幸運を、まあ、僕と出会ったことを幸運だと思ってくれているとしたらの話だけど、自分には必要ないものだと思うのなら、それはすでに幸運ではない。重荷、あるいは不運ですらあるかもしれない。大事なのは自分がなにを選ぶかだよ」

ダンタリオンの優しい声はいまのニニには届いていない。だが、悪魔はそのことには気がつかないまま、先を続けた。

「魔力の多寡や運不運は自分では選びようのないことだ。それよりも自分が何者になりたいか、何者であるべきなのか、それをみずから選び、そうあるために持っている力を使うことのほうがずっと大事だ」

違うのだ、とニニは叫びたかった。そんなことはどうだっていい！

同時に気がついてしまった。本当はあの母子のことなんて、どうだってよかったのだと。ただ、ここにいる自分を、いまの自分を認めてもらいたかっただけなのだと。

降って湧いた幸運になにも考えずに飛びついた、愚かで、幼くて、何者でもない、ただのニニを認めてもらいたかっただけなのだと。

でも、そんなことは、そんな贅沢（ぜいたく）はわたしには許されない。ただそこにいるだけで深く愛され、冥界から連れ戻してもらえたあの子のような贅沢は——。

ニニの両目にふたたび涙があふれた。

「ニニ？」

あの母親はみずからの不運に憤っていた。わが子の死を嘆いていた。

あの子はまだあまりにも幼くて、己の死を理解してすらいなかった。

気の毒だと思う。かわいそうだと思う。

でも。

でも、同時に、ひたすらに羨ましくもあった。あの魔女のことも、魔女の子のことも。

あれほどに愛して。あれほどに愛されて。

わたしにはそんな相手はいない。

ネリだけだ。

力も運もなかったけど、わたしたちにはお互いがあった。そうよ、ネリだけよ。

ネリ！　ネリを探さなくちゃ！

ニニは顔を覆って俯き、ひたすらに姉のことを思った。

どこにいるの。なにをしてるの。帰ってきてよ。戻ってきてよ。そして、わたしのことを抱き締めて。死にかけたあのときみたいに、しっかりと、強く、強く。

あの腕が戻るなら、わたしはなんだってする。

「ニニ！」

手首をつかまれ、間近から瞳を覗きこまれる。追い詰められ、焦っているような表情を浮かべるダンタリオンの顔がすぐそばにある。不穏な気配を察したのか、ベルフェゴールまでもが長椅子の上に身を起こした。

「どうした？　なぜ泣いている？」

「離して！」

ニニは主人の手を振り払った。噛み締めた唇から血の味がした。

「ニニ！」

ニニは素早く立ち上がると、そのまま身を翻して居間の扉に手をかけた。廊下へ飛び出し、階段を駆け上がる。

屋根裏部屋に飛びこみ、勢いよく扉を閉めた。

飼い主を追いかけてきていたテオが、扉を引っかくかすかな音が聞こえる。

「入ってこないで！　あっちへ行って！」

締め出され、拒絶されたカーバンクルが、ひどく悲しげな声をあげた。

ニニは寝台に突っ伏した。

次から次へと、涙はいくらでもあふれてくる。喉が痛み、目の奥が痛み、頭が痛んでも、それでも止まらない。

自分を哀れむ涙は冷たくて、醜くて、苦くて、それなのに、ニニにはどうしても止め方がわからないのだった。

4 フェニックス

目の前で勢いよく餌を平らげていく黒い頭を見つめながら、ニニはもう何度目になるかもわからないため息をついた。亜麻色の頭の上に陣取るテオが、まるでからかっているかのように、同じ調子で吐息を漏らす。だが、それを咎める気にもなれないほど、いまの彼女は気落ちしていた。

「ヨルはよく食べるねえ」

その食欲が羨ましい、と言えば、賢い魔獣は合わせて五つの瞳をニニに向けて同情の気配を示した。

サタンと約束した務めを無事に果たしたケルベロスは、ダンタリオンと契約を結び、屋敷の番犬という新たな役目を負うことになった。ヨル、というのは主人が魔獣に与えた名で、遠い東洋の言葉で夜を意味するのだそうだ。耳慣れない響きだが、そう何度も呼ばないうちにすぐに慣れた。どこか清らかな響きは、ニニも気に入っている。

死者の世界からわが子を連れて逃げた魔女に目をひとつ潰されたとはいえ、もとは冥界を守っていたヨルである。非常に賢く、勇猛で、おまけにあるじに対する忠義心も篤い。ダンタリオンの不安をよそに、ニニはヨルに対して恐怖心を抱くようなことはなかった。

魔女と魔女のこども、ふたりの身体を噛み裂いて魂を引きちぎった暗黒の魔獣のことを、不思議なほどおそろしいとは感じなかったのだ。

わたしは身体ばかりか心までもすっかり魔界になじんでいたんだわ、とニニは思った。

ダンタリオンはヨルにふたつの役目を課した。

ひとつは屋敷を守ること。もうひとつは、ニニを守ることである。

自分がいかにも頼りない使い魔であることは百も承知しているが、四六時中ケルベロスにひっつかれていたのではたまらない。わたしなら大丈夫ですから、とどうにか拒否しようとしたのだが、主人(ムシュー)は頑(かたく)なだった。これからはネリを探してひとりで出かけることもあるだろう。そういうときには護衛が必要だ。

最後にはそう言われて、ニニは折れた。そもそも契約に縛られている彼女は主人(ムシュー)に逆らうことなどできないのだし、とくにいまはなおのことである。

あーあ、とニニは嘆息した。

「気まずいなあ……」

三つの皿をすっかり綺麗(きれい)にしたヨル——ケルベロスは三つの頭でそれぞれひと皿ずつの餌を食べる——が、くうん、と慰めるような声をあげた。

いいのよ、とニニは首を横に振る。

「悪いのはわたしなんだから」

そう言いながらも抱えこんだ両膝のあいだに顎を埋めたままでいると、いつのまにか肩まで降りてきていたテオに頬を舐められた。

「なによ、テオまで。大丈夫だってば」

ヨルが魔女とそのこどもを噛み裂いて役目を果たしたあの日から、ニニの心はずっと沈んだままでいる。気の毒な母子のことを思ってではなく——そのこともまた彼女を傷つけているのだが——、自身の振る舞いを恥じてのことだ。

人を噛み殺した魔獣を受け入れることができるか、と主人に問われたニニは、その流れでひどい醜態を晒した。自分でもきちんと整理できていない感情を、そのまま彼に投げつけてしまったのだ。

「あんな言い草は、ないわよね……ここにいてもいいか、なんて。ないない。本当にもう、どうかしてたとしか思えないわ」

こどもを失った母親、幼くしこの世を去ったこども。ふたりとも気の毒だと思う。その気持ちに嘘はない。

だが、亡くしたこどもを取り戻すため、冥界まで追いかけてきた母親と、彼女の腕に抱かれたこどもを目にしたとき、ニニの胸に去来したのは、強い羨望の感情だった。

羨ましい、と心の底から思った。世界のことわりすら覆そうとするほどに深く愛されて。同時に願ってしまった。自分もそれほどまでに愛されてみたい。必要とされてみたい。

そして、その願いを、本来ぶつけるべきではない相手、すなわち主人（ムシュー）にぶつけてしまったのだ。あのときのニニは、ここにいてもいいか、と尋ねながら、そのじつ、わたしを必要としているか、と叫んでいた。

あるじは言った。おまえがここにいたいと望むならいてもいい、と。

ありがたいはずのその答えに、ニニは満足できなかった。彼女はどうしてもダンタリオンに言ってもらいたかったのだ。ここにいてもらいたい、おまえが必要なのだ、と。

望む言葉を得られなかった少女は癇癪（かんしゃく）を起こし、拗（す）ねて、部屋に引きこもった。テオやギイのことまで締め出して、翌日もずっと寝台にもぐりこんでいた。さらにその次の朝、怒りもあらわなベルフェゴールに首根っこをつかまれ食堂に放りこまれるまで、ずっとそうしていた。

投げつけられるように椅子に座らされたニニの目の前には、彼女よりもさらに憔悴（しょうすい）した主人（ムシュー）が座っていて、困り果てたような顔でこう言った。

ニニの気持ちが落ち着くまで、仕事は休んでいいよ。僕の顔が見たくないなら部屋にいてもいい。でも、頼むから、食事だけはきちんと摂（と）ってほしい。

ごめんなさい、とそこで素直に言えたならよかったのだろう。だが、そのときのニニは、まだじゅうぶんに心の整理ができていなかった。無言のまま食卓に向かい、用意されていたパンがゆを半分ほど食べただけで、食堂をあとにしてしまった。

あれから、すべての食事はギイが部屋まで運んでくる。ときには手間をかけたおばけかぼちゃのパイやクレーム・ブリュレまで添えられている。それがダンタリオンの気遣いだということはニニにもわかっているが、彼と話しあおうという心境にはどうしてもなれない。必要最低限の事務的なやりとりが精一杯だった。

「だって、恥ずかしくて。主人(ムシュー)は主人(ムシュー)なのに。父さんでも母さんでもないって、ちゃんとわかってるのに」

ニニは愛情深い両親を知らずに育った。父親はいつも周囲の言いなりになるばかりの気弱な男で、母親はニニが物心つく前に儚(はかな)くなってしまった。新しく家にやってきた継母(ままはは)はニニとネリにはまったく無関心で、だが、ニニにとって、そうしたことはとくに嘆くようなことでも、悲しむようなことでもなかった。

知らない、というのはそういうことだ。

むろん、継母が末の妹に見せる態度——彼女は唯一、幼い末娘のことだけは気まぐれにかまってやることがあった——を見て、あるいは、村のほかの家庭を見て、子を大事にする親もいるのだ、ということは知識としては知っていた。ただ、その愛情が自分に向けられる可能性があると考えたことはなかった。

だが、ダンタリオンに拾われ、彼の屋敷で暮らすようになって、ニニは大切にされることを知ってしまった。気遣われ、労(いたわ)られる。愛され、慈しまれるのとは違うかもしれないが、それでも彼女は、自分にもその価値があるのだと、気づいてしまった。

そして、より多くを望んでしまった。

自分に優しくしてくれるダンタリオンに甘えてしまったのだ。不器用に、攻撃的に。そうしても許されるのではないだろうか、と試してしまったのだ。

「あるじに対して、それはないわよね……」

日が経つにつれ、ニニは自分のことが恥ずかしくてたまらなくなってきている。

ダンタリオンはニニにあらゆるものをくれた。命を救ってくれて、ネリを探す手助けをしてくれて、おまけに衣食住の保障まで。

じゅうぶんだ。じゅうぶんすぎるほどだ。

なのにわたしときたら、さらに愛情までねだろうとしている。

恩人で！　あるじで！　悪魔であるダンタリオンに！

大声をあげて転がりまわりたいほど恥ずかしい。あのときの自分を消してしまいたいほど後悔している。

テオとヨルの視線――愚かな飼い主に心からの同情を示している――にすら、いたたまれないような気持ちにさせられる。

ニニは気を取り直してヨルが綺麗にした皿を重ねた。厨房まで運んでおかないと、あとあと蝙蝠たちからキイキイと責められることになる。

立ち上がり、決意した。今日こそ主人(ムシュー)に伝えるのだ。もう大丈夫だから仕事をさせてください、と。

いつもの日常を取り戻せば、心の整理もついてくるだろう。

そうすれば、そのうち主人(ムシュー)に謝ることもできるかもしれない。莫迦(ばか)みたいな態度をとってごめんなさい、と。許されるなら、契約を果たすまでここにいさせてもらいたい、と頼みこむことも。

大きくて重たい三枚の皿を抱え、ニニは屋敷の玄関扉を開けた。邸内には足を踏み入れないヨルが、姿が見えなくなるまで見守ろうとしてくれているのがわかる。

忠実な番犬に小さく手を振ってから、ニニは扉を閉める。とたん、居間からダンタリオンとベルフェゴールの言い争う声が聞こえてきた。

「長椅子(ソファ)を返せ！　俺の居場所でめそめそするな！」

「……ここは僕の屋敷だ」

どこでなにをしようと自由だろう、というダンタリオンの声はじめじめとして暗い。

「自由じゃない！　少しは俺のことも考えろ！　おまえもニニもいつまでもべそべそべそしやがって。辛気臭いんだよ！」

「気に入らないなら出ていけばいいだろう」

ふたことめにはすぐそれか、とベルフェゴールが気色ばんだ。怠惰を司(つかさど)る悪魔ともあろう者が、今日は妙に苛立っているようだ。日頃は感情を動かすことさえ億劫がるくせに。

「だいたいにおいて、こどもが拗ねるのはともかく、おまえがいじけるってのはどういう理屈だよ、ダンタリオン。全部おまえが悪いんだろう」

ダンタリオンは黙ったままでいる。ニニは皿を抱えたまま、扉に耳を押しつけてベルフェゴールが先を続けるのを待った。

「おまえが本当のことを言えば解決する。ニニは納得するだろうし、おまえも隠しごとがなくなってすっきりだ」

「……隠しごとなんかしていない」

「してるだろう」

ベルフェゴールはどこか勝ち誇るような調子で言った。

「ニニをここへ連れてきた理由を素直に話してやればいい」

「……理由なんてない」

「おまえ、俺に嘘が通用すると思ってるのか」

ダンタリオンは反論する気配がない。

それにしても、あの怠け者がこれほどむきになるとは、いまの屋敷の雰囲気がよほどお気に召さないとみえる。主人とわたしがしばらくこのままでいたら、鬱陶しい居候を追い払えるんじゃないだろうか、とニニが思いはじめたところで、またもやベルフェゴールが口を開いた。

「ニニもニニだ。いくら人間とはいえ鈍すぎる。あんなのが相手じゃおまえも……」

美貌の居候はそこで言葉を途切れさせた。いくらなんでも言いすぎかもしれないと本人が反省したわけでもなければ、ニニの立ち聞きが露見したわけでもない。

突如として、庭先のヨルがけたたましく吠えたてたからだ。

ニニが、なにごとか、と玄関を振り返ると同時に、ダンタリオンとベルフェゴールが居間から飛び出してきた。

「ニニは奥に下がっていなさい」

ここ数日の気まずさなど微塵も感じさせない口調でダンタリオンが言った。ニニも素直に頷いた。

ヨルの吠える声はまだ続いている。

賢いケルベロスが屋敷の番犬を務めはじめてから、日々数組の患畜とその飼い主とが屋敷を訪れてきているが、そのいずれに対してもこんなふうに威嚇したことはない。よほど筋の悪い訪問者がやってきたのだろうか。

「様子を見てくる」

ダンタリオンが慎重な手つきで扉を開ける。

「犬の躾がなっていないようだな、魔獣医」

主人(ムシュー)に一歩を踏み出す隙も与えず、屋敷に押し入ってきたのは背の高い美丈夫だった。目を惹(ひ)かれずにはいられない輝く黄金色の髪に金赤の瞳。紅緋(べにひ)の虹彩(こうさい)は縦に長く、彼が悪魔であることを知らしめている。眉や鼻筋がくっきりとした彫りの深い顔立ちに、金縁の片眼鏡(モノクル)がよく似合っていた。

「……相変わらず派手ななりをしてるな、マモン」

主人(ムシュー)よりも先に口を開いたのはベルフェゴールだった。

たしかに、とニニも思った。

ダンタリオンは常に漆黒のマントをまとい、ベルフェゴールは装飾のひとつもない月白(げっぱく)のローブ姿である。先日ここにやってきたサタンも含め、ニニは、悪魔というのは地味で簡素な服装を好むものだ、と勝手に思っていた。

それがどうだろう。この目の前の悪魔のきらびやかさときたら！

膝丈の黒いコートは袖口と前身頃にたいそう手の込んだ刺繍(ししゅう)が施されている。金銀の糸で草木や花々を上品かつ華やかに象(かたど)り、それがまた下に着ている白いシャツのレースと見事に調和している。コートの前裾からわずかに覗(のぞ)くフロントコートと、コートと同じように裾に凝った刺繍の施された膝下丈のキュロットはともに葡萄色(えびいろ)。光沢のある白い靴下、磨き抜かれた黒い靴にいたるまで、一分の隙もない。

お伽噺(とぎばなし)に出てくる王子様みたいだわ、とニニは目を瞬(しばたた)かせた。

「吾輩(わがはい)の盛装(アビ・ア・ラ・フランセーズ)に文句でもあるのか」

「いいや、べつに」

ぼんやりしているとなにを言っているのかわからなくなりそうなほどの早口に対し、ベルフェゴールの口調にはからかうような響きがある。

「ただ、派手だな、と言っただけだ」

「この格好が最も合理的なのだ。王侯貴族も貧乏人も文句を言わぬ。そうのたまう貴様は相変わらずだらしのない……」

「俺はいいんだよ」

並べたてる理屈を遮られたマモンは、ふん、と鼻で笑った。

「名指しで召喚される心配のないやつは楽でいい」

「そうだろう。羨ましいか」

「吾輩は貴様とは違う……だが、いま、そんなことはどうでもいい」

マモンはベルフェゴールとの言いあいを放り出し、気ぜわしく、魔獣医、と呼ぶ。

「……なんだ」

「シャムスを探してもらいたい」

「シャムス？」

「吾輩のフェニックスだ」

なんだって、と応じたのは、またもやベルフェゴールである。奇妙なまでに嬉しそうだ。

「そいつはおまえの大事な大事な鳥ちゃんじゃないか！　太陽などとごたいそうな名前をつけてやったくせに逃げられたのか？　触れるものすべてを黄金に変えるというさすがのフェニックスも、おまえのあまりの欲深に嫌気がさしたか？　でなければ、生き血を狙うだれかに頭からバリバリ食われたか？」

ニニはマモンという悪魔のことをなにも知らない。それでも、いまのこのベルフェゴールの物言いがあまりにも失礼だということは理解できた。

事実、マモンは額に青筋を浮かべ、唇を戦慄かせている。

気の毒すぎる、とニニは思った。でも、そもそもベルフェゴールのそばにいて、気の毒な目に遭わない人なんているのかしら？

「ベルフェゴール」

少し黙っていろ、とダンタリオンは眉間を指先で押さえながら言った。そして、マモンに、こちらで話そう、と診療室へ入るようながした。

だが、マモンは首を横に振る。

「吾輩は貴様らと違って忙しい身なのだ。時間がない。要点を伝える」

そうか、とダンタリオンはわずかに笑った。マモンの剣幕にたじろぎこそしたものの、気を悪くしてはいないのだろう。マモンという悪魔はいつもこうなのかもしれない。

「相変わらずせかせかしてるな、おまえは」

ベルフェゴール、とダンタリオンが居候を諌めるわずかな隙に、マモンは懐から懐中時計を取り出して舌打ちをした。こんなにゆとりのない悪魔もいるものなのね、と去りどきを見失ったニニはその場で静かに、しかし、好奇心いっぱいに珍しい来客を眺めている。

「シャムスがいなくなったのは七日ほど前のことだ。城にある吾輩の部屋から飛び出し、そのまま穴へ飛びこんでいってしまった。まさかあんなところに穴があるとは思っていなかったのでな。油断した」

「人間の世界へ逃げたのか」

「おそらくは。シャムスはまだ幼い。そう思って契約を先延ばしにしたのがよくなかった」

「孵化したのはずいぶんと前のことだろう。それなのに、まだ契約もしていなかったのか」

ダンタリオンは咎めるような声で言った。自身を莫迦にされたときよりもよほど不愉快そうである。

「ほとんど城にいられなかったのだ。しかたあるまい」

「言い訳だな」

「吾輩の多忙を知りもしないでごちゃごちゃ言うな。契約はまだだが、足輪はつけてある」

マモンが取り繕うようにつけ足すが、ダンタリオンはため息をつくのみである。

「……それで、なぜ僕のところへ？」

「貴様が魔獣医だからだ。おまけに最近は魔力も持たぬ人間を使い魔にしたとも聞いた」

突然話の矛先を向けられたニニは、驚いて忙しなく瞬きをする。だが、マモンはニニに興味があるわけではなさそうだった。彼はこちらを見てすらいない。

「人間の世界に詳しいのだろう？　一刻も早くシャムスを見つけ出してもらいたい」

「七日も前にいなくなったのに、一刻も早くってのはどういう理屈だ」

懲りないベルフェゴールがまたもや口を挟む。

「いまごろやってきて、こっちを急かすのか」

「暇人どもにはちょうどいいくらいだろう」

ベルフェゴールの無礼放射を浴びせられるマモンに同情を寄せていたニニは、そこで考えをあらためた。さっきから聞いていれば、このマモンって悪魔もじゅうぶんに失礼じゃないのよ！

「おまえが自分で探したほうが早いんじゃないのか？　四六時中、人間どもから召喚されて、あっちへ行く機会も多そうだからな。そうでもないのか。忙しいのはふりだけか」

そうよ、もっと言って、ベルフェゴール！

揶揄するような口調で言い返すベルフェゴールを応援したくなる日が来るなんて。だが、言われっ放しではおもしろくない。

「召喚者をわけてやろうか、怠惰。貴様も一度吾輩の立場になってみるといい」

「お断りだね」

「とうてい務まらんだろうからな」

ベルフェゴールは言葉に詰まり、ダンタリオンを睨みつけた。おまえがなんとか言い返せよ、とでも言いたげな表情だったが、魔獣医に気にする様子はいっさいない。

「せめてどこへ行ったか見当ぐらいつかないのか」

ダンタリオンは含みのない口調で言う。マモンは毒気を抜かれたような表情になった。

「あの穴は最近まで城の近くにあった。おそらくは……」

続けられたのは、ニニにとっても聞き慣れた国とその都の名である。

「なるほど」

ダンタリオンの返事は唸るように低い。

「言いたいことはわかったが、逃げた魔獣を探すのは僕の役割ではない」

マモンが眉間に深い皺を刻んだ。

「魔獣医のくせに？」

「そう、僕は魔獣医であって探偵ではない。よくわかってるじゃないか」

なるほど主人はマモンの嫌みを気にしていなかったわけではないのか、とニニは気がついた。まとめて反撃する機会を窺っていただけのことなのだ。

「だが、吾輩以外にフェニックスの生態に通じている者は貴様だけだ」

「知るかってことだろ」

ベルフェゴールが調子に乗って混ぜっ返す。

「おまけに人間界のこともよく知っている」

「だからなんだ」

「だれかにものを頼むなら、それなりの態度ってもんがあるだろうよ。え？」

言い方はともかく内容は間違っていない。ベルフェゴールの珍しい正論に、ダンタリオンは、そのとおりだ、と言わんばかりの表情で肩を竦めた。

マモンが奥歯を噛み締めたのが、はたから見ていてもよくわかった。ぎり、と耳障りな音がする。

「……頼む」

しぶしぶと、本当にしぶしぶとマモンが頭を下げた。

「シャムスは幼い。人間のおそろしさをまったく理解できていない。もし捕らえられるようなことがあれば、どれほど哀れな目に遭わされるか……」

頼む、魔獣医、と黄金色の頭が揺れる。

ダンタリオンはしばらく答えを控えていたが、やがて、わかった、と短く答えた。

「フェニックスが人間界をうろつけば混乱のもとになりかねない」

ああ、と頷くマモンに、ベルフェゴールがにやにやしながら言う。

「サタンも黙ってないかもねえ」

「……それはどうでもいい。だが、恩に着る」

顔を上げたマモンはもとの無表情に戻り、できるだけ急いでくれ、とつけ加えた。そして、では、失礼する、ととうとうコートを脱ぐそぶりすら見せないまま、慌ただしく去っていった。

「見たか？　あのマモンがおまえに頭を下げたぞ？」

「人間の世界でフェニックスを探すんだぞ？　お辞儀ひとつで割に合うと思うか？」

あとには、妙に機嫌のよいベルフェゴールと憂鬱そうなダンタリオン、なにがなにやらわけがわからず、ぽかんと口を開けたままのニニが取り残されたのだった。

突然に訪れた客がこれまた唐突に帰ってから、三人はごく自然にともに居間に戻った。朝までの気まずさはマモンの勢いに吹き飛ばされ、すっかり忘れ去られている。

ずっと抱えたままだったヨルの餌皿（ムシュー）を厨房へ転移させてもらい、ニニはいつもの絨毯（じゅうたん）の上に腰を下ろした。このところ主人が夢中になっているという珈琲（カフェ）を用意してもらった彼女は、ダンタリオンの様子を窺いつつ口を開く。

「マモンというのは、どういう方なんですか？」

ダンタリオンはむっつりと黙りこみ、なにごとかを思案していたが、使い魔の問いかけは聞こえていたらしい。気を取り直すように薄く笑ってから、彼はね、と答えてくれた。

「七貴族のひとりで、強欲を司る悪魔だよ。働き者でね、いつもすごく忙しい」

「忙しい？」

「富を求める人間はとても多い。しょっちゅう召喚されて、彼には休むひまもない」

なるほど、とニニは深く納得した。もしも悪魔を召喚する力があったなら、自分も富を望むだろうことはすぐに想像できた。使いきれないほどの貨幣をもらって、撒き散らして遊んでみるのだ！

だが、ニニが口にしたのはまったく別のことだ。

「だからベルフェゴールはあのひとに失礼なことばかり言ったんですか」

「どういう意味だ」

むっとした声を出したのはベルフェゴール自身である。

「派手な格好だとか欲深だとか、言いたい放題だったじゃない。自分とは真逆のあのひとのことが嫌いなのかなって」

嫌いではない、とベルフェゴールは唇を歪めた。

「あの微妙に時代遅れな服装も、真面目で勤勉なところも見ていておもしろい。いつ会っても余裕がなくていらいらしているところもな」

勤勉とはほど遠い怠惰な悪魔は楽しそうに笑った。

「……失礼すぎる」

「こう見えても、ベルフェゴールは七貴族のなかでただひとり、マモンのことを気に入っているんだよ。マモンにとっては迷惑なことだろうけれど」

ダンタリオンはおかしそうに笑いながら珈琲(カフェ)を飲んだ。

「そういうことを言うな。気色悪い」

「事実だろう？」

ふん、とベルフェゴールは鼻を鳴らし、長椅子(ソファ)の上にいつものように横たわった。だが、眠ってしまうような様子はない。

黙ったままでいると、拭い去られたはずの気まずさが戻ってきてしまいそうな気がして、ニニは急いで口を開いた。

「あの、フェニックスっていうのは……？」

ニニの焦りを理解しているのかいないのか、ダンタリオンはいつもよりもさらにゆったりとした調子で答えてくれる。

「不死鳥とも火の鳥とも呼ばれている魔鳥だよ。寿命を迎えると炎とともに消滅し、すぐに甦(よみがえ)るとか、その生き血は不老長寿の妙薬になるとか、羽を休める止まり木をすべて黄金に変えるとか、いろんな話がある」

「本当なんですか？」

もしもそんな鳥が実在するのなら、だれもが欲しがるに違いない、とニニは思った。

「本当だよ。マモンはもう長くフェニックスを飼っていて、彼自身が言っていたように、たぶん魔界のだれよりもその生態に詳しい」

簡単に飼えるような魔鳥ではないんだけどね、とダンタリオンは苦笑いした。

「食べるものは黄金のかけら、飲むものは溶けた錫。にもかかわらず大食漢で綺麗好きだから、世話にはとても手間がかかる。見た目は非常に美しいけれど、不快な大声で始終鳴きたて、おまけに人懐こいとは言いがたい。気の荒い個体も少なくないしね」

たいていは嫌気がさすものだ、と魔獣医は肩を竦めた。

「マモンは黄金を目当てにフェニックスを長く飼っている。厄介な性格の個体も少なくなかったけど、どれもとても可愛がっていた。それを逃がすなんて、よほど油断していたか、今度のやつがだいぶやんちゃか、どちらかなんだろうな」

とはいえ、とダンタリオンは軽く眉根を寄せる。

「魔獣にとって人間の世界は生きづらい場所だ。早く見つけてやらなくては」

主人はそこで使い魔をじっと見つめた。

「ニニも来るかい？　行き先は都だ」

「はい」

ニニに躊躇いはない。

「マモンのフェニックスを探すのは、蝙蝠たちにも手伝ってもらおうと思っている。だから、今回は少しなら時間が作れる」

主人がなにを言いたいのかわからず、ニニは曖昧に頷いた。悪魔は笑みを深くした。

「ヨルのときと違って、ネリを探すこともできるんじゃないかな」

ニニは驚いて息を詰めた。主人、と彼女は呟いた。

「なんだい？」

「……ありがとうございます」

「礼を言うのはまだ早いよ。ネリが見つかったわけでもないのに」

でも、とニニは言った。

「姉さんのこと、忘れずにいてくださったから……」

いましかない、とニニは思った。先日の失礼な振る舞いを詫びるなら、いましかない。

「このあいだは、その……ごめんなさい」

急にわけのわからないことを言ったり、泣き喚いたりして、とニニは舌がもつれそうなほどの早口で言った。しかも、ダンタリオンの顔を見られず俯いたままだったから、これでは謝罪にならないかもしれない。

使い魔の言葉が聞こえているはずの主人は無言だった。あまりにもずっと黙ったままでいるので、ニニは不安になり、そろそろと視線だけで様子を窺う。

そこでニニは思わず吹き出しそうになってしまった。

あるじの様子が彼女の想像とはまったく違っていたからだ。不愉快、不機嫌、あるいは苛立ち。そのいずれでもなく、彼はただただ驚いている様子だった。口はぽかんと半開き、鶸萌黄と若草の双眸は大きく見開かれ、それなりに整った顔立ちをしているぶん、どうにもしまらない表情である。

「……あの、どうかなさいましたか」

「いや……」

悪魔はおよそあるじらしい落ち着きを欠いていた。掌で口許を覆ったり、その手を下ろしたり、横を向いたりと、その挙動はいかにも不審である。まごまごするにもほどがあるわ、とニニは頬の内側を噛んで、笑いをこらえなければならなかった。

「ダンタリオン」

ふと、ベルフェゴールが口を開いた。

「おまえも言うことがあるよな」

使い魔に対する威厳を失いそうな友人を気の毒に思ってでもいるのだろうか、とニニは身構えた。彼の助太刀は切れ味が鋭すぎる。致命傷は負いたくない。

「詫びる、というならむしろおまえのほうだ、と俺は思うんだが」

明日は魔界に御使でも降臨するんじゃないの、とニニはそれこそものすごくびっくりして、ベルフェゴールを見つめた。この怠惰の大貴族がわたしのことを擁護するなんて！

　どれだけ謝ろうが許されると思うなよ、とニニの背中を蹴りつけるならともかく、ダンタリオンを責めるような言葉を吐くベルフェゴールなぞ、ベルフェゴールではない。

　膝の上のテオまでもが、真紅の瞳を真ん丸にしてベルフェゴールを見つめている。

　いや、とか、ああ、とか、わかっている、とか、ダンタリオンはもごもご言った。ニニは急いであるじに視線を戻した。

「ダンタリオン」

「……だから、わかった、と言っている」

　ダンタリオンは意を決したかのように大きく息を吸いこんだ。そのままニニの目をまっすぐに見つめ、吐く息の勢いに任せるような調子で言った。

「僕こそ悪かったよ、ニニ。本当にすまない」

　今度はニニが言葉を失う番だった。なぜ彼に謝られなければならないのか、その理由にまったく心当たりがない。

「いや、だから、その……」

「ダンタリオン」

　ベルフェゴールの声はまるで気つけ薬のようだ。ダンタリオンは背中を伸ばし、ようやくきちんと使い魔に向きあった。ニニも姿勢をただしてあるじの言葉を待つ。

「どうして自分を拾ったんだ、とニニは僕に訊いたよね？」

「はい」

「僕は答えをはぐらかした」

ニニは唇を嚙むことでダンタリオンの言葉を肯定した。

「ここにいてもいいか、と訊かれたときもやっぱり同じようにごまかした」

ニニが望むならいてもいいよなんて言って、とダンタリオンはそのときのことをひどく後悔している様子だった。

「僕は本当ならこう答えるべきだった。ニニをここへ連れてきたのは、一緒にいてもらいたかったからだって」

「……なぜ？」

「寂しかったからだ」

ダンタリオンの答えに迷いはなかった。率直な言葉に胸を打たれる。

ニニが言いかけてやめたとおりだよ、と彼は続けた。

「僕たち悪魔の姿を、僕たちが見られたくないときにでも見ることのできる人間は稀だ。ニニはそういう珍しい人間のひとりで、まだこどもで、おまけに、僕が見つけたとき死にかかっていた」

周りに庇護するおとなのひとりもいなくて、とダンタリオンは静かに続ける。

「僕のところへ連れてきても、悲しむひとはいないんじゃないかと思った」

たしかにそのとおりではあるのだが、あまりにも身勝手ではないだろうか。

そう感じたのはニニだけではないのだろう。ダンタリオンは羞恥を隠すように、眼差しを伏せた。

「ごめんね。でも、僕の姿を見ることができて、僕のことを怖がらなくて、無茶な望みを抱いている。おまけにどうやら孤独らしい。それほどまで僕に都合のいい人間なんて、見つけようと思っても見つけられるものじゃない」

そう思ったら、どうしてもそばにいてもらいたくなったんだ、とダンタリオンは言った。

「わたしじゃなくても？」

「……まあ、そうかもしれない」

「だが、そのときその場にいたのはおまえだった。つまらんことにこだわるな」

ベルフェゴールが口を挟む。ニニは目を瞬かせて、長椅子に寝転がったままの美しい悪魔を見つめた。

「縁のはじまりはいつだって偶然だ。定められた出会いなぞ、ひとつもない」

それもそうか、とニニは頷いた。それに、いまはもっと訊きたいことがある。

「どうしてごまかしたりなさったんですか？　はじめからなにもかも正直に言ってくだされればよかったのに」

「それは、その……どうしても恥ずかしくて」

「恥ずかしい？　なぜです？　ぜんぜん恥ずかしくなんかないです」

「……僕が人間だったなら、たしかにそうだろう。人は自然にだれかと寄り添うものだ。その形はひとつひとつ違うけれど、互いになんらかのつながりを得ることを疎んじたりしない。努力して歩み寄り、支えあって生きていく」

「悪魔は違うんですか？」

違うよ、とダンタリオンは首を横に振った。

「悪魔はみずからの性に逆らうことなく生きていくという話はしたよね。言い換えれば、己の望みがすべてで、それ以上はない、ということだ。だれかとなにかをわかちあったり、寄り添ったりすることはない。その必要はないんだ。自身の性に逆らうことさえなければ、すべてが満たされる存在なんだよ」

話しながら、ダンタリオンはますます鬱々とした様子になった。このまま話を続けたら主人は泣き出してしまうのではないか、とニニははらはらした。

「……僕は違うんだ」

「違う、とは？」

「自分の役割を果たしているだけでは満足できないんだ」

主人の言葉の意味を理解できず、ニニは首を傾げた。思わず助けを求めてベルフェゴールの顔を見るが、彼は長椅子に横たわったまま自身の髪の毛の先から光の粒を飛ばして遊んでおり、なんの役にも立たなかった。二度の奇跡は望めないらしい。

「マーガレットから僕の話を聞いたんだろう？」

ニニはダンタリオンに視線を戻し、ひとつ頷いた。

「まだ幼かった主人を……その、人間の世界で拾った、と」

「そのとおりだ」

フォラスとマーガレットとともに、本来の居場所であるはずの魔界に戻ってからしばらくのあいだ、僕は悪魔である自分を受け入れることができなかった、とダンタリオンは低い声で言った。

「え、でも、主人はご自分がどういう存在なのか、はじめからわかっていたって……」

悪魔の貴族のひとりであるダンタリオンは、生まれたときから己の名前も存在意義も理解していたのではなかったのか。

ニニが首を傾げると、ダンタリオンはごく浅く笑った。

「理解はしていたけど、納得はしていなかった」

自分以外の悪魔を知らなかったせいか、ダンタリオンは人間も悪魔もそう変わらないものだと考えていた。己を庇護したのが強い魔力に恵まれた魔女だったことも、その誤解に拍車をかけた。

「人間は自分の生き方を選べるだろう。なにをするか、だれとどこで暮らすか、好きに選ぶことができる。その気になるかならないかは別として。僕も同じようにできると思っていたんだ。そうではない、魔界でなんらかの役割を担って生きていかなくてはならないのだと、師匠に教わってはじめて知った」

ダンタリオンはため息をついた。

「務めを果たすために生きる。それだけで満たされていられる。そのことを受け入れるのには少し時間が必要だった。おかげでなかなか独り立ちできなくてね。このままだと消滅させられるという段になってようやく、僕は自分の道を決めることができた」

「消滅させられる？」

「サタンにね。魔界の住人が役割とともに生きるのは、彼の定めたことわりのひとつだ」

だから僕はサタンが苦手だ、とダンタリオンは吐き捨てるように言った。

「あいつのことは俺も好かん」

ベルフェゴールが口を挟む。

「俺の友人を簡単に消そうとするようなやつだ。許しがたい」

一度だけ屋敷にやってきたサタンに対する、彼の態度を思い出す。城でこの怠惰の大貴族を補佐するケット・シーは、あの不自然ににこやかな態度は気に入らない相手に対するときのものだ、と教えてくれた。

「おまえは城から逃避する先を失くしたくないだけだろう」

「そうだとしても、おまえに消えてほしくないということに変わりはない」

ベルフェゴールはなぜこんなにもダンタリオンに執着するのだろう、とニニは首を傾げた。悪魔の胸の内を人間に推し量れるはずなどないが、疑問に思わないではいられない。

ニニの戸惑いを理解したのか、怠惰とは現状に執着する性でもあるんだよ、とダンタリオンが言った。

「僕にこだわっているわけではない。彼にとっては、変わらない、ということこそが重要なんだ」

「……ベルフェゴールはいつこの屋敷にやってきたんですか？」

やっぱりフォラスとマーガレットに育てられたのだろうか、とニニが尋ねると、ダンタリオンは首を横に振ってそれを否定した。

「ベルフェゴールはいつだったかの彗星とともに魔界に発生したらしい。幼体の時期はほとんどなく、自分が怠惰を司る大貴族だということももちろんわかっていたけど、城に行くのはいやで、魔界をうろうろしていたときに師匠に拾われた」

「……うろうろ」

「悪いか」

ベルフェゴールの問いともいえない呟きが耳に届く。

いえ、べつに、とニニは感情のこもらない声で答えた。もしもフォラスが彼を見つけていなければ、いまごろこの屋敷にこんな厄介な居候はいなかったはずなのに、と益体もないことを考えずにはいられなかった。

「師匠は例外が大好きなんだよ。マーガレットも言っていただろう。彼女は人間として、僕は悪魔として、あまりふつうとは言いがたい。ベルフェゴールは悪魔としては珍しくないけど、城に行きたくないほど怠惰な怠惰はあまりいないんじゃないかな」

ニニは思わず声を立てて笑ってしまった。

話を戻そうか、と言うダンタリオンもまたさきほどよりは明るい表情になっている。

「僕と師匠とマーガレットは、長い時間を一緒に暮らした。僕が悪魔としての役割を得てからようやく、彼らは氷原に住まいを移した。一人前になった悪魔がほかの悪魔と同居することはない。はじめは問題がなかったとしても、互いの性がぶつかっていずれ諍(いさか)うとわかっているから」

ニニは思わずベルフェゴールを見た。それならなんでこいつはここにいられる？

「ベルフェゴールの本来の居場所は城だよ。ここは、なんというか、うーん……」

「あくまでも仮宿にすぎない。だから個室も家事いっさいの決定権も、寝台すらもない」

屋根裏のねずみみたいなものかしら、とニニはいささか意地の悪いことを考えた。

「師匠とマーガレットが出ていって僕はひとりになった。とても、寂しかった」

だからベルフェゴールに居間の一角を占拠させることも許しているのね、と思いながらニニはまっすぐにあるじを見上げた。ダンタリオンは躊躇いがちに、それでも今度はしっかりとこちらを見てくれた。

「でも、寂しいなんてだれにも言えなかった。悪魔として、あるまじき感情だからね」

テオを拾ったときのことを思い出す。診療室を片づける背中を美しく感じると同時に、そうあることは彼の本意ではないようにも思えた。

ワイバーンの住処から帰ってきた夜のことを思い出す。消え去ること、忘れ去られることをあたりまえだと思えない竜や悪魔もいるのだと話す口ぶりには、他人事ではない切実さがあったように思えた。

どちらも気のせいではなかったのだ。

「でも……」

ニニは小さな、囁くような声で言った。

「わたしもいつかはここからいなくなります。ネリを見つけたら……」

本当にそうだろうか、とニニは思った。

たしかにはじめは、ネリを見つけたら一緒にもとの世界に戻ることが望みだったし、そのことになんの疑問も抱いていなかった。

いまはどうだろう。

この主人と離れることなんてできるのだろうか。

望みを叶え、残りの寿命の半分を差し出すことが、自分にできるたったひとつの恩返しだと思ったこともあった。あるいは、忘れないでいてあげることくらいならば、自分にもできると考えたことも。

別の言い方をするなら、それしかできない、と思っていた、ということだ。寿命を差し出すこと。忘れないでいること。自分にはそれしかできないと思っていた。

だけど――。

もしもこの先も、この屋敷にいることができるのならば。

もしもこれからもずっと、主人のそばにいることができるのならば。

わたしはどうしたいと願うのだろう。

もちろん、いまでもネリに会いたい。自分とよく似た顔を見つめ、細い身体を抱き締めたい。些細でくだらないことで笑いあいたい。

でも、でも――……。

「そのときのことはそのときのことだ」

ダンタリオンの声に、ぱちん、と泡が弾けるように思考が途切れた。

「僕は本当のことをニニに伝えておこうと思った。いまは、それだけでいいよ」

悪魔はどこか寂しそうに薄く笑った。

「ごめんね、ニニ。僕が正直にならなかったせいで、おまえに居心地の悪い思いをさせてしまった」

ニニは少しだけ迷ってから、首を縦に振った。大半は自分の甘えのせいだとしても、主人が最初から本音を明かしてくれていれば、こんなに長いこといたたまれない思いをしなくてもよかったのは事実だと思ったからだ。

「この話はここまでにしよう。いまはまず、迷子のフェニックスを見つけてやらなければ」

ダンタリオンはすっと立ち上がった。

「僕は蝙蝠たちに話をしてくる。準備が調ったらすぐに出発するから、それまでにアルラウネたちに水をやっておくんだよ」

「わかりました」

足早に居間を出ていく主人の背中に返事をしてから、ニニも立ち上がる。テオが肩まで駆け上ってくるのを待ってから、部屋を出ようとしたそのとき。

「……おい、クソガキ」

ベルフェゴールがニニを呼ぶ。ダンタリオンが近くにいないがゆえの腹立たしい呼びかけを忌々しく思いながらも振り返ると、思いのほか真摯な黄金色の眼差しがまっすぐにこちらを見つめていた。言いたいことを言っていいものかどうか迷うような表情が、彼にはまるで似合わない。

「なによ」

呼び止めておきながらなかなか口を開かないベルフェゴールに焦れたニニは、わざと乱暴に先をうながそうとした。だが、魔界の大貴族たる悪魔はそこで首を横に振る。

「……気をつけて行ってこい」

「なにそれ」

本当に言いたいことはそれじゃないでしょ、とばかりにニニが訊き返しても、長椅子と一体化してしまった怠惰はもう身じろぎひとつしようとしなかった。

スーリを探してみようと思います、とニニが言ったのは、ダンタリオンとふたりで都に着いてすぐのことだった。今回は万が一にも馬車に轢かれたりしないよう、人目につきにくい路地の奥に転移してきた。そこから雑踏の中に紛れこみ、いまは川沿いの街路を横に並んで歩いている。

「ねずみを探す？　どういうこと、ニニ？」

前回と姿こそ違うが、今日のダンタリオンも人間の男に化けている。ぽってりとしただんご鼻と弛んだ頬、三角帽子に隠された黒髪はやや薄い。丸いレンズの嵌まった眼鏡をかけ、あまり裕福ではない家にしぶしぶ仕え続けている使用人といった風情の彼は、ボンネットの陰に隠れたニニの顔を覗きこんだ。その瞳は穏やかな常磐色である。

「スーリ。人間の男の子です。このあいだも助けてくれました」

「……魔女が隠れていた下宿（ガルニ）を教えてくれたこどもか」

そうです、とニニは勢いこんで答えた。ちなみに彼女はやや小綺麗（こぎれい）な衣服を身につけてはいるが、肩からかけた鞄（かばん）も含め、このあいだとほとんど同じ格好をしている。没落しかけた家に雇われた下働き、というのが今回与えられた役回りだった。

「彼はこの都（パリ）のいろいろなことにとても詳しそうに見えました。闇雲に歩きまわるより効率がいいと思うんです」

「詳しいとは言っても、あのこどもは浮浪だろう？」

国に皇帝が誕生してから数年、都（パリ）の治安は以前より回復してきてはいる。だが、街中を住処とする家のないこどもたち――浮浪――は、いまだ都（パリ）から姿を消してはいない。多くの人々の暮らしが安定に向かいつつあるいまでも、ひとたび荒れた人心はなかなかもとに戻らぬものであるらしい。

「フェニックスは黄金を作り出す鳥だ。手に入れた者がいたとしても、彼らに探し当てられるような場所にはいないんじゃないかな」

スーリのようなこどもたちは庶民の生活には詳しくとも、金持ち（ブルジョワ）には縁がないのではないか、とダンタリオンは言った。ニニは首を傾（かし）げた。

「でも、金持ちの家にも下水管はあるでしょう？」

「下水管？」

「スーリは下水路に住んでいると言っていました」

　ダンタリオンが顔をしかめた。

「下水路はどこにでもつながっています。フェニックスを手に入れただれかは暮らしぶりが変わるはずです。貧乏人でも金持ちでも、必ず。黙っていても黄金が手に入るんです。人前ではなんでもないようなふりをして自分を抑えても、どこかで必ずお金を使うはず」

　毎日豪勢な食事を作らせるとか、仕立屋を呼んで洒落た服を注文するとか、音楽会を催して派手に人を集めるとか、ええと、ほかにはなにがあるかしら、と生まれてこのかた一度も金持ちだったことのないニニは必死に知恵を絞る。

　わかったわかった、と主人は使い魔を落ち着かせにかかった。

「そのスーリというこどもなら、暮らしぶりの変わった家がわかるということか」

　ダンタリオンは少し考えてから、ニニの言うとおりかもしれないね、と頷いた。

「蝙蝠たちに虱潰しに探させたり、酒場で情報を集めたりするよりも手っ取り早い」

　ギイたちはずいぶんと酷使される予定だったのだな、とニニは薄い翼膜とふわふわの腹を思い浮かべながら、彼らに同情を寄せた。

「それで、そのスーリに会うにはどうしたらいいか、わかるのか？」

　いいえ、とニニは首を横に振った。

「このあいだ彼と知りあったのはまったくの偶然です。街中で父さんを見かけたような気がして、主人から離れて道に迷っていたところに声をかけられて」

ああ、あのときね、とダンタリオンは眉根を寄せた。なんの前触れもなく手を振りほどかれたときの驚きを思い出したのかもしれない。

「そのこどもはいろいろと目端が利くようだね」

だとすると、とダンタリオンは双眸を細く眇めた。いまの彼がそんな表情をすると、贅沢を望むあるじに窮乏を訴えることができないまま途方に暮れる使用人そのものである。

「もしかしたら、いまも、どこかから僕たちのことを見ているかもしれない」

そのとおりですね、とニも頷いた。

「わたしがひとりになれば、すぐに姿を見せるかもしれません」

「ひとりに？」

「彼はおとなを信用していません。主人がそばにいたら、会うことはできないと思います」

ダンタリオンは、そうだろうね、となにかを考えるような表情になった。

「わたしをひとりにしてもらえませんか？　なにかあれば、このあいだと同じようにテオに走ってもらいます」

「いや……」

せっかく連れてきたんだ、蝙蝠に働いてもらおう、とダンタリオンは言った。

「鞄に一四入れていきなさい。なにかあったとき、ニニひとりではどうにもならない。テオはそれなりに頼りになるから、そばから離さないほうがいい」

「テオが？」

ニニはびっくりして、思わず鞄の蓋を強く押さえてしまった。とたん、もぞもぞとテオが暴れ、慌てて手を離す。

「カーバンクルは魔力も体力もある。好戦的ではないが、攻撃力は高いらしいよ」

「……心配しすぎじゃないですか」

ニニ、とダンタリオンは首を横に振った。

「マモンがフェニックスを大事にしていることは、魔界で知らない者がいない。サタンに敵が多いように、マモンにも敵は多い。フェニックスは希少な魔鳥だ。これを好機とばかりに横取りを企む者がいないとも限らない」

「ほかの悪魔がシャムスを狙うかもしれないということですね？」

そう、警戒すべきは人間じゃなくて同胞だよ、とダンタリオンは頷いたあと、意外そうな表情でニニを見下ろした。

「よくフェニックスの名前を覚えていたね」

「探すときに必要になるかもしれないと思ったので」

動物にだって考える頭くらいある。自分を種としか認識しない相手より、個として扱ってくれる相手に心を開くものだ。ニニは村の暮らしのなかでそのことをよく学んでいた。

ニニはすっかり気分がよくなる。その勢いのままに、彼女はあるじにひとつ頷いて見せてから、彼のそばを離れた。

「ニニ。気をつけて」

心配そうな声を背中に聞きながら、ニニは急ぎ足で適当な角を曲がり、ダンタリオンから遠ざかる。

相変わらずぞっとするほど汚れた街だ。ダンタリオンの魔力に護(まも)られ、ひどい悪臭こそ感じないでいられるが、絶対に転んだりなどしたくない。踝(くるぶし)が隠れるほど長いスカートの裾を、はしたないと思いながらも、なかばたくしあげるようにして歩く。

細い道は複雑に入り組んでいて、見通しも悪い。陽(ひ)の当たらない路地は薄暗く、物陰にたむろする不審な者たちの姿をうまく隠している。

ニニは破落戸(ごろつき)どもに見くびられないよう、まっすぐに顔を上げ、迷いのない足取りで歩き続けた。間違っても、いまいる場所がどこなのかさえろくに把握できていないことを悟られてはならない。

革命のさなか、都(パリ)では毎日たくさんの人たちが断頭台(ギロチン)に送られたと聞いている。家を出ていってから一度だけ会った二番目の姉も、広場では見世物のようにしてしょっちゅう人が死ぬ、と言っていた。

今日には友と誓った相手を裏切り、あるいは裏切られ、明日には互いにその死を願わなくてはならないような生き方はあまりにも壮絶だ。都(パリ)の人たちは、政治にかかわりのない庶民であっても、そんな地獄を垣間見(かいまみ)ている。彼らにはニニの長閑(のどか)な常識など通用しない。

油断してはだめ、とニニは気を引き締めた。

ちょうどそのときのことだった。

「また会ったな」

背後から声をかけられ、気づいたときには隣にスーリが並んでいた。街を貫く広い川(ラ・セーヌ)にかかる大きな橋を渡りきってすぐのことだった。

「……スーリ」

「覚えてたか」

「もちろんよ」

あちこちに向かって元気に跳ねる巻き毛が印象的な少年は、薄い唇をぐっと曲げて笑った。再会を喜んでいる表情には見えなかった。

「母ちゃんには会えたのか」

ううん、とニニは咄嗟(とっさ)に首を横に振った。

「あなたに教えてもらったあの下宿(ガルニ)にいたのは、わたしの母さんじゃなかったの」

「へえ？」

「人違いだったのよ」

そうか、とスーリは双眸を細く眇めた。

「で、あれからずっと都（パリ）にいたのか。おまえ、たしか父ちゃんも探してただろ」

うん、と今度は頷いた。さっきよりは少しだけ慎重に。

「見つかったのか」

「見つからない」

「……おまえの父ちゃん、どんななりしてたんだ」

どんなって、とニニは戸惑って首を傾げた。

「都（パリ）に出てきた貧乏人の末路ってのはだいたい決まってんだよ。男なら屑屋（くずや）、女なら娼婦（しょうふ）。見た目ですぐわかる。商売がわかってりゃ探しやすい」

ニニはちらっと見かけただけの父親の様子を、思い出せるかぎりスーリに伝えた。

「でけえ袋をふたつも担いでたってんなら、まず間違いなく屑屋だろうな。でも、時期的に思い当たるやつはいねえ」

「……この街の屑屋を全員知ってるとでも言うつもり？」

そんなはずがないでしょう、というニニの言葉にスーリは気を悪くした様子もなく、まあな、と頷いてみせる。

「でも、屑屋とおいらたちはお互い無視できねえ相手だ。獲物がかぶるからな。言ってみりゃ商売敵みたいなもんよ。顔ぶれはだいたい把握してる」

都を出てったり、強盗団に引きずりこまれたりしたんでもないかぎり、商売替えも難しい、とスーリは笑った。

「でなきゃ、どっかでおっ死んだか」

「……死んだ？」

べつに珍しかねえぜ、と擦れたこどもは唇を歪める。

「貧乏人はどこまでいっても貧乏人さ。這い上がれんのはごくわずか。おまえの父ちゃんも屑屋を続けられてりゃ御の字だろうよ」

ニニは眉根をきつく寄せて俯いた。気の弱い父のことだ。この競争の厳しそうな都で己の才覚ひとつを頼りに生き延びていけているのだろうか。

「……きっと、だれかにいいように使われてるのね」

犯罪者になるほどの思いきりもないだろう父にとって、それが唯一まともな選択であるように思えた。ネリと自分を捨てた親であっても、死んだとは思いたくなかった。

「……で？　あれからおまえ自身はどうしてたんだ」

うん、とニニは軽い調子で頷いた。必死に嘘を練り上げていることに気づかれていませんように、と願いながら。

「わたしは、その……あの金貸しのところへ戻ったの。家への帰り方はわからないし、ほかにあてがなかったから」

へえ、とスーリはねずみのように鈍く光る両目を細めた。

「それから？」

なにかを探ろうとするような口ぶりだ。彼はよそ者を警戒している。それはきっとスーリの世界がとても狭いからだろう、とニニは思った。街は広くとも、人は多くとも、彼の生きている世界はニニの故郷の村と同じくらい、あるいはそれよりももっと小さいのだ。

だが、その小さな世界のことなら、スーリはどんな異変も見逃さない。

「あるお屋敷で働いてるわ。小間使いを探していたんですって。お給金は全部金貸しに取り上げられちゃうから貧乏に変わりはないけど、食べるものに困らないのは助かるわね」

「いつ頃から？」

「……ほんの何日か前からよ」

ふうん、と下水路をねぐらにしている逞しくしぶといこどもは、疑り深い眼差しでニニを見つめた。

「な、なによ」

「なんでおいらを訪ねなかった？」

ここで答え方を間違えると面倒なことになるかもしれない、とニニは直感した。スーリはこの都でしたたかにずる賢く生きている。たくさんの手下を抱え、大勢のおとなたちを出し抜いて。

たとえ、ここで彼にダンタリオンとニニの正体——悪魔とその使い魔——が知られたところで、主人（ムシュー）が困ることはあまりないだろうとは思う。人間のこどもが悪魔に太刀打ちなどできるはずもないからだ。

だが、スーリに警戒心を抱かせることはフェニックスの捜索に悪い影響を及ぼす。彼には鋭い洞察力と飛び抜けた行動力がある。人を助ける力がある。それは裏を返せば、相手がなにをすればどう困るかを瞬時に見抜き、それを実行できるということでもあるのだ。

ダンタリオンは人間界で騒ぎを起こしたくないと考えている。人間に化け、目立たぬように街にひそむのはそのためだ。そしてそのことはスーリにとってみれば、わたしたちの、すなわち敵の弱点になりうる。

もしも、彼がそのことに気づいたらどうするだろう。

わたしたちを逐一見張り、どこへ行ってもなにをしても目立ってしまうような細工をするに違いない。わざと物音を立てて人目を引いたり、警邏（けいら）を呼んだり、あるいは被害者を装ったり。わたしたちの邪魔をする手段はいくらでもある。

彼に弱みを見せてはいけない。でも、教えてもらいたいことはある。

どうしたらいい？

「金貸しにつかまっていたんだもの」

「戻ったって言ってただろ」

叩き落とすみたいに言い返された。

「戻ったっていうか、見つかっちゃったのよ。あの下宿(ガルニ)にいたのが母さんじゃないってわかってから、すぐに。父さんを探すひまもなかった。ましてやあなたのことなんて……」

スーリの表情がわずかに緩んだ。

「おまけに一度逃げ出したりしたもんだから、そのあとはしっかり見張られててどうにもならなかった」

そうか、とスーリは軽く顎を上げた。眼差しからは険が消えている。ニニの話を完全に信じたのかどうかは疑わしいが、少なくとも敵意を引っこめる気にはなってくれたようだ。

「……さっきの男は？」

やっぱり見られていたんだわ、とニニは思った。

「お屋敷の使用人よ。旦那様から頼まれた届け物があるんですって。わたしは市場でろうそくを買って……あら、いやだ」

「どうした？」

「わたしったら、ろうそくを買うように言われていたのに、お金を預かってくるのを忘れちゃった。莫迦(ばか)みたい。さっきのところへ戻って、彼を待たなくちゃ」

「……いい家なのか？」

「なにが？」

　ニニはダンタリオンと別れた場所へ戻ろうと踵を返した。当然のような顔をしてスーリもついてくる。主人と顔を合わせる前に、どうにかしてフェニックスの居場所につながる情報を訊き出さないと、とニニはわずかな焦りを覚えた。

「働いてる家」

「……どうして？」

「この前に比べてずいぶん顔色がいいからさ。服も古いけど、手入れが行き届いてる」

　そうね、と頷きながらも、やはり彼は油断ならない相手だ、とニニは思った。だが同時に、その言葉にとっかかりを見出してもいたので、慎重に次の言葉を選ぶ。

「いい人たちなのかも。でも、どちらかといえば見栄っ張りなんじゃないかしら」

「なんでだ？」

「使用人や小間使いにみすぼらしい格好をさせておくと、いかにもお金がありませんって言ってるようなものじゃない？」

　スーリは黙ったまま睨むようにニニを見た。

「……もとは貴族のお家柄らしいのよ。でも、革命でいろいろなくしてしまって、いまはあまりお金がないみたいなの」

「そういう連中はたくさんいるな」

「ええ、そうね。でも、彼らはお金がないと思われたくない。なんだかんだで収入はあるみたいだから、まだいいほうなんだろうと思うけど」

それは運がよかったな、とスーリは言った。

「その家もだけど、おまえもな。働き口があるだけで言うことはねえってのに、うまいところに拾われたんだな」

ニニはさきほどとは違う種類の焦りを感じた。ここで関心を失ってもらっては困る。

「でも、やっぱり、王様のいた頃が懐かしいみたい」

「さんざんいい思いしてきたんだからな。当然だ」

スーリは吐き捨てるような口調で言った。ニニはおもねるような調子にならないよう気をつけながら続ける。

「とくに奥様は思い出話ばっかりよ。薔薇(ばら)でいっぱいのお庭とか、田舎の別荘とか、流行のドレスで着飾った舞踏会とか」

ふん、とスーリは鼻を鳴らした。

「おいらたちよりずっとマシな生活してるくせに、さらに、金、金、金って、金持ち(ブルジョワ)はそればっかりだな。性根が腐ってやがる」

「……昨日あたりからは、噂話(うわさばなし)に夢中なの」

「噂？」

そう、とニニはちらりとスーリの表情を窺った。

「なんでも、暮らしが急に派手になったお家があるらしくて。革命でそれまでのお客さんをなくした腕のいい仕立屋を呼びつけたり、大勢の料理人を雇ったり。つい最近までうちとおっつかっつの火の車だったはずなのにって、羨ましがっちゃってすごいのよ」

あるのねえ、そういうお家、とニニはため息まじりに呟いた。

「なんだ、おまえも金かよ」

「それはそうよ。だって、お金のある家では小間使いもおいしいものが食べられるのよ。いい服ももらえるし。わたし、ずっと貧乏だったから、そういうのに弱くって」

スーリは薄い唇を大きく歪めて笑うような表情になった。

「じゃあ、そっちに雇ってもらえばいいだろ」

「いまのお家を逃げ出せって言うの？　そんなの、無理よ。その噂が本当かどうかもわからないんだし」

「……案外、嘘じゃねえかもしれねえよ」

「どういう意味？」

ニニはさも意外なことを言われた、とばかりに大きく目を見開いた。

「川沿いに妙に金回りのよくなった家があるって聞いたぜ。毎晩毎晩、たんまり残飯が出るんだと。残念ながらおいらの縄張りじゃねえんだけどな」

「あっちは右岸だからな。おいらの縄張りは橋の手前まで」

スーリにつられてニニは顔を上げて川を見た。都(パリ)を知らない彼女の目には橋のあちらもこちらも同じように映る。しかし、彼には違った景色が見えているらしい。

「縄張り(シマ)？」

それでも、とニニは首を横に振った。

「逃げ出すなんて無理。だれにも雇ってもらえなかったら、寝る場所にも困るもの」

「こんなところにいたのか」

ニニが顔を上げてダンタリオンの姿を確認するよりも早く、スーリはいなくなっていた。雑踏の中に紛れこんだだけなのだろうが、逃げていった方向すらすでにわからない。たいしたものだわ、とニニは思った。ねずみ(スーリ)の名前は伊達(だて)じゃない。

「レ、レイモン様」

あらかじめ教えられていた偽名を呼ぶと、ダンタリオンはかすかに頷いた。そして、ニニが隣に並ぶのを待つことなく踵を返す。どこかから見張られていると知っていて、芝居を続けるつもりなのだろう。

ニニはそのまましばらくダンタリオンに従って街を歩いた。やがて、あるじは一軒の屋敷の前で立ち止まる。高い塀に囲まれ、立派な門を構えた屋敷の裏手、使用人が出入りするために使われる簡素な門を、慣れた様子で押し開ける。

「急いで」

知らない家に勝手に入りこむことに躊躇う（ためら）ニニの背を軽く押したダンタリオンは、敷地内に入りこむと同時に素早く門扉を閉めた。

「……ここはどなたの？」

「知らない」

そして、路地から見えない位置まで来たところで、ニニの身体（からだ）は主人（ムシュー）のマントにすっぽりと包まれていた。

「ねずみ（スーリ）はやっぱりねずみだったんだね。なかなかの情報収集能力だ」

見知らぬ屋敷の裏庭から転移した先は、都（パリ）の景色を一望できる高級宿（オーベルジュ）の一室だった。

贅沢（ぜいたく）な部屋の豪奢（ごうしゃ）な長椅子（カウチ）に腰を落ち着けたダンタリオンは、楽しげな笑い声をあげた。

一方のニニはそれどころではない。貴族や金持ちばかりが泊まっているという高級宿（オーベルジュ）になど、生まれてはじめて足を踏み入れたのだ。フォラスの屋敷にもひけをとらない装飾過多な空間に、目がチカチカする。

離れているあいだに部屋を確保しておいたんだよ、と本来の姿に戻ったダンタリオンはしれっとしている。なにをするにも拠点は必要だからね、というのが彼の言い分だったが、呼吸をするだけで金がかかりそうな雰囲気に、ニニはいまにも圧倒されそうだった。

「落ち着きなさい、ニニ」

「で、でも……」

なにもこんなに派手な部屋でなくてもよかったのではないか、とニニは言った。

「それこそどこか適当な下宿だって……」

「万にひとつでもだれかに見られる危険は避けたかった。スーリのような目端の利くこどもに目をつけられているならなおさらだよ。ここならまず見つかる心配はない」

「屋敷に帰るのではだめだったんですか？」

「魔界からの転移は身体への負担が大きいからね。あまり頻繁な往来は避けたほうがいい」

つまりこの贅沢はわたしのためか、とニニは途方に暮れた。

「そんなことより、ニニ。僕もひとつ情報をつかんできた」

「情報？」

「質屋だよ」

質屋、とニニはわかったようなわかっていないような調子で返事をする。

「担保と引き換えに金を貸してくれる商人だよ。この都にも大勢いる。庶民を相手にするところが大半だけど、なかには金持ちばかりを顧客とする者もいる。そんな質屋のひとりがね、こっそり教えてくれた」

ごく最近になって新たな顧客が増えたそうだ、とダンタリオンは言った。

「右岸にある古い家らしいんだけど、妙に凝った黄金細工ばかりを持ちこんでくるみたいでね。黄金の枝、黄金のペン、黄金の器、なかには黄金の手袋まであったそうだ」

「黄金の手袋？」

妙な話だろう、とダンタリオンは鶸萌黄と若草の双眸を軽く眇めた。日頃は穏やかな主人だが、そういう表情をすると、悪魔以外の何者にも見えなくなる。

「あまりにも頻繁にそうした品が持ちこまれるからと、出どころを疑ったり確かめようとしたりすると、すぐに出入りを禁止されるそうだ。僕が話を聞いた質屋も馘首になった商売仲間から紹介されたものの、まさに今日、今後の取引はないと言い渡されたばかりだったらしい」

「その家に、フェニックスがいると……？」

「間違いなくね」

僕が話を聞いた質屋がなぜ出入りを禁止されたかというとね、とダンタリオンは冷たい眼差しで窓の外を見やった。ニニもつられて都の空を見上げる。

「じつに精巧につくられた蛇の黄金細工を引き取ることを拒んだからだそうだよ」

ニニはぞっとしてあるじを振り返った。ダンタリオンは使い魔を見つめて小さく頷く。

「蛇は本当によくできていたそうだ。美しい鱗、丸い瞳、先がふたつに割れた舌、細く鋭い牙まで、いまにも息遣いが聞こえてきそうなほどだった、と」

ダンタリオンは静かに瞬きをした。

「フェニックスは止まり木としたものすべてを黄金に変える。それが、たとえ命あるものであっても」

それって、とニニは囁くような声で呟いた。

「生きたままの蛇にフェニックスを止まらせて……」

「そうとしか考えられない。質屋はまさか真実を知りはしないだろうけれど、あまりにもよくできすぎていた細工物の不自然さを気味悪がっていた。持ちこまれる黄金は質がよく、商売としてはなかなかに魅力的だったが、それよりも自身の勘を優先したそうだ。とても賢いことにね」

ニニはふらふらと窓際を離れ、ダンタリオンの隣に腰を下ろした。正気であったなら、あるじと並んで座ることや豪奢な織物にお尻を乗せることに抵抗もあっただろうが、そんなことに気を配っている余裕はなかった。

いきものを黄金に変える？　なんというおそろしいことを考えつくのだろう。いまは蛇だけど、これがねずみになり、犬になり、豚や馬になる日も遠くはないだろう。そして、いつかは人に——……。

ニニはぶるっと身体を震わせた。

「マモンの話と合わせて考えると、フェニックスが人間の手に渡ってからせいぜい四、五日といったところだろう。にもかかわらず、もうこれだ」

　ダンタリオンはため息というには鋭い息をついた。

「マモンの懸念ももっともだ。このままにしておけばこの都（パリ）は、いや、この国全体がひどい混乱に陥ることになる」

「でも、フェニックスを飼うのはとても大変なんですよね？」

　黄金を食べ、錫（すず）を飲むというのだ。とても人間の手に負えるいきものではない。

「あの魔鳥は、飲まず食わずでも数年は生きる」

　ニニは思わず、ああ、と嘆息する。大丈夫だよ、とダンタリオンは薄く笑った。

「その家に蝙蝠（こうもり）たちを偵察にやろう。屋根裏から地下室まで念入りに調べさせる。たぶん、すぐに見つかるよ」

　ニニは、そうですね、と小さな声で返事をした。

「そのあいだ、僕たちはネリを探すことにしよう」

　思いがけない言葉に驚き、ただ瞬きを繰り返す。そんな少女を悪魔はじっと見つめた。

「あまり時間はない。いまはまだ正午過ぎだけど、夜にはフェニックスの居場所もわかっているはずだ。そうしたらすぐに取り戻して、魔界へ帰らなくてはいけない」

　淡々としたあるじの声を聞いているうちにニニは落ち着きを取り戻した。そうよ。今回はネリを探しにいけるって、はじめにそう言ってくれていたじゃない。

「まず、どこを探す？」

「住んでいた村を」

迷いはなかった。ひまさえあればずっと考えていたことだったからだ。

ダンタリオンもその答えは予想していたようだった。すっと立ち上がり、おいで、と手を伸ばす。

「僕は薬売りだ。ニニはその弟子。今回は、念のため、男の子になっておこう」

言うが早いか、ダンタリオンはさきほどとはまったく別の姿になっていた。

顔立ちはほぼ本来のとおり整っているが、褐色の肌に黒曜石の瞳はこの国では珍しい。瞳と同じように黒く長い髪はたっぷりとした布に包まれていて、耳朶（みみたぶ）や首元、手首を飾るたくさんの風変わりな装飾品（ビジュ）が、動くたびにシャラシャラと美しい音を立てる。襟の高いシャツには釦（ボタン）がなく、ズボンはゆったりとしていて動きやすそうだ。生成りに金銀の映える装いは、どこからどう見ても異国風のそれである。

「だ、大丈夫ですか」

ニニは思わず尋ねてしまう。

「なにが？」

「そんな、いかにも異邦人（エトランジェ）ですっていう格好だと、怪しまれるんじゃないかと……」

大丈夫だよ、とダンタリオンは首を横に振った。

「長居しないということが明らかだからね。ちょっと珍しくて役に立つものを売りにきただけの通りすがりだと思って、かえって警戒心は緩むんじゃないかな」

そういうものかしら、と村の排他性を知るニニは疑問に思った。だが、悪魔として生きる主人（ムシュー）は、そもそも人間界にとって異質な存在である。そんな彼の言うことにも理があるような気がして、言葉を返すことは控えておいた。

慣れたマントの代わりに優しい掌（てのひら）に視界を塞がれ、同時に腹の中心を強く押されたような、つねにはない不快感を覚える。いつもよりも少し時間がかかったように感じたが、それでもわずかに呼吸ひとつほどのあいだのことだ。

気づいたときには、ニニの足はやわらかな草地を踏んでいた。視界がひらけ、見覚えのある山小屋が目に入る。

「ここ……」

「僕とニニが出会った場所だ」

ニニはワイバーンに一度見せてもらった牧場の真ん中に立っていた。はるか上空から見下ろしたあのとき、ここに放置されていたはずの羊たちの骸（むくろ）は、いまは跡形もない。きっとだれかが片づけたのだろう。骸は狼（おおかみ）をおびき寄せる。こんなところに餌を置いたままにするような真似（まね）をすれば、やつらはいずれ村に狙いをつける。

山小屋に向かって足を踏み出そうとしたところで、ダンタリオンに呼び止められた。

「どこへ行くの？」

「小屋を、見ておこうかと……」

「やめておきなさい」

ニニは足許(あしもと)へ視線を落とした。都(パリ)にいたときとは違う靴を履いた自分の足が目に入る。はっとして服装を確かめれば、主人(ムシュー)の言ったとおり、いまの自分はまるっきり男の子の格好をしている。弟がかぶっていたようなキャスケットのつばに触れながら、ニニはダンタリオンをまっすぐに見上げた。その眼差しに応えるように、悪魔は言った。

「小屋の中にはニニとネリの身体がある。魔術によって時間の流れから切り離し、ほかの人間たちからも認識されにくいようにしてはあるけれど、魂の抜けた身体だ。見てもあまり気分のいいものではないと思う」

ニニはふたたび山小屋へと目を向けた。

そうだった、と彼女はいまさらながらに自身の置かれた立場を思い出した。いまのわたしは半死人、魂だけの存在なのだった。人と話すことも、ものに触れることもできるけど、それは主人(ムシュー)の魔力に護(まも)られているからだ。

「戻るときまで、そっとしておくほうがいいと思うよ」

ダンタリオンの言葉には説得力があった。ニニはひとつ頷いてから、あるじを見上げる。

「このあたりにネリの気配はある？　なにか感じることは？」

ニニは首と背中を精一杯伸ばしてあたりを見まわした。高い空、薄い雲、見慣れた山の稜線。濃く繁る木々に、風に揺れる下草。ところどころに顔を出しているゴツゴツとした岩、村へと続く細い道。

「いいえ。なにも」

この山小屋へ連れてこられたのは、死にかけたあの日がはじめてだった。家族の貴重な財産だった羊たちの世話は、兄姉たちがいた頃は彼らの、彼らがいなくなってからは父の仕事で、ネリとニニには任せてもらえなかった。だからこそ、ここへ連れてきてもらえたときは嬉しかったのだ。羊の世話を任せてもらえるということは、それだけ信頼されているということだと思っていたから。

それなのに――……。

「ネリを探しながら、村へ向かうよ」

ニニの心中を慮りつつ、励ますような口調だった。

「探しながら……」

「どうかした？」

探しながらと言われてもいまのネリがどんな姿をしているのか、まるでわからない。生きているときと同じとはかぎらないのではないか。

ニニがそう言うと、ダンタリオンはわずかに首を傾げた。

「亡者はどんな姿にもなりうる。生きているものと変わらないほど確かな実体を持つものもいれば、陽炎のように目に映る景色をわずかに歪めるだけのものもいる」

なんとなく違和感があるところに気づいたら、教えてくれればいいよ、と悪魔は言った。

「その気になれば、たぶんどんな亡者も亡霊も実体化させられるはずだから」

「はず？」

「やったことがないからね、必ずできるとは言いきれない」

ふたりは連れ立って村へと向かう道を進みはじめた。途中、細いせせらぎを渡り、以前にも訪れたことのある薔薇の咲く窪地のそばを通りすぎた。歩き固められただけの道は、村に近づくにつれ少しずつ進みやすくなる。おとながふたり並んで歩けるほどの道幅になると、村の一番外れの家が見えてくる。

これまでのところ、ネリの気配はまるで感じられなかった。

「ニニはできるだけしゃべらないようにしたほうがいい」

村へ入ろうとするところでダンタリオンから告げられた言葉に、ニニはこくりと頷いた。村の人たちは皆ニニのことをよく知っている。しゃべり方どころか、些細な仕草ひとつで正体に気づかれる可能性があった。

「ニニの家はどのあたり？」

「村の南端です。なんとなく道なりに進んでヒースの茂みの先を左に。そのあとすぐの井戸から見て一番右側の家です」

囁くような問いかけにひそめた声で答える。ダンタリオンは、わかった、と目配せし、その直後に姿を見せた村人に陽気な挨拶をした。やあ、薬を持ってきたよ。商いの許しをもらいたいけど、村長はどこかな。そうか、では訪ねてみるよ。

流暢ながらも癖のある発音は、いかにも異邦人のものだ。村人——ニニの家からは少し離れたところに住む年寄りで、おそらくこれから山へ入ろうとしている——は、ダンタリオンの言葉に気安く応じながらも、見慣れないふたり連れをじろじろと無遠慮に観察している。警戒する心を隠そうともしない態度だった。

ダンタリオンの足は教えられた村長の住まいではなく、ニニの家へと向けられる。ニニはこっそり背後を振り返り、さきほどの老人の様子を確かめる。彼女はすでにこちらに背中を見せ、山へ向かって急いでいた。羊を迎えにいくのか、草摘みか。いずれにしても陽のあるうちに戻ってきたいのだろう。

だれにも怪しまれることなく歩を進め、気づいたときにはニニは懐かしいわが家の前に立っていた。

「ここか」

ニニが頷くと、ダンタリオンは躊躇いなく扉に手をかける。

「その家になにか用かね？」

ふたりは弾(はじ)かれたように振り返った。だが、息が止まるほど驚いたのはニニだけだったようだ。ダンタリオンは華やかな笑みを浮かべ、ゆったりと口を開いた。

「私どもは都(パリ)から参りました薬売りです。この家の方にお会いしたいのですが、どちらにおいでですか？」

「……いったい何の用だ」

岩のような無表情で問いかけてくるのはこの村の村長である。おそらく住民のだれかから、よそ者が村に入りこんできたことを知らされ、急ぎ駆けつけてきたのだろう。

「知り合いか」

「ええ、まあ、知り合いといえば知り合いです。この家の娘さんに頼まれたのです」

「娘だと？」

はい、とダンタリオンは笑みを深くした。

「いらっしゃいますでしょう、都(パリ)で働いている方が。里帰りをしたこともある、と話しておられましたよ」

ああ、と村長は苦虫を噛(か)み潰したような表情になった。

「私は都(パリ)で彼女に大変お世話になりましてね。ついでがあれば妹たちの様子を見てきてほしいと頼まれて、喜んでお引き受けしたのです」

「……妹」

ええ、と頷きながら、ダンタリオンはニニを見下ろした。自然に村長の視線も彼女へ向けられる。遠慮のない探るような目つきに、ニニは表情を硬くする。

「ちょうどこの弟子くらいの年齢だと聞いています」

相手の躊躇(ちゅうちょ)や村の事情などまるで気にかけていないことが明らかなダンタリオンの態度は、村人が思い描く異邦人そのものである。愛想はよく、かろうじて言葉は通じるが、無作法で遠慮がない。

村長は苦りきった表情になった。

「……死んだよ」

まっすぐ立っているはずなのに、視界が揺れた。ニニは思わずあるじの上着の裾を握りしめた。ダンタリオンの手が小さな拳を包みこんでくれる。

「死んだ？」

「そう聞いている」

「だれから？」

村長はそこでなんとも憎々しげにニニの家を睨(にら)んだ。

「娘らの父親だよ。この家に住んでいた男だ。真面目で穏やかないいやつだったが、気の弱いところがあった。妻に先立たれ、後添いを迎えたが、こいつが性悪でな。なにからなにまで言いなりになっていたよ」

そこで村長は深いため息をついてから、見慣れない異邦人に眼差しを戻す。さきほどまでの鋭い棘のような嘆きは消え、今度は悲しみに似た憂いが浮かんでいた。

「ふたりとも死んだ、とやつは言った。山に入ったきり戻ってこなかったんだと」

「……疑っているのですか？」

村長は、そうだ、とも、違うとも言わなかった。

「遺体こそ見つかっていないが、消息が知れないのは事実だ。わしにはなんとも言えんよ。だが、この村はご覧のとおりの山奥にある。あの娘らはここで育った。自分たちの足でどこまで行けるか、どこまで行ったら帰ってこられなくなるか、教えられなくとも知っている。分別のつかぬ悪ガキでもあるまいし、あの娘らにかぎってそんなのはおかしな話だ」

あまりにもじっと見つめすぎていたことに気づき、ニニは村長から視線を逸らした。

だれが見てもいやになるほど狭い村だ。二番目の姉ほどではなくとも、ニニもここの窮屈さにうんざりしたことはある。大きくなったら出ていくのだとずっと思っていたし、愛着のかけらもなかったはずだった。

けれど、いま、村長の言葉を聞いて、ニニはこれまで感じたことのない不可思議な思いに囚われた。もしネリを見つけたら、ふたりでここに帰ってきたい――。

もう死んだことにされている以上、それは叶わない願いだ。それに、戻ったたできっとまた嫌気がさすに決まっている。

それでもニニは、帰れるものなら帰ってきたい、と思った。理屈ではないその感情こそが郷愁なのだと、幼かった彼女はいまになるまで知らずにいたのだ。

「娘たちが死んだあと、一家は村を離れたんですか？」

「夜中にこそこそと出ていきおった」

ダンタリオンと村長の会話に、ニニは現実を思い出した。

「夜逃げしたんですか？　なにかもめごとでも？」

いいや、と村長は首を横に振った。

「娘らがいなくなったことについて、わしはそれなりに厳しく父親に質した。それでいづらくなったのかもしれない。あるいは、あの愛想だけはいい後妻に唆されたか……」

村長は物憂げなため息をついた。

さきほど感じた郷愁は、彼のこうした態度ゆえのものだったのかもしれない、とニニは気がついた。村にいたときにはなんとも思っていなかったが、村長はニニの家族についてよく知っていた。父が話そうとしなかった家の中のことも、その鋭い観察眼で見抜いていた。きっと、村のほかの者たちに対してもそうなのだろう。

窮屈だ。知らないところでだれかが自分を観察しているというのは、不愉快ですらある。でも、とニニは思う。わたしたちの境遇を気にかけていてくれた村長には感謝しなければならない。たとえ、救いの手を差し延べてくれることがなかったとしても。気遣いのひとことすらかけてくれることがなかったとしても。

「どこへ行ったかわかりますか？」

「知らん」

短く答えたあとで、村長は、都じゃないのか、とぶっきらぼうに続けた。

「まだ幼い娘ふたりを見殺しにしておきながら、別の娘を頼るというのもおかしな話だが、ほかにあてはないだろうよ。上のふたりはことのほか後妻を嫌っていたから、行くとすれば三番目の娘のところしかないだろう」

ニニは、自分が村長と同じくらい苦い顔つきになっていることに気がついた。ダンタリオンが気遣うような眼差しを寄越したからだ。慌てて軽く首を横に振り、気にしていないふりをする。

「家の中を見せてもらうことはできますか？」

「なんのために？」

「都の娘さんに様子を伝えたいのです。ただ、いなくなってました、では、私も彼女に顔が立たない。もし、ご家族が都にいるなら、居所を知るための手がかりがあるかもしれないですし」

ダンタリオンの言い訳を村長はたいそう訝しく思ったようだ。なかなか許そうとは言わなかった。

　悪魔はさっさと切り札を出した。

「よく効く薬をお譲りしましょう。どんな病を得たとしてもしばらくは難儀しない」

「……なぜ、そこまでする？」

　言いましたでしょう、とダンタリオンはやや大仰な仕草で肩を竦めた。

「世話になったんです。私は異国の出身ですからね。親切にしてくれる人は少ない。恩も感じようというものです」

　ふうん、と村長は意外そうな声を出した。

「あの娘がそんなに親切だったかね……」

　それから、熱意に負けたように、家の中へ入る許しをくれた。もともと彼の家ではないのだから、ここまでもったいぶることもなかっただろうに、とニニは思った。さりげない仕草で村長の気が変わる前に、とダンタリオンは急いた手つきで扉を開けた。

でニニを部屋の中へ押しこむ。ニニは薄暗い室内に素早く目を走らせた。

　室内はもぬけの殻だった。

　残されていたのは、部屋の隅に置かれた三台の木製寝台だけ。家族六人が身を寄せあって眠っていた場所に、寝心地の悪い寝具とボロ布と見分けのつかない古着が丸められて放置されている。粗末な食卓とガタついていた椅子は運び出されており、使い古した食器棚やそこにおさめられていた皿なども見当たらない。

ここへきて、ニニはこれ以上ないほどはっきりと思い知らされた。

家族はこの家を捨てた。

わたしとネリを捨てたように。

そう、わたしたちはあの山小屋に捨てられたのだ。ほかならぬ、父親の手によって。

姉さん、とニニは心の中で呼びかけた。ここにはいないだろう、と予感しながら。

ネリは心の優しい娘だった。冷たい継母(ままはは)になにひとつ期待しなかったニニと違い、彼女には愛されないことを悲しんでいる節もあった。ニニは自分に無関心な父親を同様の無関心で突き放していたが、ネリは違った。

わたしとは違って、ネリは母さんを覚えていたからだろう、とニニは思っている。貧しく、厳しい暮らしではあったが、姉妹の実母が生きていた頃はもう少しあたたかみのある家庭だった、と上の姉たちから聞かされていた。

ニニは家族が寄り添って暮らすことの意味を知らなかった。だれにも守られることのなかった自分が深く傷ついていたことにすら、気がついていなかった。自分の惨めさを思い知らされたのは、ダンタリオンに拾われてからのことだ。

人間だったときのニニは期待しなかった。父親にも、継母にも、周囲のだれかにも。

でも、ネリはそうではなかった。

ネリは知っていた。家族の愛情のあたたかさと窮屈さと、その幸福を。

ネリは期待していた。父親がまた自分に笑顔を向けてくれることを。継母がいつかは自分に関心を抱いてくれることを。

父親に見捨てられて悲しかったのは、だから、ネリのほうだ。

ネリはきっと父さんのところにいる。ニニはそう確信した。

「見てのとおりのありさまだ。もうここに戻る気はないんだろう」

村長の声に、ニニはダンタリオンを仰ぎ見た。かすかに頷き、村長の言葉を肯定すると同時に、ネリはここにはいない、ということを伝える。

ダンタリオンはわずかに双眸を眇め、室内を見渡した。

「……そのようですね」

悪魔の眼差しをもってしても、ここに何者かの気配を感じることはなかったのだろう。

三人はふたたび明るい戸外で向きあった。

「都からわざわざ来たってのに、とんだ無駄足だったな」

とんでもない、とダンタリオンはいかにも商売人らしい笑顔で答えた。

「私どもは流れ歩くのが性分。薬を必要としない人間はおりませんからね」

おっと、と彼はわざとらしく言葉を継いだ。

「忘れるところでした。こちらが、さきほど申し上げた心ばかりのお礼です」

背嚢(はいのう)から取り出した薬包をひとつかみ、無造作に村長に手渡す。不意に押しつけられた貴重な品に、頑固で善良な年寄りが目を白黒させる。そのあいだに、悪魔は使い魔の背を押してその場を離れた。

ニニはうながされるまま、足早に村を出ることになった。

このさき、二度と戻ることはないかもしれないと思っても、もうさっきのような郷愁にかられることはなかった。

村から戻ったニニたちを出迎えた蝙蝠(こうもり)は、すでにフェニックスの居所をつかんでいた。

ダンタリオンは、よくやった、とニニを褒めてくれたけれど、その言葉を受け取るべきは蝙蝠たちであり、スーリである。

ニニがそう言うと、あの浮浪から話を聞き出せたのはニニが尋ねたからだよ、と答えがあった。おとなではだめだと見抜いていたじゃないか、と。

ニニは甘いものとすっぱいものを同時に頬張ったような表情になった。あるじの言葉が嬉(うれ)しくないわけではないが、同時に、こんなに甘やかさないでほしいなあ、と贅沢(ぜいたく)なことを思ってしまったからだ。

このままでは、ネリと再会し、新しい暮らしをはじめたとしても、彼のことを忘れられなくなりそうな気がする。

「用意はいいかい、ニニ」

「はい、主人(ムシュー)」

ニニは肩からかけた鞄(かばん)の紐(ひも)を強く握り、短く答えた。

いまのニニはダンタリオンとふたり、川(ラ・セーヌ)の右岸、目的の屋敷の裏手で息をひそめている。先に忍びこませておいた蝙蝠たちが、屋敷内から勝手口と通用門を開けてくれるのを待っているのだ。

カシャン、と通用門の鍵が開く音が聞こえた。

ダンタリオンが素早く門扉をつかみ、ふたりは塀の内側へと身を滑りこませる。いつもの転移を使わないのは、忍び入る先がまったく未知の場所であるからだ。安全に転移するためには、移動先の明確な心象(イメージ)がなくてはならない。

ダンタリオンとニニは、通用門を開けてくれた二匹の蝙蝠たちとともに屋敷の外周を壁伝いに進み、ときおり植込みの陰からあたりの様子を窺(うかが)った。魔力で姿を隠すこともできそうなものだが、あるじはそうはしなかった。なにか理由があるのか尋ねてみたかったが、珍しく張り詰めた気配を漂わせる彼においそれと話しかけることはできなかった。

「……護衛がいない」

ダンタリオンがぽつりと呟(つぶや)いた。警戒するような声音だった。

「なにかおかしいんですか？」

ニニは首を傾げた。侵入しようという屋敷の警備が手薄なのはありがたいではないか。

ダンタリオンは使い魔の言葉に苦笑する。

「金持ちの世界は狭い。不自然に金回りがよくなれば、不逞の輩に狙われやすくもなる。大切な金蔓を守ろうとして、ふつうなら厳重に警戒するところだ。要塞を築く時間はなくとも、幸い金には困らないのだから、いくらでも人を雇える」

「人目を嫌っているのでは？　その……フェニックスは魔界のいきものですし、だれかに怪しまれたら大変です」

金の出どころが人ならざるものによるものだと知れれば大騒ぎになるだろう。

「もちろん、そうも考えられる。でも、僕が懸念しているのは……」

ダンタリオンの言葉の途中で、ふたりは屋敷の勝手口にたどり着いた。扉の前に立つと同時に、内側から招き入れられるかのように、鍵が開く音がした。

黒い瞳をチカチカと瞬かせながら、蝙蝠が三匹がかりで扉を開けてくれる。悪魔は使い魔を伴い、素早く屋敷内へと忍びこんだ。パタパタとあたりを飛ぶ蝙蝠たちの一匹、おそらくギイが、低い声で二度、三度と鳴いた。

ダンタリオンが鶸萌黄と若草の双眸を糸のように細くした。

「どうかなさいましたか？」

「フェニックスは二階だ。だが、悪い予想が当たった。どうも、先客がいるらしい」

「先客？」

「賊だ」

「……フェニックスを狙って？」

「それはわからない。単に金目のものが目当てなのかもしれない。いずれにしても、この家の者たちは派手に金を使いすぎた」

ニニは息を詰めた。ダンタリオンの使い魔となってから、たくさんの悪魔や魔獣と顔を合わせた。だが、彼らに対してはただの一度も恐怖を覚えたことはない。生理的な嫌悪を感じることはあっても、怖いと思ったことはなかったのだ。

でも、いまは違う。ここは人間界で、賊は人間だ。だから、怖い。とても、怖い。

「主人（ムシュー）」

「どうした、ニニ？」

「魔力を使ってフェニックスを取り戻すわけにはいかないんですか？」

できないことはないよ、とダンタリオンは答えた。

「でも、できるかぎり穏便に近づきたい」

「どうしてですか？」

「フェニックスのそばには間違いなく魔法使いか魔女がいる。もしかしたら、下位の悪魔かもしれない。僕が魔力を使えば、彼らに必ず気づかれてしまう」

「魔法使いか悪魔なんて、どうしてそんなことがわかるんですか？」

フェニックスは魔界のいきものだ、とダンタリオンは言った。

「人間が簡単に飼えるような存在じゃない。フェニックスを閉じこめておける檻や与える餌を用意するのだって、知識と技術がなければとうてい不可能だ。彼らならばそうした知識には困らないからね」

ニニの脳裏に、ヨルに噛み裂かれた魔女の姿が思い浮かぶ。

「底辺とはいえ、僕も魔界の貴族のひとりだ。格上の貴族でも出てこないかぎり、そうそう負けることはない。でも、魔力と魔力がぶつかりあえば、ひどい騒ぎになることは避けられない。それは困るんだ」

わかるかい、と尋ねられたニニは、はい、と素直に頷いた。もちろん賊は怖かったけれど、主人を困らせることは本意ではない。

ダンタリオンはニニとギイを連れて静かに廊下を進む。途中、倒れている護衛を見つけた。床に横たわる男の首筋を迷いのない手つきで確かめたあるじは、軽く首を横に振った。

「……なかなかの手練れがいるみたいだな。ニニ、僕から離れちゃだめだよ」

言われなくとも離れるつもりなどない。

二階へ続く階段を踊り場まで上ったところで、ダンタリオンが足を止めた。人差し指で唇を押さえるような仕草をするので、ひとつ頷いて身をかがめる。

ダンタリオンは首を伸ばし、二階の廊下の様子を窺っているようだ。

物音がした。ひそめた足音が複数、囁（ささや）きあう声も複数。

壁から半身を乗り出し、状況をつかもうとするダンタリオンの足許（あしもと）で、ニニもまた上階を見上げた。急ぎ足で階段の前を横切る者たちがいる。二人組。

ちらりと見えた横顔に、ニニは思わず声をあげそうになった。

——父さん？

慌てて両手で口許をつかむようにして沈黙を守ろうとするも、主人（ムシュー）の目を欺くことはできなかった。ダンタリオンがまっすぐに見下ろしてくる。その視線は一瞬の動揺の理由を問うものだ。

ニニは小さく首を横に振り、吐息だけで、父さんかもしれない、と答えた。

ダンタリオンは表情を険しくし、本当か、と囁きかけてくる。

「たぶん。はっきり見えたわけじゃないけど、でも、間違いないと思います」

置き去りにされるその日まで、一緒に暮らしていたのだ。多少暗かろうが、どんなに短い時間だろうが、見間違えることなどありえない。

父さんはたしかに都（パリ）にいたのだ、とニニは思った。いつか街中で追いかけた背中はやっぱり父のものだったのだ。

おかしなことはなにもない。家がもぬけの殻であることは確かめてきたばかりだし、そのときに聞かされた村長の言葉も疑う理由がない。故郷を捨てた一家がどうにか糊口を凌ごうとするのなら、大きな街に居場所を探すのはむしろ順当だろう。

だが、あの気の弱い父さんが、賊の一味に加わっているとは！

スーリの話を聞いたとき、真っ先に切り捨てた選択肢だった。どうせだれかに唆され、勢いに呑まれただけなのだろう——あるいはこの都では、村にいたときのように気弱なままでは生きられなかったのかもしれない——が、ずいぶんと思いきったことをしたものだ。

「どうする？　外で待つ？」

ダンタリオンに問われ、即座に首を横に振った。他人のものを盗み出そうとする浅ましい父親の姿を見ないですむように、と考えてくれたのだろうが、気遣いは無用だった。

だっていまさらじゃないの、とニニは思う。父さんはわたしとネリを見捨てたのだ。そこに泥棒稼業が加わったからってなんだというのか。どっちにしたって人でなしだ。もう一度顔を合わせる機会があるなら、言葉を尽くして詰ってやらなくては気がすまない。

ニニがそう答えると、ダンタリオンはわずかに笑って頷いた。

そのとき、廊下を駆ける足音が聞こえた。見ていると、さきほどとは別の三人が、先行する二人組と同じ方向へ急いでいるところだった。

悪魔と使い魔は視線を交わし、強く頷きあうと階段を駆け上る。

ダンタリオンとニニが二階の廊下でそろったとき、賊が走っていった先、突き当たりの扉が静かに閉められたところだった。ふたりはその扉の前まで早足で進む。

扉越しに歓声があがるのを聞いた気がした。ダンタリオンはニニに目配せをくれる。ここにフェニックスがいるのだ。間違いない。

ダンタリオンはそっと扉を押し開けた。狭い隙間から室内の様子を窺う。

部屋の中の賊どもは目の前にいるらしいフェニックスの存在に興奮しきっているようで、もはや声をひそめることもなく大騒ぎである。屋敷のあるじは無事なのだろうか、とニニは心配になった。

「……この浮かれようを見れば、無傷でいるということはなさそうだね」

ダンタリオンは直截的な答えを避けたが、彼の言わんとするところは理解できた。賊どもは屋敷に忍びこみ、あるじらを亡き者にしてからフェニックスを探したのだ。気づかれないように盗み出すことは不可能だと、はじめからわかっていたのだろう。

ダンタリオンはさらにもう少し扉を押した。おかげでニニにも状況がわかるようになる。

部屋の一角に、おとなの男を二人も三人も閉じこめておけそうなほど巨大な檻が設えられている。檻の外に五人、中にふたりの男たちがいて、下卑た笑い声を交わしあっている。

檻の外の男たち——ニニの父親もその一味だ——はとくに変わったところのない服装をしていたが、檻の中のふたりは全身を覆うローブをまとっている。ひとりは頭巾をはねているので顔を確認できるが、残るひとりの容貌はわからないままだ。

そして――。

「あれが……フェニックス」

檻の奥に人の背丈の倍ほどもある高い止まり木が用意されている。そのちょうどなかほど、人の頭より少し高いくらいの場所で一羽(わ)の鳥が休んでいた。

大きさは鶏ほどだが、姿形はまるで異なる。金赤の羽毛、黄金色の嘴(くちばし)に炎のように揺らめく長い尾羽。火花を散らす冠羽は眩(まばゆ)く輝いている。

「間違いなくマモンのフェニックス、シャムスだな」

「なぜわかるんですか?」

「足輪がある」

枯れ枝のようなフェニックスの足には、たしかに銀色の足輪が嵌(は)まっている。ころんと丸みを帯びた意匠には特徴があり、遠目にもわかるほど重たげである。

「あの裏側にはマモンの刻印が刻まれているはずだ」

「……どうやって取り返しますか?」

「正面突破しかないだろうね」

ダンタリオンの視線は、檻の中にいる頭巾をかぶったままの人物に据えられている。

「おそらくあれが魔力持ちだ。悪魔ではなさそうだが、さて……」

「だれだ!」

ダンタリオンが策を思いつくよりも早く、鋭い声があがった。

ニニは大きくびくっと身を竦ませ、反対にダンタリオンはいっそ堂々たる仕草で扉を思いきり開け放った。パタパタという羽音で、ギイが逃げ出したことがわかる。

「だ、だれだよ、おめえら」

はじめに誰何した者とは別の、怯えたような声がする。

「全員始末したんじゃなかったのか！」

「したぜ！」

「こんなやつら、さっきまでいなかった！」

話が違うじゃねえか、と頭巾をかぶった人物に詰め寄る者もいる。

「屋敷にいるのは十三人だって言ったろう！」

「見落としたんじゃねえのか！」

うるさい、とはじめの声が怒鳴った。

「こいつらも始末すればいいだけの話だ！　ガタガタ抜かすな！」

発破をかけられた男たちが懐に得物を探りつつ、じり、と距離を詰めてくる。

ダンタリオンとニニが、先頭の男の間合いに入る寸前。

「……ニニ？」

緊迫した気配に歪なひびが入った。聞き間違えようのない、父親の声だった。

「父さん……」

ニニは父親をまっすぐに睨み据えた。情けないほどの猫背にひどいがに股。小さな目はきょろきょろと落ち着きなく、唇はひび割れて色が悪い。癖のある髪も髭も伸び放題に伸び、あちこちでひどく縺れている。全体的に垢じみた服に、擦り切れかかった帽子。

食い詰めた破落戸そのものの姿に、ニニは涙が出そうになった。村にいた頃も貧しかったが、まだもう少し見られる格好をしていたような気がする。

「なにしてんだ、おめえ。こんなところで」

「それはこっちの台詞よ。父さんこそなにしてるのよ、こんなやつらと一緒に」

あきれたようにニニが言うと、父親はひどくうろたえた様子を見せた。意味もなく口を開けては閉め、両手を上げては下ろし、落ち着きなく左右を見まわす。

「おい！　なんなんだ！」

「む、娘なんだ……」

「てめえのガキだと？　んなもんが、なんでこんなとこにいやがるんだ！」

知らねえ、と父親は悲鳴をあげた。

「知らねえよ！　し、死んだんだこいつは！　死んだはずなんだ！」

身体の奥深く、だれの目にも触れることのない大切な場所に、ざっくりと刃を突き立てられたような気持ちになった。

指先が冷える。

身体が重たくなる。

すべての音が遠くなる。

ダンタリオンが支えてくれなければ、その場にへたりこんでしまっていたかもしれない。

「ニニ」

「ちゃ、ちゃんと死ぬように置いてきたんだ、あの山小屋に。なのに、なんでこんなところにいるんだよ！」

あまりの言いようにニニは言葉を失った。激昂に任せ、つかみかかろうとしたそのとき。

ゆらり、と父親の身体が不自然に歪んで見えた。

冗談じゃない！　だれがこいつの言葉で泣いたりするもんか！

ぐい、と拳で目許を拭ったが、涙の感触はない。

(いたわよ、ずっと。一緒にいたのよ、父さん)

ニニは何度も目を瞬かせた。父の姿が陽炎のように揺らぐ。

(あたしだよ。ネリだよ)

父親がこどものような悲鳴をあげたのと、ニニが変わり果てた姉の姿に気づいたのは同時だった。

「ネリ！」

ニニにばかり注意を向けていたダンタリオンが、はっとして父親のほうを見る。

そこにはニニとよく似た、しかし、彼女とは似ても似つかないほどにやつれた顔をした少女の姿があった。さきほどまではだれの目にも見えなかったはずなのに、いまは人の姿をした濃い靄となって父親にまとわりついている。

「ネリ！」

ニニは引き留めようとしたダンタリオンの手をすり抜け、父親に飛びついた。正確には、父親に縋る姉に飛びつこうとしたのだ。

だが、ニニの手がネリに触れることはなかった。姉の身体を素通りし、その勢いのまま父親を突き倒してガタガタ震えるばかりの彼の身体に馬乗りになる。

ニニは素早く背後を振り返る。靄は、ネリは、消え去ることなくまだそこにいた。

「ネリってば！　わたしよ！　ニニよ！」

（父さん……どうしてなの、父さん……どうしてあたしを置いていったりしたの？）

父親がまたもや情けない悲鳴をあげた。周囲の賊どもはどうしたらいいのかわからないのだろう。それぞれ得物を手にしたまま、息を殺して状況を把握しようと目配せを交わしあっている。

ニニにのしかかられ、床に転がったままの父親の首にネリが腕を伸ばして絡みつく。

（ずっと呼んでたのに、ずっとそばにいたのに、気づいてくれないんだもの）

「ネリ！　ネリってば！」

ニニが喉も裂けんばかりにその名を呼んでも、ネリは妹に見向きもしない。ニニは途方に暮れ、あるじを見た。

ダンタリオンはニニのすぐそばまでやってきて、ひどく悲しげな表情で首を横に振った。

「どういうことですか、主人（ムシュー）！」

「……彼女は、ネリは……亡霊になってしまっているみたいだ」

「亡霊？」

いつかのワイバーンの声が耳に蘇（よみがえ）った。強い執着に身を委ねれば、いつしか乗っ取られ、人の魂、亡者としての形さえ保つことができなくなり、情念そのものとなって世界が果てるまで漂い続けることになる――。

「亡者が恨みを抱き、生きた人間を呪うと穢（けが）れを負う。穢れを負った魂を亡霊と呼ぶんだ」

「なぜ？　まだ半分は生きているのに！」

「自分は死んだ、と思いこんでしまっているのかもしれない」

主人（ムシュー）の言葉に、ニニは半狂乱になる。ネリ、しっかりして、と彼女は叫んだ。

「姉さん！　姉さんはまだ生きてるんだよ！　わたしを見て！」

ニニ、やめなさい、とダンタリオンは使い魔の肩をつかんだ。

「こうなってしまってはもうだめだ」

「だめ？　なにがだめなんですか？」

ニニは悪魔の手を振りほどき、なおもネリの身体をとらえようとする。だが、そのネリはようやく触れることのできた父親の首にかじりつき、なぜ、どうして、と恨み言を繰り返している。

ネリの気を惹くことをいったん諦めたニニは、今度は父親に向かって叫ぶ。

「父さん！　父さん、しっかりして！　ネリがいるのよ！」

顔じゅうを涙と鼻水と涎でぐちゃぐちゃにした父親は恐慌状態に陥り、白目を剝いて手足をばたつかせている。このまま失禁してもおかしくないほどの怯えようだった。

「……ニニ」

低く響くあるじの声に顔を上げたニニははっとして身構えた。

それぞれに得物を手にした賊どもが、父親とネリ、ニニ、それからダンタリオンを取り囲んでいる。予想外の再会を果たした家族が繰り広げる、ろくでもない醜態を歓迎していないのは明らかだった。

「おい、これはどういうことだ」

父親よりは幾分か若い、しかし、貫禄十分なひとりの賊が破れ鐘のような声で問いかけた。この男だけが武器を手にしていない。だが、周囲の態度からするに、彼がこの一味の首領なのだろうと思われた。

「し、知らねえ！　知らねえよ、オレは！」

「オレたちを裏切る気だったのか。娘だかなんだか知らねえが、部外者を連れてくるってのはそういうことだろ」

「なんで！　なんでそうなるんだよ！　知らねえって言ってんだろ！」

「なら、始末しても問題ねえな」

ニニの顔から血の気が引いた。賊どもが得物を構える。ダンタリオンがふたたびニニの腕をつかんだ。

「や、やめてくれ！」

もう死んでるんだよ、と父親は叫んだ。

「ネリもニニももう死んでるんだ！　オレが殺したんだ！　このオレが！」

山ん中に置き去りにしてよお、と父親はおいおいと泣き出した。

ニニは唖然（あぜん）としてその汚い涙を見つめる。またもや猛烈に腹が立ってきたが、彼女が父親に罵声を浴びせる前に賊の声が響き渡った。

「うるせえ！　んなこたあ、どうでもいい！」

大事な仕事にケチつけやがって、この役立たずが、と彼は叫んだ。

「娘と一緒にてめえも始末してやる！」

割れるような大声に呼応して、いくつもの刃が鈍い光を放つ。それらは床に這いつくばったままの父娘(おやこ)に向けて、あやまたず振り下ろされる。

刹那、身体が浮くような衝撃が屋敷を襲った。

父と娘を始末するように指示をした首領も、それに従った手下どもも、ニニの下敷きになったまま喚(わめ)いていた父親も、全員が跡形もなく消えた。

忽然(こつぜん)と消え失(う)せたのだ。

ニニは目を瞬かせ、うろたえる。

「……と、父さん？」

「なにをぐずぐずしているのだ、魔獣医」

「マモン！」

豪奢(ごうしゃ)な盛装(アビ・ア・ラ・フランセーズ)に身を包んだ強欲の悪魔が部屋の中央に立っていた。

「父さんは？　父さんはどこへ行ったの？」

「消した。吾輩(わがはい)のシャムスに手を出すなど、とうてい捨て置けぬ」

ニニの戸惑いを踏みしだくような足どりで、マモンは部屋の奥の檻(おり)へと歩み寄った。腰を抜かしたローブ姿のふたりが、ぶるぶる震えながら尻であとずさろうとしている。

マモンは右手を軽く振った。胸のチーフを取り出すような簡単な仕草ひとつで、彼の前に転がっていたふたりの人間が燃え上がった。文字どおり、生きながら炎に包まれたのだ。

床も天井も壁も焦がさぬ悪魔の炎は、しかし、ふたつの身体をあっというまに燃やし尽くし、静かに消えた。

「シャムス」

冷たい容貌と残虐な振る舞いからは想像もつかないほど優しげな声で、マモンは愛する魔鳥を呼んだ。

人間どもがひどい騒ぎを繰り広げていたあいだ、まるで己にはなんの関係もないとでも言いたげに、ただの一度も目を開けることのなかったフェニックスがまぶたを下げ、その黄金色の瞳を覗かせる。

「降りてこい、シャムス。魔界へ帰るぞ」

ぎいい、と古い蝶番が軋むような音がした。フェニックスが鳴いたのだ。だが、飼い主の呼びかけに答えるにしては、ずいぶんと敵意のこもった声である。

「……怒っているのか」

ぐえ、と魔鳥は可愛げのかけらもない声で鳴いた。止まり木から少しも動かないので、怒っているというよりは莫迦にしているように聞こえる。

たまりかねたマモンは檻の中へ足を踏み入れ、フェニックスに向かって両腕を伸ばす。

「来るんだ、シャムス。城に戻らねば」

悪魔の指先が銀色の輪に飾られたフェニックスの足を捕らえようとしたそのとき。

「シャムス！」

魔鳥はふわりとはばたいた。そして、悪魔の手も届かないさらに高い位置にある別の止まり木へと場所を変える。

ニニはもう笑いをこらえきれなかった。父親を失った衝撃をうっかり忘れそうになるほどまぬけな再会だった。

言葉でも態度でも、なんなら服装でも、主人(ムシュー)たちを莫迦にしきっていたあのマモンが、己の魔鳥に完全に翻弄されている。一方的な愛を受け取ってもらえず、怒ることもできずに右往左往しているのだ。

これがおもしろくないわけがない！

それでもせめてもの気遣いとばかりに口と腹を押さえて笑っていると、隣ではダンタリオンが派手に肩を震わせている。

「……笑うな、魔獣医！」

檻の中から真っ赤な顔をしたマモンが怒鳴りつけてくる。だが、少しも怖くないのは、彼の頭上で、フェニックスがまるでからかっているかのように、美しい尾羽を右に左にと揺らしているからだろう。

「なんとかしろ！」

ダンタリオンは声をあげて笑いながら、それでも檻に向かって歩み寄っていった。懐から小袋を取り出し、マモンに向かって放り投げる。

「黄金のかけらだ。食べさせてやれ」

マモンは悔しそうに、しかしいそいそと小袋を開け、掌に黄金のかけらを載せる。

フェニックスが、ぎいぎい、と鳴いた。おまえの手の上の餌など食ってたまるか、とでも言っているようだ。だが、マモンが懇願するように幾度か名を呼んでいるうちに、気が変わったのだろう。ふわり、とはばたき、飼い主の腕へと舞い降りてきた。その姿はこれまで目にしたことのあるどんないきものよりも優雅に感じられた。

「……シャムス」

己の掌から黄金のかけらを啄みはじめた愛鳥の頭をなでながら、マモンが言う。

「礼を言うぞ、魔獣医。この恩はいつか必ず返す」

「……ああ」

「では、吾輩はこれで」

シャムスを連れたマモンは、現れたとき同様、なんの前触れもなく姿を消した。あとに残されたのはニニとダンタリオン、それからもとは人間であった消炭の塊がふたつ。

ニニが次の言葉を見つけるまでには、短いとはいえない時間が必要だった。

「……父さんはどうなったんですか？」

ぽつりと呟くような問いかけに、ダンタリオンは深いため息をついて首を横に振った。

「マモンが消した」

「け、消した？」

「灰も残らないほど高温の炎で、魂まで燃やし尽くしたのだろう。シャムスを奪われそうになった彼の怒りはそれほど深かった」

「あんなに嫌われてるのに？」

「それは言ってやるな」

ニニは思わず部屋の隅のおそろしげな塊へと目を向ける。

「父さんはもうどこにもいないっていうことですか？」

「……ああ」

ニニは呆気にとられてあるじを見上げる。彼女はまだ彼の足許に座りこんだままである。

「そんな……言葉のひとつもなく……」

「これからおまえを消すよ、と予告すればよかったのか？」

ダンタリオンは眉根を寄せて使い魔を見下ろした。

「いえ……あの、そうではなく……」

あまりにも急な再会と別離に、思考も感情も追いつかない。

ニニは小さな頭を何度も振った。怒りも悲しみも、父親と一緒にマモンの炎に燃やし尽くされてしまったかのようだ。

「フェニックスは人間の身には過ぎた魔鳥だ。不老不死の生き血も、あらゆるものを黄金に変える脚も、いずれ必ずもてあますことになる。一度は手に入れたこの屋敷のあるじも、賊に命を奪われた。もし仮に、賊どもがうまいことフェニックスを手にしていたとしても、マモンの炎を待つまでもなく同じ目に遭っていただろう」

ダンタリオンはニニから視線を逸らし、ついさっきまでフェニックスが閉じこめられていた檻へと目を向けた。

「最初にフェニックスを手に入れたのはおそらくあの魔法使いだ」

消炭と化した身体のひとつに目をやりながらダンタリオンが言った。

「賊を引きこんで黄金を独り占めしようと企んだのか、ほかにもっと高値で買い取ってくれそうな家があったのか。どちらにしても、フェニックスの秘密を自分ひとりのものにしておけなかった時点で、こうなることは決まっていたようなものだ」

主人はわたしにどんな言葉をかけていいのかわからないのかもしれない、とニニはため息をつきたくなった。さっきから見当違いなことばかり教えてくれる。

わたしが知りたいのはそんなことではない。フェニックスのことも、賊のこともどうでもいい。わたしが知りたいのは――……。

「……ネリ」

そうよ。ネリはどこへ行ったの？　さっきまでそこにいたのに。まさか、父さんと一緒に消されちゃったんじゃないでしょうね？

「ネリ？」

ニニは姉の名を繰り返しながら周囲を見まわす。

「ニニ」

あるじが自分を呼ぶ声は耳に入らなかった。

「ネリ！」

いったい何度呼びかけただろう。住人も、そこに忍びこんだ者も、すべてが息絶えた静謐の屋敷に、ニニの声だけが響き渡る。

姉の気配はとてもひそやかにニニのそばにやってきた。

（ニニ？）

自分の声がうるさくて、ニニははじめ、ネリの声を聞くことができなかった。

少し落ち着いてごらん、とダンタリオンに言われてようやく、細い細い声が耳に届く。

（……あんた、ニニなの？）

「ネリ！」

ニニが叫ぶと、ネリはわずかに眉をひそめ、静かにして、と言った。村で暮らしていたときにもよく言われた言葉だった。

（髪と目の色が変だけど、ニニはニニみたいね。元気そう）

向こう側が透けて見える顔に儚く微笑まれ、ニニは涙をあふれさせた。

(そんな男の子みたいな格好して、髪まで短くして。いったいどうしちゃったのよ？　そりゃ、ボンネットがいやだとは言ってたけど……)

「そんなこと、どうだっていいでしょ！」

ニニは癇癪を起こしたかのような叫び声をあげた。

「ネリ、いままでいったいどこにいたのよ」

山小屋にいたときとまったく同じ姿をした姉は、妹の問いかけに首を横に振る。

(わからない)

「わからないって……」

(たぶん、ずっと父さんと一緒にいたんじゃないかな)

「父さんと？」

たぶんね、とすっかり頼りなくなってしまった姉は弱々しく笑う。しゃべり方も別れる前よりなんだか幼い印象だ。

(あんまりよくわからないんだよね。ずっと夢を見てるみたいな感じで、時間の流れがおかしいの。瞬きひとつのあいだに何日も過ぎていたり、ずいぶん長く眠った気がするのに数分しか経っていなかったり……)

「父さんを呼ばなかったの？」

いくら見捨てた娘であったとしても、こんな姿になって現れれば話くらい聞いてくれたはずだ。そう思っての問いかけだったが、ネリは寂しそうに首を横に振るばかりだ。

「なんで？」

（あたしの声、だれにも聞こえないみたいなんだもの）

「嘘……」

　ニニは思わず自分の耳を押さえた。

（父さんがあたしのことをまともに見たのだって、さっきがはじめてだったんだよ）

耳を塞いでいるはずなのに、ネリの声がはっきりと聞こえた。ニニははっとしてあるじを見る。ダンタリオンは小さく頷き、念話だよ、と低い声で教えてくれた。

「姉さん、やっぱり……」

　ネリはやはり亡霊になってしまったのだろうか、とニニは絶望的な気持ちになった。

（あの山小屋のことは覚えてるの。狼が来て外に出られなくなっちゃって、ニニ、あんたとふたりであたためあいながら眠っちゃって……でも、その先のことはすごく曖昧）

「曖昧って……父さんのそばにいたんでしょ？　家に戻ったんじゃないの？」

　ううん、とネリは首を横に振った。

（父さんのそばにいたいと思ったことはないの。家に戻りたいとも思ってない。でも、気づいたら家族の近くにいて、父さんから離れられなくなってたのよ）

「気づいたら？」

（そう。離れたいわけじゃなかったけど、ずっとくっついていたいわけでもなかった。そばにいたって、あたしのことなんか見向きもしないんだもの）

まあ、生きてたときからずっとそうだったけど、とネリは言った。

「村を出たときのことは覚えてる？」

（なんとなくならね。父さんとあの女は弟たちを連れて家を出て、車夫とか子守とかしながらどうにか都(パリ)までたどり着いたの）

あの女、とはネリとニニが継母(ままはは)を呼ぶときの言い方だ。

「……小姉(ちいねえ)さんには会った？」

（わからない。でも、あるときからあの女が小姉さんの悪口ばっかり言うようになったから、なんかあったのかも）

「悪口？」

（……なんか、いろいろひどいこと。髪や歯まで売ってまともじゃない、とか、あんなんじゃ野垂れ死ぬほうがまだましだ、とか。その、ば、売春婦の金なんかあてにしてたこっちが莫迦(ばか)だった、って）

ネリの言葉に衝撃を受けながらも、ニニはどこか冷静だった。やはり小姉さんはすごく苦労してるんだ。なんの伝手(つて)もなく都(パリ)に出てきて、すぐにいい雇い主に出会えるなんて、そんなにうまい話があるわけがなかった。一度村に戻ってきたあのとき、本当はそのまま家に帰ってきたかったのかもしれない。

「それで？」

（父さんとあの女はどうにか下宿（ガルニ）を見つけて仕事を探そうとしたの）

うん、とニニは頷く。ネリは相変わらず靄（もや）のような姿だったが、さきほどよりも輪郭がはっきりしてきて、表情の変化もわかりやすくなっていた。

（でも、なかなか見つからなくて。そのうち弟はどこかへ行っちゃった）

「どこか？」

（街中にたくさんこどもがいるでしょ？　彼らと一緒に行動してるらしいわ。あたしは父さんから離れられなかったからわからないけど、ときどき家族のところへ戻ることもあったみたいね）

ネリによれば、その後、継母は針子の仕事を見つけてきたらしい。心根は冷たくとも、そういった才覚には恵まれていたのだろう。一方で父親はどこにも雇ってもらえず、屑屋（くずや）をはじめた。思っていたとおりだ。

（あの女は父さんを邪魔者扱いするようになった。少し余裕ができてからは、下宿（ガルニ）でも部屋をわけて、人に預けた妹にも会わせないようにしてたわ。父さんは一生懸命働いたけど、屑屋は屑屋でしかなかったし、それもあんまりうまくやれてるとは言えなかった）

「で、気づいたときには、立派な盗賊の一味になってたってわけね」

ニニはため息をついた。家族のことは最低限の状況がわかれば、それでいい。気になるのはネリのことだ。ねえ、ネリ、とニニは言った。

「もう父さんはいなくなっちゃったの。それはわかるよね？」

ネリは幼いこどものように、こくん、とひとつ頷いた。

「またわたしと一緒に暮らさない？」

（ニニ？）

「わたしと一緒にあの山小屋へ戻って、身体を取り戻して、ふたりで一緒に暮らすのよ」

ネリはゆるゆると首を振った。

（あんた、なに言ってるの？）

あたしは死んだのよ、と姉は言った。

（だれに言われるでもなく、あたしにはわかってる）

「まだ死んでない！」

ニニは必死になった。

「死んでないのよ。あの山小屋にはまだネリとわたしの身体がある。ここにいる主人（ムシュー）の手を借りれば、身体を取り戻して生き返ることができるの」

（主人（ムシュー）？）

「……そう。悪魔の貴族のひとりなの」

(悪魔?)

ネリの声と表情が嫌悪に歪んだ。

(いやよ! 悪魔の力を借りるですって? ニニ、あんた、正気なの? どうかしちゃったんじゃないの?)

父親に、娘は死んだはずだ、と言われたときよりも、さらに深く傷つけられたような気がした。ニニは言葉を失い、途方に暮れてネリを見つめる。

(死んだ人間は生き返らない。だれの力を借りても、どんなことをしても。それを覆そうだなんて、それこそ悪魔の誘惑じゃないの。引き換えになにを要求されるか、あんた、わかってるの?)

「……寿命の半分をあげるって約束したわ」

ニニ、とネリは嘆きの叫び声をあげた。

(悪魔と契約なんて、なんでそんなおそろしいことをしたのよ!)

「ネリを取り戻したかったんだよ! あんな山小屋に置き去りにされて死ぬなんて、絶対にいやだった!」

ニニはネリに取り縋ろうとする。ネリは妹の手を素早く躱して、距離をとった。

(あたしは行かない。生き返らせてもらうっていうんなら、あんたひとりで行きな)

わたしはいったいなんのために悪魔と契約したりしたんだろう、とニニは思った。ネリのためだった。全部、全部ネリのためだったのに！

「ネリ！」

「それはまったく正しい選択ですよ」

あまりにも唐突に、まるで聞いたことのない声が割って入った。ニニははっとして立ち上がり、ネリはそんな妹に縋るようにしながら、ふたりして声のするほうを見る。

「……御使」

それまでずっと黙ったまま姉妹のそばに佇んでいたダンタリオンが、おそろしく低い声で闖入者を咎めた。

「御使？」

「ええ、そうです」

ひとりの少年がニニのすぐそばに立っていた。長袖のシャツにベスト、膝丈のズボン。艶やかな巻き毛、目鼻立ちのくっきりとした美しい顔立ち。

一見したところ良家の子息といった風貌だが、彼がただのこどもでないことは、その背中を見れば明らかだった。御使の証である一対の翼が、眩いほどに輝いている。

突如現れたはずの彼は、しかし、ここにいることがさも当然であるかのような顔をして言葉を続けた。

「さきほど、わが至高のあるじであるミカエル様が、この地に禍々しい気配をお感じになりました。悪魔の炎に包まれて、いくつもの魂が同時に消滅したようだ、と。そこで、事態を確認してくるように、と私をお遣わしになったのです」

「熾天使ミカエルか……」

忌々しそうに口を挟むダンタリオンを、御使は鼻を鳴らして黙らせた。

「本来の私はたいした能力もない御使にすぎませんが、いまこの瞬間は違います。あなたでは私に太刀打ちできません」

「……わかっている」

ニニは、なぜだ、と言わんばかりにあるじを見つめた。ダンタリオンは軽い苦笑いとともに答えてくれる。

「この御使は天界で最高位にある熾天使から直接の加護を受けている。いまの彼に対抗できるのは、魔界でも七貴族たちくらいしかいないだろう」

そのとおり、と御使は満足げに頷いた。

「無駄な抵抗はやめることです。私はあなたがたに危害を加えたりはしません。あなたと争う気もない」

御使はそう言いながら、ニニとネリ、それからダンタリオンを順番に指差した。

「状況を知りたい。それだけです」

　ダンタリオンは自分たちがここにいる理由、合わせて七人の人間が消えた理由を御使に説明する。マモンの名を聞いたときだけ、御使の表情が苦いものに変わった。

「理解しました。ミカエル様へのご報告にはじゅうぶんでしょう」

　ところで、と御使はネリをじっと見つめた。

「あなたはなにゆえ人の世を彷徨っているのです？」

（……彷徨う？）

「ええ。あなたは亡者でありましょう。己が死したことを知り、さらに悪魔の誘惑を退ける賢さを持つあなたが、なにゆえこのようなところにいるのですか？」

「まだ死んでないからに決まってるでしょ」

　ニニはたまらず口を挟んだ。

「死んでいない？」

　御使の少年は煩わしそうな表情で視線を寄越す。

「そんなはずはありません。冥界への道を見失った迷い子だというのなら、この私が特別にお送りして……」

「いらないって言ってんのよ！」

「よせ、ニニ！　御使に手を出すな！」

　ニニは思わず少年を突き飛ばしていた。焦ったような主人の声もいまは耳に届かない。

「ネリはわたしと生きるの！　身体（からだ）を取り戻して、もう一度生きるのよ！」

（いやよ）

「ネリ！」

（悪魔の力なんて借りたくない。あたしは死んだの。あの山小屋で、あんたと一緒に死んだんだよ、ニニ）

　ネリの顔が大きく歪んだように思えた。

　そうではない、自分が泣いているのだ、と気づくまで、少しだけ時間が必要だった。

「……どうしても？　どうしても、いや？」

（いやよ）

「狼の群れがうろうろしてるような夜の山にわたしたちを置き去りにした父さんやあの女が憎くないの？　見返してやりたくないの？」

　言葉に換えてみて、はじめて気づくこともある。自分たちを見殺しにした父親が、自分たちに無関心だった継母（ままはは）が、憎い。見返してやりたい。

　自分のなかにそんな気持ちがあったなんて、いままで気づいてなかった、とニニは思った。でも、わたしはたしかに彼らを恨んでいる。

　その事実はニニを打ちのめした。父親が弱い人間であることも、母親が早くに亡くなったことも、継母に冷たくされたことも、なにもかもしかたないことと思って諦めていたつもりだったのに。ぜんぜん諦められていなかったんだわ。

そして、ニニは同時に別の事実にも気づいてしまった。父親や継母を憎んでいる、その裏側にある願い。

本当は――……。

本当はずっと、愛されたくてたまらなかった。

ねえ、ニニ、とネリが言う。取り乱す妹を落ち着かせようとする口調には覚えがあった。

(あたしがいままでどこにいたと思うの?)

ニニはなにも考えずに首を横に振った。

(父さんとずーっと一緒にいたんだよ。村を出て、旅をして、都(パリ)に着いて、屑屋になって、泥棒稼業にまで身を落として。そのあいだ、父さんは、ただの一度もあたしの名前を呼ばなかった)

もちろんあんたの名前も、とネリは向こう側の透ける手でニニの頬を拭ってくれた。

(さっきだって必死になって呼んだけど、結局、最後まで父さんはあたしを見なかった)

怯(おび)えてばっかりで、とネリは寂しそうにため息をついた。

(どうしてこうなんだろうね、あたしたち)

「……しかたないんだよ」

(しかたないなんて思ってないでしょ、あんた。だから、悪魔と契約までしたんだ)

ニニは大きく目を見開いて姉を見つめた。

(そんなに驚くようなこと? ま、あんたなら、そんくらい思いきったことも平気なのかもしれないけど。あたしにはできないな……)

「……平気じゃなかったよ。ネリのためだと思うから、できたんだよ」

妹の言葉に姉は優しく笑ってくれた。

ニニの目からまた涙があふれた。

ネリが抱えていた寂しさを、これまでのニニは少しも理解できなかった。

父親の弱さも、母親の病も、継母の冷たさも、しかたない、のひとことで片づけることのできないネリを、心のどこかで軽んじてさえいた。

いつまでもだれかに甘えようとしたり頼ろうとしたりするから、寂しいなんて思うんだわ。そんなの、ただ弱いだけじゃないの!

そうではなかった。

守ってもらえないことも、愛してもらえないことも、本当は寂しいことだ。

ネリは、寂しいときに、寂しい、と言うことができた。守ってほしい、愛してほしいと、希望を持ち続けることができた。

それは、強くなければできないことだ。

ニニにはできなかった。諦めたふりをして、受け入れたふりをして、ずっと心を閉ざして生きてきた。

「でも……主人(ムシュー)は優しくて」

(うん)

「毎日楽しくて」

(うん)

「ごはんもおいしいし」

ネリは声をあげて笑った。

(それでいいんだよ、ニニ)

「だから、ネリも一緒に……」

(行かないよ)

ネリはきっぱりと首を横に振る。

(あたしは行かない。ニニの主人(ムシュー)はニニだけの主人(ムシュー)だよ。あたしはもう死んでるし、悪魔と契約なんてしたくない)

あんたがあの山小屋にとどまったり、父さんについていったりしなかったみたいにね、とネリは言った。

(あたしたちは姉妹だけど、選ぶものは違うの。双子みたいだってよく言われたけど、たとえ双子だって、別々の人間だもん)

「そんな、ネリ……」

（じゃあさ、ニニ。あたしと一緒に冥界に行く気はある？）

ニニは思わずダンタリオンを見た。

冥界に行く？　ネリと一緒に？　主人（ムシュー）と離れて？

（なんで、そんなに意外そうな顔をするのよ。ふたりで生き返る選択があるなら、ふたりで死を選ぶことだってできるでしょ？）

ニニは姉へと視線を戻し、しかし、なにを考えるでもなく首を横に振った。ありえない。

ネリとふたりで冥界へ行くことも、主人（ムシュー）と離れることも――、ありえない。

そして、不意にダンタリオンの言葉を思い出した。彼が、ヨルに噛（か）み裂かれた魔女に告げたそれだ。命はひとりにひとつしか与えられていない。どれほど愛していようと、どれほど憎んでいようと、だれかの命を好きに扱うことはだれにも許されていない。

それはきっと、心も同じことなのだ。

「……ネリの心はネリのものなんだね」

姉さんと一緒には行けない、とニニはまっすぐにネリを見つめた。

「わたしは主人（ムシュー）のそばにいたい」

うん、とネリは小さな妹を褒めるときの表情で頷（うなず）いた。

（それでいいんだよ）

「話はまとまりましたか？」

またもや無粋な声が割って入る。ニニは思わず御使の少年を睨みつけてしまった。

「そんな怖い顔をしないで。魂を導くには時間がかかります。あまりにも戻りが遅くなれば、ミカエル様にご心配をおかけしてしまう。すぐにでも冥界へ向かいたいのです」

ニニはネリへと視線を戻した。さっきまで優しかった表情が硬く強張っている。きっと怯えてるんだわ、とニニはすぐに理解した。ネリはわたしより怖がりだもの。冥界なんておそろしげなところ、本当は行きたくないに違いない。

「……ちょっと待ってよ」

御使がわずかに怯むほど低い声が出た。

「な、なんです？」

「あなたが、ネリを冥界に連れていくの？」

「そうですよ。なにかおかしいですか？」

「あなた、御使なんでしょ？　天界の」

ええ、と少年は顔をしかめながらも頷いた。

「それがなんだというんです？」

「おかしくない？」

「なにがです？」

「天界の御使が案内してくれるっていうのに、冥界に連れていかれるなんておかしくないかって訊いてるの」

(ニ、ニニ？)

ネリの声には動揺の色がある。ニニは姉に向き直る。そして、彼女を見つめたままダンタリオンに呼びかけた。

「主人。天界って、どんなところですか？」

「はあ？」

素っ頓狂な叫び声をあげたのは御使の少年。いまこの瞬間、彼だけがニニの意図するところを正確に理解している。だから彼は叫んだ。声のかぎりに。

「だめですよ！　絶対だめです！　そんなことはできませんからね！」

「わたし、まだなにも言ってないわよ」

村の司祭から聞かされてた天国は、それはそれは素晴らしいところに思えたわ、とニニは言った。彼女の言葉の続きを引き取ったのは、あるじたる悪魔ダンタリオンだ。

「飢えもなく、渇きもなく、痛みも冷えもない。およその悪とは無縁で、争いも疑いも妬みもない。空気は澄んで、水は甘く、花は望むときに咲き、鳥は優しく囀る」

主人の声を聞きながらニニはネリの両手を自分の掌でしっかりと包みこんだ。

「どう？　怖くないでしょ？」

（ニニ……）

「すべての者に素晴らしい役目が与えられ、あらゆる者が節度をもって暮らし、皆が等しくその尊厳を大事にされる」

使い魔の意図に気づいたらしいダンタリオンの声には笑うような響きが滲んでいる。ニニに振りまわされている神のしもべがおもしろいのだろう。

「そうだったな、御使（アンジュ）？」

「……悪魔は黙っていてください」

御使（アンジュ）の少年は眦（まなじり）をつり上げてダンタリオンを睨みつけた。

「天界は選ばれし者の暮らすところです。そんな簡単に……」

「ネリもわたしも悪いことはなにひとつしていなかったわ。それでも死んだの。親に殺されたのよ！」

神様から慰めのひとつやふたつ、もらったっていいと思うけど、とニニは言った。

「それともなに？　生きているうちになにひとつ恵まれることのなかったこどもは、死んでから天界に昇ることも許されないってわけ？」

「そ、そんなことは言っていません」

ですが、と御使（アンジュ）はひどく言いづらそうにしている。

「なによ？」

「なぜ、あなたがそんなにまでむきになるのですか。冥界に行くのはお姉さんであって、あなたではありませんよね」

「わかってるわよ。だからじゃないの」

「だから？」

「自分のためならこんなこと言わない！　ネリのためだからに決まってんじゃゃないの！」

ニニはなかば自暴自棄である。この先、もう二度とネリと一緒に暮らすことができないのであれば、彼女のためになにもしてあげられないのであれば、せめて彼女が満たされていられる場所を見つけてやらなければ気がすまない。

冥界も安らかな場所だと主人は言っていたが、いかんせんあそこはあのサタンが治めている。底意の知れない悪魔の支配する場所よりも、神の御許のほうが、怖がりなネリには向いているような気がする。

冥界へ行くよりほかに選択の余地がないなら、ニニだってこんな無茶は言わない。

でも、ここには御使がいるのだ。万にひとつでも天界に昇れる可能性があるなら、ネリのためにぜひともその選択肢をもぎ取らねばならない。

そのうえで、ネリは冥界か天界か好きなほうを選べばいいのだ。

御使は深いため息をついた。慈悲深く、善良であることを旨とする彼は、親に見捨てられたかわいそうなこどもにさらに鞭打つような真似をしたくないのだろう。できることなら安息の地へと連れていってやりたい、と。

だが、それは簡単なことではない。

「ネリ、といいましたか。彼女の魂は天界の門をくぐることができません」

「なぜ？」

「恨みや憎しみを抱えて人の世を彷徨う亡霊となってしまったからです」

いまは亡者の形を取り戻していますし、そもそも彼女のせいでないことはわかっています、と御使は慌てたように言い足した。ニニが悪魔も裸足で逃げ出すような表情で睨みつけたせいだろう。

「それでも、穢れてしまった魂を天界に招くことはできない。彼女になんの罪はなくとも、それが掟なのです」

「掟……？」

「魂の穢れを雪ぐことは容易ではありません。天界が天界であり続けるために、これはどうしても必要な定めなのです」

ニニは片手でネリの手を握り締めたまま、もう一方の手で肩から斜めにかけている鞄の中を探った。ふわふわのテオの隣に、つるりと丸い感触がある。

ワイバーンからもらった奇跡の果実。ネリのためにと持ち歩いていたこれが、ついに役に立つかもしれない。

ニニの掌の上で誘うような輝きを放つ銀の苹果（りんご）を見て、御使（アンジュ）が驚きに目を見張った。

「なぜそれを！」

そんなことはどうでもいいでしょ、とニニは言った。

「この苹果はこの世に存在するあらゆる毒を浄化すると教えられたわ。ネリの魂の穢れとやらもこれで綺麗（きれい）になるんじゃないの？」

御使（アンジュ）は眉をひそめつつ、わずかに身を引いた。不思議な力を持つ魔界の果実をおそれているかのような仕草だった。

「ねえ、どうなのよ？」

「……たしかに、そのとおりではあります」

含みのある返事にニニは首を傾（かし）げた。

「ですが、あなたの言うとおり、その果実にはあらゆる毒を浄化する力がある。わかりますか？ あらゆる毒です。すべての毒。そのなかには形のない毒も含まれる。つまり、人の記憶も」

ニニとネリは顔を見合わせた。

「ネリの身に起きた、魂を穢すほどつらいできごととあなたとが結びついていた場合、ネリはあなたのことも忘れてしまいます。清められた毒が戻ることがないように、消された記憶が戻ることもありません」

ネリは強張った表情でニニを見た。

(……あたし、全部忘れちゃうの?)

「嬉しかったこと、楽しかったこと。そうした幸せの感触は残るはずです」

つまり、白詰草の花冠の重みや蜂蜜の甘さ、一緒にもぐりこんだ毛布のあたたかさ、それらをわけあったわたしのことは忘れてしまうということなのね、とニニは覚悟を決めた。

ねえ、落ち着いてよく考えて、と彼女は言った。

「ネリはいま、冥界へ行くことも天界へ昇ることもできる」

冥界では静かに眠ることができる。何者でもなくなり、あらゆる煩わしさから解放されて、ただ安らかに過ごすことができる。

天界では穏やかに暮らすことができる。新しい役目を与えられ、正しい秩序のなかで満たされた日々を送ることができる。

「どっちがいいとか悪いとかじゃない。ネリがどうしたいか。ただ、それだけ」

(ニニ、あんたにはもう会えないの?)

「どっちにしてもね」

ネリはいまにも泣き出しそうに顔を歪めた。そのまままぶたを閉じ、深く思案するような表情になる。

懊悩する姉を前に、ニニはとても静かな気持ちだった。

大切な姉。大好きなネリ。彼女のためにできることは全部やったつもりだ。

あとは姉さんが決めるだけ。なにを選んでも、どんな結果を望んでも、わたしはそれを受け入れるだけ――。
（ニニ）
その声を聞いただけで、ネリが心を決めたことがわかった。

うん、とニニは頷いて、手にしていた魔界の苹果をネリに差し出す。ニニとよく似た手が、ほのかに輝く不思議な果実をそっと取り上げた。

（苹果をちょうだい）

（ありがとう、ニニ）

ネリが苹果を両手に持ち、まっすぐに妹を見つめた。

（あんた、変わったね。すごく強くなった。これじゃ、どっちがお姉ちゃんかわかんなくなりそう）

「ネリ……」

（さっきはひどいこと言っちゃったけど、その悪魔は……主人は、ニニに必要なひとだよ。手を離しちゃだめだよ）

うん、とニニは小さなこどものように頷いた。

ネリが優しく笑う。

（もう一度言う。ありがとう、ニニ）

かぷ、とネリが小さな口で苹果をかじった。ひと口、ふた口。

甘く芳醇（ほうじゅん）な香りがニニの鼻をくすぐる。

ネリは苹果をかじり続ける。その実が小さくなっていくごとに、なぜか苹果は少しずつ銀色の輝きを増していくように見えた。

ネリの掌にその実がすべて隠れてしまうほど小さくなったところで、ニニはいよいよ目を開けていられなくなった。

まぶたを伏せる。

（ありがとう）

「さあ、行きましょう」

囁（ささや）くような姉の声に重なる御使（アンジュ）の声。ニニは急いで目を開けた。

部屋は真夏の空よりも明るい光に満たされていた。それでいて少しもまぶしくない。

「ネリ！」

御使（アンジュ）の少年に導かれ、宙に身を浮かべていたネリは妹を振り返り、慈愛に満ちた笑みを浮かべた。

そしてそのまま、その身を空へと融（と）かす。

部屋はもとの暗さを取り戻した。

姉がニニの記憶を失くしてしまったかどうかを確かめることは、最後までできなかった。

「一緒に行かなくてよかったのか、ニニ」

ダンタリオンが話しかけてきたのは、ネリが消えてしばらく経ってからのことだった。

ふたりはまだフェニックスが捕らえられていた部屋に残っている。ここにいなければならない理由はひとつもなかったけれど、なぜか主人は、高級宿の部屋に戻ろう、とも、屋敷に帰ろう、とも言い出さなかった。

ニニは部屋の真ん中に立ち尽くしていて、ダンタリオンは彼女から少し離れた窓際に佇んでいる。

「もう会えないんだよ？」

「……はい」

「ネリのために僕と契約までしたのに？」

ニニはそこで顔を上げ、ダンタリオンを見た。そうだ、契約ですよね、と彼女は呟いた。

「わたし、契約を反故にしちゃったんだわ……」

ニニはそこではっとしてダンタリオンに駆け寄った。

「主人、消えちゃうんですか？」

マントの胸元を強くつかまれたダンタリオンは、驚いたような顔でニニを見下ろす。その身体はニニに飛びつかれた程度ではいささかも揺らぐことはなかったけれど、心のほうはそういうわけにはいかなかったようだ。

「な、なにを言って……」

「契約を履行できなかったら主人が消えちゃうって、竜さんが……！」

「落ち着きなさい、ニニ」

「消えちゃうの？　いやです！　消えないで！」

大丈夫だから、とダンタリオンはニニをそっと抱き締めた。

「大丈夫、消えないよ。僕は消えたりしない」

「でも、契約を……わたし、契約を……！」

大丈夫、大丈夫、とダンタリオンはニニの背中を優しく叩いた。

「契約の文言を思い出してごらん。あのとき僕はなんと言ったっけ？」

ニニは悪魔の腕の中で眉根を寄せて考えこんだ。契約の文言？　いったいなんだったかしら？　……だめ、さっぱり思い出せない。

「大丈夫。よく思い出して」

そうだ、とニニは身じろぎする。

「ええと、ネリの魂を見つけて、それで、わたしとネリがともに望むなら、そのときはもとの身体に戻してあげるって……」

　そのとおりだ、とダンタリオンはニニの身体をそっと解放した。

「悪魔は己の望むものと引き換えに契約者の望みを叶えるものだ。その内容に制限はない。金、権力、色、命、時間、どんなことを望んでもかまわない。ただし、留保はつく」

「留保？」

「契約する悪魔の力のかぎりにおいて、という留保だ」

　契約が反故にされれば悪魔が消えるのは本当だけど、とダンタリオンは肩を竦めた。

「それは契約者の側から一方的に反故にされた場合だけで、力が及ばなかったときはそのかぎりではないんだよ」

「力が及ばなかったとき……」

「契約者が死んだり、権力の構造そのものが変わったり、意中の相手が変わったり、ね。人間の世界は移ろいやすい。心も価値も、その肉体さえ、まるで陽炎のようだ」

　ニニは自分のことを思い返す。新しいことを知っては考えを変え、新しい体験をしてはまた考えを変える。他人のことなど思わずとも、己を顧みればそれでじゅうぶんだ。

「僕たちはあの手この手を尽くしはするけど、どうにもならないことは少なくない。そのたびにいちいち消えていたら、正直やってられないんだよ。だから留保をつける。力のかぎりにおいて、とね」

「じゃあ、ネリのことも……」

「契約のときに僕は言った。ニニとネリがともに望むなら、と」

あ、とニニは大きく目を見開いた。

ニニはたしかにネリを見つけた。だが、彼女は人として生き続けることを望まなかった。

望まれもしないことを叶えるわけにはいかない。

ダンタリオンの言葉はそういう意味だ。

「つまり、それって……」

「契約は白紙に戻った。僕は消えないし、ニニの寿命もそのままだ」

よかったあ、とニニは心底ほっとした声を出した。その場にしゃがみこんでしまいそうなほど安心した。

「ねえ、ニニ」

主人（ムシュー）の声がやけに重たく響いたような気がして、ニニは笑みを引っこめた。

「ニニ」

悪魔はもう一度少女の名を呼んでから、これからどうしようか、と問いかけた。

「どうしようか、って？」

「ニニはもう僕の契約者ではない。おまえは選ぶことができるんだよ。もとの身体に戻るための新しい契約を結ぶか、冥界へ行って安寧の日々を送るか」

「契約を……？」

「多少乱暴な方法ではあるけれど、不可能ではない。どちらを選んだとしても、今回は特別に寿命をもらわないでおいてあげてもいい」

これはささやかなお礼だよ、とダンタリオンは少しだけ寂しげに笑った。

「おまえが屋敷に来てくれて、僕はとても楽しかったから」

ニニはひどく混乱していた。

どうして、と彼女は思っていた。

どうして主人(ムシュー)はこんなひどいことを言うの？　わたしになにを選べって？　どっちにしたって主人(ムシュー)と離れなくちゃいけないじゃない！

「悪いけど、考える時間はあまりない。マモンのフェニックスは無事に取り戻したし、ネリのことも見送ってしまったからね」

僕たちは理由もなく人間の世界で長い時間を過ごしてはいけないんだ、と悪魔は言った。

「どうする、ニニ？」

「……どうするかですって？」

ニニは大きく息を吸いこんだ。きつく固めた拳が震える。

「答えは決まってます。わたしは主人(ムシュー)と一緒にいたい」

「……本当に？」

僕はもうニニの願いを叶える存在ではないよ、とダンタリオンは双眸(そうぼう)をわずかに眇(すが)めた。

「七十二人の悪魔の貴族のひとり、魔獣医のダンタリオン。ただ、それだけだ」

「でも、わたしの主人(ムシュー)です」

「使い魔としての契約は、魔界で暮らすためのものだ。いつでも解消できる」

「したくありません」

わたしに行くところがあると思いますか、とニニは言った。

「父さんは消えたし、ネリは天界に昇った。大姉(おおねえ)さんたちにはそれぞれ生活があるし、小(ちい)姉(ねえ)さんはどこでなにをしてるんだか見当もつきません」

あの女を頼るなんて論外だし、とニニは眉根をきつく寄せる。

「行くところがないから、僕のところへ来るの？」

「……行くところがないときに目の前に助けてくれそうなだれかがいたら、その人に甘えたくなるのはあたりまえじゃないですか」

ニニは自分の声がヨルの唸(うな)り声よりもまだ低くなったことに気づいた。

「縁(えにし)のはじまりはいつだって偶然だ、とベルフェゴールが言っていました。主人(ムシュー)も同意していましたよね？」

ダンタリオンは唇を開けたり閉めたりしたが、結局なにも言わなかった。

「いまは、あのときと同じです。いえ、もっと悪い」

「あのとき？」

「主人（ムシュー）とわたしがはじめて会ったときのことです」

ダンタリオンはゆっくりと瞬（まばた）きをする。

「頼る人はいない。行くところも帰るところもない。おまけにあのときと違って望みもないんですよ！」

それなのにわたしを見捨てるんですか、とニニの声はまだ低いままだ。

「主人（ムシュー）はずるいです」

「ずるい？」

「わたしが屋敷にいてもいいかどうか訊（き）いたときにも適当なことを言ってごまかして。それを反省しているみたいなことを言ったくせに、いまはまた試すようなことをする」

「た、試してなんか……」

ニニは無言でダンタリオンをじっと見つめた。悪魔は目に見えてうろたえる。そして、気まずそうに俯（うつむ）いたあと、ぼそぼそと答えた。

「そうだ。試した。試したよ。悪かった。でも、僕はその……だれかが僕のそばにいることが、いてくれることが信じられなくて……」

「信じられない？」

そうだよ、とダンタリオンは珍しく大きな声を出した。

「僕は悪魔で、それなのに魔力も低いし、召喚なんて何百年もされていない。独り立ちも遅かったし、居候のひとりも追い出せないうえにいまだに師匠に力を借りたりして……」

ニニはぽかんと口を開けた。

主人（ムシュー）は劣等感の塊なのだ、と彼女は気がついてしまった。

ダンタリオンがいま口にしたことは、人の身であるニニからすれば、どれもたいしたことではないように思える。だが、きっと彼にとっては重要なことなのだろう。

悪魔としておそろしく不完全で、不均衡。

でも、だからこそ、ニニにとっては大切なあるじ。寂しがりやで臆病で、とても不器用な優しい悪魔。

「主人（ムシュー）」

ニニは深い親愛の情を込めてダンタリオンを呼んだ。もうわかりました、とできるだけ優しい声を出す。

「わたしは主人（ムシュー）のそばにいます」

ダンタリオンがうっすらと笑った。優しそうで、申し訳なさそうで、同時に狡猾（こうかつ）さも見え隠れする笑顔。そんな表情ですら、ニニには愛すべきもののように思える。

「でも、ひとつだけ教えてください」

「……なにを？」

「わたしとネリの身体はどうなりますか？」

　ダンタリオンはわずかに眉を下げる。

「僕の使い魔でいるかぎり、ニニの身体は僕の魔力の加護を受ける。でも、ネリは……」

　みずからの死を受け入れ、天界に昇ったネリの身体は時の流れのなかに戻った、と心優しい悪魔は言った。ニニの手を取り、慰めるように指先をなでてくれる。

「それが自然の摂理だからね」

　悪魔にも御使(アンジュ)にもどうにもならないことだというのに、ダンタリオンはひどくつらそうな表情をする。

　わかりました、とニニは答えた。

「いいのか？」

「だってそれが自然なことなんですよね？」

　いつかはわたしもこの主人(ムシュー)の加護を失う日が来るのだろうか、とニニはぼんやり考えた。先のことはさっぱり想像できないけれど、いつかは――。

　先行きの見えない不安を振り払うように、ニニは思いきり首を横に振る。

「主人(ムシュー)」

「どうした、ニニ」

「そろそろお屋敷へ帰りませんか？」

　ダンタリオンが軽く目を見開いた。

「わたし、お腹が空きました」

ニニはきっぱりと言い、それからにっこりと笑う。

「……僕もだよ」

「蝙蝠たちにおいしいごはんを用意してもらいましょう。わたし、巻角鹿のシチューが食べたいです」

ああ、それはいいね、とダンタリオンはゆっくりと瞬きをした。

「でも、あれは仕込みが面倒だから、蝙蝠たちがなんて言うか……」

あるじはそう言いながら、新たな不安を隠そうとするかのような表情になる。ニニはそれに気づかないふりをした。

「面倒でも手間でも食べたいです。主人のそばに戻るってちゃんと言ったんですから、それくらいのこと頼んでくださったって罰はあたらないと思いますよ？」

遠慮を知らない使い魔に笑って頷いた魔獣医は、大きくマントを広げてその小さな身体を優しく包みこむ。少女はすっかりなじんだあたたかな闇に身を委ねた。

いつか望んだような母さんの顔をした御使はやってこなかったけれど、とニニは思った。

次にまぶたを開けたとき、目の前には灰の世界が広がっている。そこで緑の言ノ葉を紡ぐこの悪魔こそが、わたしにとってのおおいなる祝福だったのかもしれない。

《参考文献》

・フレッド・ゲティングズ著＝大瀧啓裕訳『悪魔の事典』青土社（一九九二年）
・大森弘喜「十九世紀パリの『不衛生住宅』問題の発生と展開」成城大學經濟研究一六二号（二〇〇三年）
・大森弘喜「十九世紀パリの『不衛生住宅』問題の発生と展開（その2．完）」成城大學經濟研究一六三号（二〇〇三年）

富士見L文庫

魔獣医とわたし
灰の世界に緑の言ノ葉

三角くるみ

2021年12月15日　初版発行
2023年9月5日　4版発行

発行者　山下直久
発　行　株式会社 KADOKAWA
〒102-8177　東京都千代田区富士見2-13-3
電話　0570-002-301（ナビダイヤル）

印刷所　株式会社 KADOKAWA
製本所　株式会社 KADOKAWA
装丁者　西村弘美

定価はカバーに表示してあります。

◆◆◆

●お問い合わせ
https://www.kadokawa.co.jp/（「お問い合わせ」へお進みください）
※内容によっては、お答えできない場合があります。
※サポートは日本国内のみとさせていただきます。
※ Japanese text only

ISBN 978-4-04-074200-7 C0193